Diogenes Taschenbuch 21873

de
te
be

Cornell Woolrich

Die wilde Braut

Roman

Aus dem Amerikanischen von Jürgen Bürger

Diogenes

Umschlagfotografie: Lana Turner

Deutsche Erstausgabe

60/92/43/2
ISBN 3 257 21873 7

1

Sein Name war Lawrence Kingsley Jones. Er war ein Mensch wie jeder andere, wie du, wie ich; und doch – das ist seine Geschichte:

In dem Zimmer nichts als Finsternis, lediglich unterbrochen von dem quadratischen Umriß eines mondbeschienenen Fensters, dessen gespenstisches Gegenstück flach auf dem Boden darunter lag. Draußen Stille, ein schlafendes Land unter einem sternenübersäten Himmel. Drinnen wie draußen knisternde Spannung, eine brütende Lautlosigkeit, so als würde jedes Geschehen in Schach gehalten, nur auf irgendein bestimmtes Zeichen zum Beginn warten.

Die Hand eines Mädchens zeichnete sich als Silhouette gegen das Fenster ab, hielt eine Gardine zur Seite, die wie ein Schatten aus bauschigem Chiffon wirkte. Unmittelbar unter der Hand war der sanfte Schwung einer Schulter zu erkennen; direkt darüber das Profil eines konzentriert schauenden Gesichtes. Doch nichts rührte sich, weder Hand noch Schulter noch Gesicht; alles völlig regungslos, auf das Zeichen wartend, das versprochen worden war, das kommen würde.

Plötzlich war es soweit. Das erwartete Zeichen. Die Hupe eines Autos blökte ein einziges Mal, eine kurze Frage von der nicht weit entfernten Straße, die am Grundstück des Hauses entlangführte. Ein gelber Fleck, in die Nacht geworfen von herumschwingenden Scheinwerfern, zuckte kurz in einem Halbkreis durch die Dunkelheit und verlöschte dann wieder.

Das Fenster wurde nach oben geschoben, gab ein gedämpftes verhaltenes kleines Quietschen von sich, leiser als das Piepsen einer Maus. Draußen das kaum hörbare Knirschen von Schritten auf dem Kies. Dann, unmittelbar unter dem Fenster, die vorsichtige Frage eines Mannes. »Fertig?«

Die Gestalt im Fensterrahmen sprach zum ersten Mal. »Ich kann nicht raus. Er hat die Tür zu meinem Zimmer abgeschlossen. Ich habe gehört, wie er den Schlüssel gedreht hat. Er ist jetzt irgendwo dort unten, im hinteren Teil des Hauses. Sie haben mich beide den ganzen Tag über wie Falken beobachtet, als würden sie irgendwas ahnen.«

»Wo ist der andere?«

»Cotter? Der ist im Moment nicht hier. Er hat den Wagen genommen und ist gegen neun weggefahren. Bis jetzt ist er nicht zurückgekehrt.« Ihr Flüstern wurde unsicher, ihre Stimme bebte. »Larry, Larry, ich habe solche Angst. Ich werde das nie schaffen.«

»Du willst doch immer noch, oder nicht?«

»Mehr als alles andere auf der Welt. Laß mich nicht hier zurück, verlaß mich nicht.«

»Es muß doch irgendeinen Weg geben, dich dort herauszuholen. Ich werde mal sehen, ob ich irgendwo eine Leiter finden kann.«

»Da ist eine, die der Gärtner immer benutzt. Du weißt, wo dieses Gewächshaus ist, hinter dem Haus?«

Durch das Gras gedämpfte Schritte entfernten sich um die Ecke des Hauses, erstarben. Die Gestalt am Fenster stand angespannt da und lauschte auf die Geräusche aus dem Inneren des Hauses. Eine kleine Uhr machte neben ihr in der Dunkelheit *Tick, Tick, Tick,* als wollte sie sagen: »Lauf, lauf, lauf, solange du noch kannst.«

Dann ein gedämpfter Schlag wie von einer Stange, die leicht gegen die Schindel direkt unter dem Fenster schlug.

Voller verzweifelter Angst wirbelte sie herum. »Er kommt rauf! Oh, Larry, was sollen wir nur tun? Ich höre ihn. Er schließt unten alles für die Nacht ab.«

Der Mann sprach beruhigend, zuversichtlich vom Fußende der Leiter, die er jetzt aufgestellt hatte. »Verlier jetzt nicht die Nerven. Wir werden's schon schaffen. Wirf zuerst deine Sachen runter. Ich werde sie rüber zum Wagen tragen.«

»Ich habe nichts. Nimm einfach mich, nur mich allein!«

»In Ordnung, ganz ruhig jetzt. Setz dich auf die Fensterbank und schwing deine Beine auf diese Seite hinaus. Ich werde die Leiter gut festhalten. Ja, so ist's richtig. Und jetzt taste mit deinem Fuß ein Stück nach hinten. Die oberste Sprosse ist direkt unter dir.«

Ihr zweiter Fuß wurde neben den ersten gestellt. »Er ist schon auf der Treppe! Er kommt rauf! Ich höre, wie seine Hand auf das Geländer schlägt!«

»Psssst«, drängte er sie beruhigend. »Bleib nicht da stehen und halt dich damit auf. Du bist jetzt draußen. Noch eine Sprosse. Und jetzt noch eine. Genau, das ist es. Du bist unten. Du bist in meinen Armen.«

Sie drehte sich um, als seine Arme sich um sie schlossen, und vergrub ihr Gesicht verängstigt und erleichtert an seiner Schulter.

»Du bist in Sicherheit«, flüsterte er beruhigend. »Du bist frei. Ich habe dich rausgeholt.«

Er führte sie über das schwarze, von Mondlicht überzogene Gras; hinaus durch ein eisernes, zwischen zwei Granitsockeln nur leicht angelehntes Tor, das einen hohen eisernen Palisadenzaun, dicht und bedrohlich, unterbrach. Dann schnell ein paar Meter die Straße hinunter zu der Stelle, wo ein ruhig laufender Roadster am Seitenstreifen auf sie wartete. Er half ihr auf den Sitz, stieg nach ihr ein. Mit einem herausfordernden, kräftigen dumpfen Schlag fiel die Tür ins Schloß. »Jetzt werden sie dich nie wieder kriegen.«

Als er das Gaspedal durchtrat, und die Nacht schnell hinter ihnen zurückfiel, drehte er sich wortlos zu ihr und verschloß mit einem langen Kuß ihre Lippen. »Unser Hochzeitskuß«, flüsterte er.

Das Haus, aus dem er sie entführt hatte, fiel wie etwas hinter ihnen zurück, das an Fäden zurückgerissen wurde. Die vor ihnen liegende Straße kam wie ein Leuchtspurgeschoß auf sie zugewirbelt. Ihr offenes Haar floß mit der Geschwindigkeit ihrer Flucht wie von elektrischem Strom aufgeladen – lebendig, knisternd – nach hinten über die Rückenlehne zurück.

Die ganze Nacht hatte es eilig, rauschte an ihnen vorbei. Nur die Sterne und der Mond blieben ruhig, liefen nicht fort.

Einmal warf sie einen Blick zurück. Gegen den Fahrtwind sagte sie: »Wenn Cotter zurückkommt, werden sie uns vielleicht folgen und versuchen ...«

»Sollen sie doch«, sagte er kurz. »Die werden uns nie kriegen. Du gehörst jetzt für immer zu mir.«

»Larry«, sagte sie schließlich, sah ihn dabei mit großen Augen fragend an. »Wie ist die Welt?«

»Du wirst sie sehen. Ich werde sie dir zeigen.« Er schaltete das Radio an. Pulsierende, laute Musik brandete in ihre Gesichter. »Das ist die Welt, hörst du's?« Er drehte einmal kurz an dem Abstimmknopf. Gelächter flutete ihnen entgegen, ein Publikum antwortete mit schallendem Lachen auf etwas Lustiges, das gerade gesagt worden war. »Und das ist die Welt.« Er drehte ein zweites Mal. Der Schrei einer Frau fuhr wie ein scharfes Messer zwischen sie herab, wurde unterbrochen von zwei oder drei hohl klingenden Revolverschüssen. Schnell schaltete er das Radio wieder aus. »Und auch das ist die Welt«, brummte er mit einem unwilligen Unterton.

2

Nach hartnäckigem Klopfen flammte trübes Licht in dem Fenster über der Tür auf. Jemand kämpfte mit dem Riegel, und die Tür öffnete sich. Ein grauhaariger Mann mit einer randlosen Brille und einem faltig herabhängenden, roten Kinnlappen wie bei einem Truthahn starrte die beiden Männer an.

»Himmel, immer mit der Ruhe. Mußte das sein?« brummte er mißmutig.

»Ist heute abend ein junges Paar bei Ihnen gewesen?« fragte der ältere der beiden scharf.

»Mehrere. Ich bin immerhin Friedensrichter.« Er lächelte mißbilligend.

»Dunkelhaariges Mädchen, dunkler Teint. Und der Mann, der bei ihr war, hatte blonde Haare. Nannten sie die Namen Mitty Fredericks und Lawrence Jones?«

»Ja, die waren hier«, erwiderte der Richter nickend. »Ist noch keine Dreiviertelstunde her. Tatsächlich waren sie die letzten heute abend.«

»Und Sie... Sie haben es getan? Es ist schon vorbei?«

»Ich habe sie verheiratet, ja«, antwortete ihm der Friedensrichter kurz und bündig. »Dafür bin ich ja schließlich da.«

Der ältere der beiden Männer drehte sich zu seinem Begleiter um und sah ihn bestürzt an. »Zu spät«, sagte er kläglich. »Es ist schon passiert.« Der andere stieß einen vielsagenden, langgezogenen Pfiff aus.

Der Friedensrichter wirkte beunruhigt, zupfte nervös an seinem Kinnlappen. »Ist doch alles in Ordnung, oder? Sind Sie beide Verwandte?«

»Gewissermaßen«, sagte der ältere Mann müde. »Ich bin Professor Fredericks. Sie war mein Mündel.«

Der Richter zupfte weiter. »Ihre Genehmigung schien mir in Ordnung zu sein«, sagte er verteidigend. »Wurde vor zwei oder drei Tagen in Baltimore ausgestellt. Sie hatten die gesetzlich vorgeschriebene Frist eingehalten. Ich sah keinerlei Veranlassung, sie nicht zu trauen.«

»Baltimore, sagten Sie?« wiederholte der jüngere der beiden scharf. Er richtete seinen unergründlichen Blick für einen Moment auf Fredericks.

»Ja, das ist richtig. Ich kann mich nur an die Dokumente halten, die mir vorgelegt werden. Ich bin kein Gedankenleser, müssen Sie wissen, Mister.« Der Friedensrichter schien angesichts ihres anklagenden Schweigens zunehmend unsicherer zu werden. Er hatte sein Zupfen jetzt auf den obersten Knopf seines Bademantels verlagert. »Sie gab ihr Alter mit achtzehn an«, fügte er in einer letzten, stokkenden Rechtfertigung hinzu.

Ein Schluckauf voller morbiden Spottes erklang aus Fredericks' Kehle.

»Achtzehn«, wiederholte er.

Es war wie bei einem Zusammenstoß, als Cotter scharf bremste und anhielt. Sie stürzten aus dem Auto, als wären sie von dem starken Ruck selbst hinausgeschleudert worden, ließen die Wagentüren auf beiden Seiten weit offen stehen.

Sie rannten in das Hafengebäude, weiter durch den von Mauern umgebenen vorderen Teil nach hinten, wo an einer Seite breite Öffnungen klafften, als wäre eine lange Reihe Schiebetüren offen gelassen worden. Diesen Öffnungen genau gegenüber kroch in fast unmerklichem Tempo und nahe genug, um sie zu berühren, eine lange Reihe von Bullaugen wie auf einem Fließband vorbei, eingelassen in stählerne Rumpfplatten, auf denen Wind und Wetter ihre Spuren hinterlassen hatten. Das Schiff hatte sich erst so geringfügig von seinem Liegeplatz entfernt, daß schwer zu sagen war, ob es bereits abgelegt hatte oder nicht. Der Wasserstreifen zwischen Kaimauer und Schiff war noch so schmal, daß er von oben nicht zu erkennen war.

Die gerade erst eingezogene Landungsbrücke befand sich immer noch teilweise in Position, führte jedoch jetzt ins Nichts. Cotter war hinaufgesprungen und hatte schon die Hälfte des Weges geschafft, bevor er von zwei oder drei Hafenarbeitern gefaßt und zurückgezogen wurde. »He, Mister«, meinte einer von ihnen grinsend, »was haben Sie vor, wollen Sie ins Wasser springen, oder was?«

»Hören Sie auf, Sie Narr«, rief ihm Fredericks von unten zu. »Es hat keinen Sinn mehr.«

Das bewegliche Gerüst wurde vollends zurückgezogen. Cotter kam herunter und kehrte zu Fredericks zurück. »Sehen Sie nur!« kochte er. »Immer noch nah genug, um es zu berühren!«

»Zwei Minuten früher«, stimmte ihm Fredericks verbittert zu. »Vielleicht war's diese letzte Ampel. Oder vielleicht das eine Mal, als Sie auf dem Weg hierher beinahe falsch abgebogen wären.«

»Da kommt der Name«, sagte Cotter. Er versuchte ihn rückwärts zu entziffern, als die Buchstaben einer nach dem anderen an der Öffnung des Piergebäudes vorbeizogen. »A-I-L-*Santa Emilia*. Können Sie sie sehen? Vielleicht sind sie ja doch nicht an Bord.«

Fredericks umklammerte plötzlich seinen Arm. »Da sind sie! Sehen Sie, da oben, auf dem zweiten Deck. Genau über dem rostigen Streifen auf dem Rumpf.«

Sie standen in einer langen Reihe anderer Passagiere an der Reling. Der Mann trug keinen Hut, hatte hellblonde Haare, sah völlig durchschnittlich aus; für sich allein hätten sie ihn wahrscheinlich nicht erkannt. Aber das Mädchen neben ihm, das sich in seinen schützenden Arm schmiegte, wäre selbst auf größere Entfernung noch aufgefallen. Schwarzhaarig, dunkeläugig, hohe Wangenknochen; sie hatte etwas eigenartig Exotisches. Byzantinisch oder polynesisch.

»Das war's dann wohl. Das ist unsere letzte Chance gewesen«, sagte Cotter grimmig. Er legte seine Hände zu einem Trichter an seinen Mund. Die gespannte Linie seines Halses bebte unter der Kraft seiner Stimme, die er herauspreßte. Aber kein Laut war zu hören, nicht einmal von Fredericks, der direkt neben ihm stand.

Denn genau in diesem Augenblick, perfekt abgestimmt, erklang das fürchterliche, langgezogene Tuten des Schiffshorns, ertränkte alles andere in einem Lärmtornado.

Der Mann und die Frau wurden langsam an ihnen vorbeigetragen. Sie schauten beide nach oben, in die Richtung, aus der das Tuten kam. Das Mädchen steckte einen Finger in jedes Ohr und schüttelte sich. Der Mann lachte. Dann traten die beiden von der Reling weg. Eine leere Stelle war alles, was blieb, um zu zeigen, wo sie einmal gestanden hatten, und selbst diese blieb nicht lange.

Das Schiff glitt in spöttischer, tranceartiger Langsamkeit weiter vorbei.

Cotter steckte sich, trotz der »Rauchen verboten«-Schilder überall auf den Wänden in der Halle der Anlegestelle, eine Zigarette an und blies den Rauch niedergeschlagen an seinem Hemd vorbei nach unten. Ein eigenartiger Fatalismus schien von ihm Besitz ergriffen zu haben. »*Wir* wissen Bescheid«, sagte er düster. »Aber *sie* nicht. *Er* nicht. Nicht mal sie selbst. Vielleicht ist in diesem Fall Wissen die einzige wirkliche Gefahr. Warum lassen wir sie nicht einfach in Ruhe, lassen sie es selbst herausfinden?«

Fredericks fuhr ihn scharf an. »Wissen Sie überhaupt, was Sie da reden? Die Ehe ist ein Sakrament. Jeder Mann, der eine Frau zu seiner Ehefrau macht, und dabei ist es mir völlig egal, wer er ist, hat ein Recht zu ...«

»Zu was?« fiel ihm Cotter mit einer Spur beißender Belustigung ins Wort. »Er hat ein Recht zu was?«

Fredericks gab ihm keine Antwort.

»Kommen Sie«, sagte er mit eigenartig ruhiger Stimme und drehte sich um. »Wir werden ein Telegramm nach San Francisco schicken, das ihm ausgehändigt werden soll, sobald das Schiff dort anlegt, nachdem es den Kanal raufgekommen ist.«

»Wieso nicht schon auf See?« fragte Cotter. »Wieso schicken Sie ihm keinen Funkspruch, solange sie noch auf See sind, jetzt, sofort?«

»Weil er nicht von ihr fortkommt, solange sie noch auf See sind. Aber wenn sie erst einmal in San Francisco angelegt haben, wird er es können.«

»Falls«, sagte Cotter sardonisch, »er es überhaupt will. Er hat sie doch gerade erst geheiratet, Sie erinnern sich? Man ist blind vor Liebe, wenn man so was tut.«

»Er muß diese Chance bekommen«, erwiderte Fredericks wütend. »Man *muß* es ihm sagen. Sie *müssen* getrennt werden.«

Cotter schnipste seine erst zur Hälfte gerauchte Zigarette in den schmierigen Strudel im Kielwasser des Schiffes und schaute zu, wie sie in verrückten Wirbeln auf dem Wasser kreiste.

»Wen Gott verbunden«, flüsterte er kaum hörbar, »derer soll Gott sich erbarmen. Sie werden es brauchen.«

3

Zwei Uhr morgens. Das Schiff bewegte sich jetzt nicht mehr, ankerte im Hafen von Havanna. Das Licht in der Kabine brannte, aber niemand war darin. Die Stewardeß hatte die Decke der Doppelkoje zurückgeschlagen; bereit für die Nacht. Auf einer Seite lag ein blaß rosafarbenes Nachthemd, auf der anderen ein Schlafanzug.

Irgendwo draußen tanzten die Lichter Havannas auf der schwarzen Oberfläche des Hafenbeckens, saugten wie buntes Konfetti das stehende Wasser auf. Morro Castle ragte wie ein kurzes, dickes Stück grauer Kreide vor der Tafel des Himmels auf. Ein blauer Diamant in der Nähe seiner Spitze funkelte, verblaßte dann, funkelte, verblaßte, immer und immer wieder.

Ein Schlüssel wurde im Schloß der Kabinentür gedreht. Er kam rückwärts herein, stieß die Tür mit seinen Schultern nach innen auf. Er trug sie auf seinen Armen, wie ein Bräutigam seine frischgebackene Braut tragen sollte. Er trug eine weiße Smokingjacke, sie schwarze Spitze.

Er lächelte. Sie nicht. Ihre Augen waren gesenkt, so als würde sich Angst in ihnen verstecken, und sie wollte nicht, daß er es sah. Sie hielt sogar ihren Kopf ein wenig abgewandt.

Mit seinem Absatz schloß er die Tür. Er ließ sie los, und sie stand wieder auf ihren Füßen, wobei sich die schwarze Spitze wie eine Wolke aus schwarzem Rauch um sie legte.

»Was für eine Stadt!« sagte er und atmete aus. »Hier

braucht man keinen Alkohol – die Stadt selbst putscht einen auf.« Mit einem Ruck löste er den Knoten seiner Krawatte.

Sie war sehr still; sie sagte nicht ein Wort. Er schaute zu ihr hinüber als würde er in diesem Augenblick zum ersten Mal registrieren, daß sie nicht in der gleichen Stimmung war wie er. Das schwarze Abendkleid fiel zu Boden. Er sah, daß sie ihren Kopf ein wenig hängen ließ.

»Müde?« fragte er behutsam.

Sie schüttelte den Kopf, ohne ihn jedoch zu heben. Er war so tief gesenkt, daß er ihren Scheitel und die Gardenie, die sie sich ins Haar gesteckt hatte, sehen konnte. Sie setzte sich, zog einen ihrer Tanzschuhe aus. Dann den anderen.

Jetzt lächelte auch er nicht mehr. Er war nachdenklich, niedergeschlagen. »Ich weiß«, sagte er ruhig. »Du hast Angst. Immer noch Angst.«

Sie neigte ihren Kopf noch weiter nach vorne, unterwürfig, antwortete jedoch nicht.

»Aber wir haben am Dienstag geheiratet. Heute ist Freitag. Wie lange noch ...?« Er beendete seinen Satz nicht. Er zog seine Jacke wieder an, ging zur Tür.

Während er ihr den Rücken zugekehrt hatte, hörte er das seidige Geräusch ihres Unterrockes, und plötzlich wurde das rosafarbene Nachthemd vom Bett gezogen, senkte sich wie von selbst als eine Art rosa Flaum über sie.

»Möchtest du, daß ich noch ein bißchen rausgehe?« fragte er. »Wie die anderen Nächte auch?«

Sie wollte – oder konnte – ihm keine Antwort geben.

»Was hast du denn? Liebst du mich nicht?«

Unvermittelt hob sie ihren Kopf. Sie zwang sich dazu. Er konnte sehen, daß sie leicht zitterte, obwohl die

Nachttemperatur in Havanna fast siebenundzwanzig Grad war. »Ich liebe dich, aber ich habe Angst vor der Liebe. Es ist beides gleichzeitig«, sagte sie schließlich mit leiser, gedämpfter Stimme.

»Wieso hast du mich dann geheiratet? Du wußtest doch, was die Ehe bedeutet, oder nicht?«

»Tagsüber in der Sonne habe ich keine Angst. Du bist meine große Liebe. Und dann kommt die Nacht, und irgendwo tief in meinem Herzen beginnt leise eine Trommel zu schlagen...«

»Was soll diese Angst? Liebe tut nicht weh.« Er kehrte zu ihr zurück und hockte sich neben sie, nahm ihre Hände.

»Tut sie nicht?« fragte sie mit unsicherer, bebender Stimme wie ein kleines Kind, das in der Schule einen Lehrer irgend etwas fragt. »Aber was... was *macht* sie dann?«

Er suchte nach Worten. »Man kann es nicht beschreiben. Man kann sie nur... nur erleben.«

Ihre Augen waren wie zwei dunkle, gequälte Seen.

»Wo bist du gewesen«, fragte er sie traurig, »daß du nie gelernt hast, was Liebe ist?«

»In diesem Haus dort, wo du mich gefunden hast.«

»Willst du mir nicht vertrauen?« flehte er sie behutsam an. »Kannst du mir nicht in die Augen schauen und erkennen, daß ich dir niemals weh tun würde? Willst du... es nicht einfach mal mit mir versuchen?«

Sie zitterte immer noch. Langsam öffneten sich ihre Arme. Sie zog sie in einer Geste der Passivität und Hinnahme zurück. Ein Schalter machte Klick, und die Kabine verwandelte sich in ein Quadrat absoluter Dunkelheit, ein schwarzes Sargtuch, eine noch nicht entwickelte photographische Platte...

Später dann, im Nichts, erklang ihre Stimme, leise, bekümmert.

»Habe ich dich gekränkt?«

Keine Antwort.

Der Schalter machte wieder Klick, das Licht ging an, und sie waren weit auseinander. Es war ihre Hand, die ihn berührt hatte. Er befand sich auf der anderen Seite der Kabine neben der Kommode, hatte ihr den Rücken zugekehrt. Schweißperlen zogen hier und da eine unregelmäßige, seidige Spur über sein Gesicht. Eine Stirnlocke hing sichelförmig in seine Stirn.

»Warum gehst du so von mir?«

Blütenblätter einer Gardenie lagen auf dem Boden, als wäre sie in einen Sturm geraten. Die Gardenie, die in ihrem Haar gesteckt hatte. Ein Blütenblatt haftete an seiner Schulter. Er hob seine Hand und schnipste es fort.

»Bitte, sag es mir. Bitte. Was habe ich getan?«

Er gab ihr keine Antwort. Die Hand, die jetzt eine der schwarzen kubanischen Zigaretten nahm, war nicht ruhig.

»Was ist denn, was habe ich getan?«

Seine Stimme war belegt. »Nichts. Beachte mich einfach nicht. Ich hatte an Land vielleicht ein paar Drinks zuviel, im *Sans Souci* und *Bajo la Luna.*«

»Du hast überhaupt nichts getrunken. Ich habe dich beobachtet. Nur Kaffee.«

Er spürte, ohne es wirklich zu sehen, daß sie sich bewegen, zu ihm kommen wollte. Abwehrend hob er seine Hand. »Bleib da. Nur einen Moment. Laß mich bitte nur einen Moment allein.«

»Willst du es mir nicht sagen?«

»Zuerst habe ich dir Angst gemacht, und jetzt hat deine Leidenschaft mir Angst gemacht.« Er zog eine der Schubladen auf, zerrte eine Flasche strohfarbenen kubanischen Rum heraus. Er strich mit dem Handrücken über seine Stirn, so als versuchte er, irgendein Gefühl, das in ihm tobte, auszulöschen oder zu unterdrücken. »Es war, als würde man etwas halten, das ... das sich plötzlich in deinen Armen in eine Tigerin verwandelt. Ich weiß nicht, wie ich es sagen soll. Nicht einfach nur ein Mädchen. Irgend etwas aus dem Dschungel. Deshalb bin ich so aus dem Bett gesprungen. Weißt du ... weißt du, was du da gerade gemacht hast?«

Er hob seine andere Hand und hielt sie vor sich, musterte sie. Rote Blutfäden schlängelten sich über den Handrücken. Er nahm ein Taschentuch, tränkte es mit Rum aus der Flasche, drückte es auf seine Hand. Und dann auf seine Wange, auf der sich eine feuerrote Diagonale abzeichnete. Schließlich wickelte er es sich um seine Hand.

»Ich kann nicht sagen, ob es nun Liebe oder Haß war. Nur, daß es für mich zu wild und leidenschaftlich war.«

»Es war kein Haß. Du hast mir selbst gesagt, wie es heißt. Du hast es Liebe genannt. Also war es Liebe.«

»Küssen bedeutet nicht beißen. Kratzen nicht streicheln. Es war, als würde ein Panther mich in Fetzen reißen. Diese merkwürdigen Worte ... was war das? Es waren eigentlich überhaupt keine Worte. Es war nicht Englisch.«

»Ich weiß es nicht. Ich habe nichts gehört.«

»Du hast sie gesagt.«

Ihre Stimme war nur ein Flüstern, kaum zu hören. Mit ausgestreckten Armen kam sie zu ihm. »Du hast gesagt, es wäre Liebe. Komm dorthin zurück, wo sie ist. Wenn es Liebe ist, dann ist sie hier in meinen Armen.«

Seine bandagierte Hand bewegte sich. Er schenkte sich ein Glas ein. Einen großen, kräftigen Schluck. Er leerte es in einem Zug.

4

Mitternacht über einem tropischen Meer. Zwei Zigaretten glimmen dicht nebeneinander über einer Schiffsreling. Zwei durch den silbernen Glanz des mondbeschienenen Wassers darunter in weißliches Glühen getauchte Gesichter. Irgendwo im Inneren spielte die Bordkapelle »*Perfidia*«. Das Lied des Verrates, das Lied, dessen Titel schon allein Treulosigkeit bedeutet. Hier draußen zwei Fremde, die Seite an Seite stehen, zwei Fremde vereint durch die Ehe, verzweifelt nach den Anfängen von Vertrautheit tastend, nach dem Beginn von Verständnis.

»Warum siehst du mich so an? Was siehst du?«

»Ich versuche daraus schlau zu werden. Du hast etwas so Trauriges in deinen Augen. Ich frage mich, was das ist. In deinen Augen bist du tausend Jahre alt. Du mußt schon alt auf die Welt gekommen sein, Mitty.«

Sie warf ihm einen Blick mit einer eigenartigen Spur Überraschung zu. »Es ist merkwürdig, daß du das sagst«, antwortete sie langsam. »Auf eine Weise hast du recht.«

»Wie meinst du das?«

»Weißt du, ich kann mich überhaupt nicht mehr an meine Kindheit erinnern.«

»Das können nur verdammt wenige von uns. Ich kann mich kaum an meine eigene erinnern. Verblassende Schnappschüsse von der einen oder anderen Tracht Prügel, von meinem ersten Schultag.«

»Nein, das meine ich nicht. Du sprichst von der Kindheit, der frühen Kindheit. Ich meine aber auch später, das Alter zu Beginn der Pubertät...« Sie unterbrach sich, um ihn zu fragen: »Das wird dich doch nicht beunruhigen, Larry?«

»Nein, warum sollte es? Was war es?«

»Eine Krankheit, denke ich. Irgendein Fieber. Vielleicht sogar die Schlafkrankheit. Er hat mir nie genau gesagt, was es verursacht hat. Jedenfalls löschte sie jede Erinnerung an alles aus, was vorher gewesen war. Es war wie ein völlig neuer Anfang. Ich mußte wieder lernen zu sprechen, zu lesen... also, ich kann mich sogar erinnern, wie sie mir beigebracht haben zu gehen.«

Er pfiff leise. »Wie alt warst du, als das alles passierte?«

Er sah, wie sie angestrengt versuchte nachzudenken. »Ich weiß nicht. Sie haben mir nie gesagt, wie alt genau ich bin. Das muß vor drei oder vier Jahren gewesen sein.«

Er versuchte, es für sie auszurechnen. »Also, wenn du jetzt achtzehn bist, und das alles vor ungefähr drei oder vier Jahren gewesen ist...«

»Ich bin nicht sicher, ob ich heute achtzehn bin. Ich war mir nie sicher, wie alt ich wirklich war.«

»Nun, mußte er denn nicht eine Geburtsurkunde vorweisen, als er die Adoptionspapiere ausstellte?«

»Ich glaube nicht, daß es überhaupt eine gab. Ich habe nie erfahren, wer meine Eltern waren. Sein Gesicht, Fredericks' Gesicht, war das erste, an das ich mich erinnern kann, wie er wie durch einen Nebel zu mir herabschaute, mich mit einer Pipette fütterte oder mir Injektionen in den Arm gab. Ich muß Wochen und Monate teilnahmslos und völlig apathisch gewesen sein.«

»Wirklich eine schlimme Sache, diese Schlafkrankheit«, stimmte er ihr nüchtern zu.

»Als es schließlich vorbei war, mußte ich alles noch einmal lernen. Ich hatte sogar den Gebrauch der Sprache vergessen. Ich mußte Wörter von ihm lernen, eins nach dem anderen. Er gab mir etwas zu trinken und sagte: ›Wasser‹. Wenn ich es dann wieder haben wollte, sagte ich ›Wasser‹, und er brachte es mir dann. So habe ich es gelernt.«

»Aber du willst damit sagen, daß du es in deinem eigenen Kopf nicht ›Wasser‹ genannt hast, bevor du es ihn so nennen gehört hast?«

»Nein. Ich wußte, was es war. Aber ich muß irgendein eigenes Symbol, irgendein Wort dafür gehabt haben. Denn der Klang des Wortes war mir fremd. Am Anfang konnte ich es nicht mal richtig aussprechen. Meine Zunge hat sich irgendwie dagegen gesträubt. Wa-wa, und dann Wa-ssa. Es war wie ein Fremdwort, wie ein Wort aus einer anderen Sprache.«

Eine Zeitlang schwieg sie dann, und auch er sagte nichts mehr. Seine Gedanken kämpften mit dem Rätsel, das sie ihm preisgegeben oder vielmehr präsentiert hatte; denn der eigentliche Schlüssel, der es gelöst hätte, fehlte immer noch.

Plötzlich platzte es aus ihr heraus: »Larry, warum waren sie so zu mir?«

Er kniff seine Augen zusammen. »Das würde ich selbst auch gerne wissen.«

»Sie haben mir immer so ein komisches Gefühl vermittelt, daß ich irgendwie *anders* war. Als würde irgendein vages, unbestimmtes Geheimnis über mir schweben.«

Er dachte nach. »Was du mir da gerade über deine Krankheit erzählt hast ... ich schätze, das ist es wahrscheinlich. Sie haben sich um deine Gesundheit Sorgen gemacht.«

»Nein«, sagte sie. »Es war nicht, weil ich einmal krank gewesen war. Sie haben nicht versucht, das vor mir zu verheimlichen. Ich wußte es ja sowieso. Es war etwas anderes, etwas darüber hinaus. Irgendein Wissen, das sie hatten, von dem ich aber für immer ausgeschlossen war. Irgendein Wissen, das zu erfahren schrecklich für mich gewesen sein müßte. So oft haben sie Blicke gewechselt, Bemerkungen ausgetauscht, deren Bedeutung sie kannten, ich aber nicht. Wie in diesem Spiel, das Kinder spielen, wo ein Ball über deinen Kopf geworfen wird, den ein anderer irgendwo hinter dir fangen soll. Es war fast so ... als wäre ich etwas ganz Besonderes, eine Sache für sich. Anders als alle anderen Mädchen. Sie brachten mir alles bei, was ein Mädchen wissen sollte, und dann hinderten sie mich daran, dieses Wissen auch zu nutzen. Sie zwängten achtzehn Jahre Erziehung in gerade mal vier Jahre, und dann hielten sie mich eingesperrt in diesem Haus. Sie brachten mir sogar das Tanzen bei. Und dann ließen sie keinen Jungen nahe genug an mich heran, um mit mir zu tanzen. Zwei- oder dreimal die Woche ließen sie eine Lehrerin aus Baltimore ins Haus kommen und mir Unterricht geben. Ich lernte die Schritte, aber die meiste Zeit dachte ich, daß nur Frauen miteinander tanzen sollten, so wie sie und ich es machten. Es kam mir nie in den Sinn, daß der eine Partner eigentlich ein Mann sein sollte.«

Er verzog angewidert sein Gesicht.

Sie seufzte. »Also kann ich wunderbar Walzer tanzen, aber bevor ich mit dir auf dieses Schiff kam, bin ich noch nie in den Armen eines Mannes auf einer Tanzfläche gewesen.«

Einen kurzen Moment lang stieg Verärgerung in ihm auf. »Wer waren sie überhaupt? *Was* waren sie? Ein älterer

Mann und ein jüngerer. Was hattest du mit ihnen zu tun, ein Mädchen wie du? Einen solchen Umgang hat man nicht einfach so. Wie ist es dazu gekommen? Genau diese Dinge würde ich gern wissen!«

»Und genau das«, sagte sie leise, »sind die Dinge, die auch ich gerne wüßte. Und ich habe es nie gewußt. Und weiß es immer noch nicht. Er hat geschrieben, die ganze Zeit immer nur geschrieben. Fredericks. Ich glaube, es war ein Buch. Und ich glaube auch, daß es mit mir zu tun hatte. Sie haben mich allen möglichen Tests unterzogen. Und dann hat er sich immer irgendwelche Notizen gemacht. Und dann hat er sich in diesem Zimmer im hinteren Teil des Hauses eingeschlossen und stundenlang geschrieben.«

»Sie haben dich nicht ... auf irgendeine Weise schlecht behandelt?«

»Nein, nein«, versicherte sie ihm. »Nichts dergleichen. Aber man braucht erheblich mehr als nur – Freundlichkeit.«

»Ja«, sagte er, wie zu sich selbst. »Man braucht Liebe.«

»Dieses Wort habe ich immer wieder gehört«, sagte sie. »Aber das war ein Thema, das sie versuchten, nicht in den Vordergrund treten zu lassen. Wenn diese Tanzlehrerin kam, von der ich dir erzählt habe, um mir Stunden zu geben, dann brachte sie immer einen tragbaren Plattenspieler und verschiedene Schallplatten mit. Meistens waren es reine Instrumentalstücke, aber ein paar hatten auch Gesangspartien. Und mittendrin fingen sie dann mit diesem Gerede über Liebe an. Sie waren ganz aus dem Häuschen deswegen, sie waren hin und her gerissen. Manchmal waren sie auch glücklich deswegen, manchmal machte es sie traurig, manchmal waren sie wütend. Manchmal war es ein Mädchen, das um einen Mann weinte. Manchmal war es ein Mann, der sich nach einem Mädchen sehnte. Manchmal waren es vier Männer gleichzeitig, und alle waren sie in dasselbe Mädchen verliebt. Ich glaube, sie hieß Diane. Ich sagte zu der Lehrerin: ›Was ist das? Warum macht sie so was mit ihnen?‹ Sie seufzte nur tief und senkte ihre Augen. Aber Fredericks hatte meine Frage gehört. Und bevor sie ging, sortierte er die Platten aus und sagte ihr, sie sollte keine mehr mit Gesang mitbringen.«

Sie zuckte mit den Achseln. »Aber es stand sowieso auch in den Büchern, die ich las. Sie waren voll davon. In einem Stück brachten sich die Liebenden um. Er nahm Gift, und sie hat sich erstochen.«

»Romeo und Julia«, stimmte er zu.

»Es war komisch«, meinte sie nachdenklich, »überall um einen herum von etwas zu hören und doch nicht zu wissen, was es war.«

»Gab es denn *keinen* vor mir? Ich nehme an, jeder Mann wird das seine frischgebackene Braut wahrscheinlich wenigstens einmal fragen. Und jetzt bin ich an der Reihe, diese Frage zu stellen. Gab es denn überhaupt keinen anderen vor mir?«

»Niemanden. Du warst der erste. Du warst der erste, der mich je geküßt hat. Du warst sogar der erste, mit dem ich je in einem Auto gefahren bin, und das war in der Nacht, als wir nach Baltimore geflohen sind.«

Er stieß seinen Atem in einer Art lautlosem Pfiff aus.

»Nur ein einziges Mal«, fuhr sie fort, »ist ein Junge überhaupt bis an die Tür dieses Hauses gekommen. Und viel weiter als bis zu dieser Tür ist er auch nie gekommen. Das war ungefähr ein Jahr vor dieser Nacht, in der du dich verirrt und an die Tür geklopft hast, um nach dem Weg zu fragen.«

»Hatte er sich auch verirrt?«

»Nein, damals war es anders. Damals hatte ich nicht gewartet und aufgepaßt, wie es der Fall war, als du vorbeigekommen bist. Ich hatte auch keinen zusammengeknüllten Zettel vorbereitet, um ihn aus dem Fenster zu werfen, wie ich es bei dir gemacht habe. Ich verpaßte die Gelegenheit. Er war eine Chance, und, wie man so schön sagt, eine Chance klopft nur einmal an und geht dann wieder fort.«

»Erzähl mir davon. Schieß los.«

»Sie hatten mich zu einer Dinnerparty mit in die Stadt genommen, nach Baltimore. Ich nehme an, es sollte meine Erziehung vervollständigen, so eine Art weiterführender Kurs in gesellschaftlichem Benehmen. Es war im Haus von ... ach, ich weiß nicht mehr, wie er hieß, irgend so ein College-Professor oder berühmter Mann. Es waren keine Jungs oder Mädchen in meinem Alter dort. Alles nur ältere Leute, sehr gelehrte Männer, die meisten mit langen weißen Bärten, Wissenschaftler und Doktoren und was weiß ich nicht alles. Dieser Junge war der Neffe von irgendeinem der anwesenden Gäste. Er wohnte nicht mal dort in diesem Haus, kam nur einen Augenblick mit irgendeiner Nachricht herein. Bevor er aber wieder genauso schnell verschwunden war, wie er gekommen war, sah er mich am anderen Ende des Raumes. Und ich hatte ihn auch gesehen. Das war wirklich auch schon alles. Wir haben nicht mal ein einziges Wort gewechselt. Aber die Augen können wunderbar schnell arbeiten. Ich erinnere mich, daß er mich von der Tür aus angelächelt hat. Also lächelte ich auch. Bevor er auch nur einen Schritt weiterkam, sich mir vorstellen konnte, wurde plötzlich mein Mantel gebracht, wirklich sehr plötzlich, und man brachte mich schnell nach Hause zurück, wobei Fredericks auf der einen und

Cotter auf meiner anderen Seite wie zwei Leibwächter marschierten.

Ich machte noch etwas. Ich drehte meinen Kopf ein Stück zur Seite und schaute über die Schulter zurück. Er stand einsam und verlassen da. Er hatte nicht mal die Chance bekommen, ihnen vorgestellt zu werden, wie groß waren da seine Aussichten, an *mich* heranzukommen? Aber...«

»Er folgte dir.«

»Er versuchte es wenigstens. Er fand heraus, wo ich wohnte, und ein paar Abende später tauchte er vor unserer Tür auf, mit einer Schachtel Pralinen in der Hand. Du weißt schon, der übliche erste Besuch. Sie verboten mir natürlich herunterzukommen, aber ich habe mich an das Kopfende der Treppe geschlichen und von dort aus alles mitgehört. Fredericks ist ihn auf eine wirklich ganz merkwürdige Art losgeworden.«

»Wie denn?«

»Nun, er war nicht direkt unfreundlich, er hat ihm nicht die Tür vor der Nase zugeknallt. Er war eigentlich ziemlich freundlich, ja beinahe sogar richtig väterlich. Das ist es, was ich sagen will. Gerade so, als wollte er ihn zu seinem eigenen Besten warnen. Als wollte er ihn vor einem schrecklichen Schicksal bewahren.«

»Was hat er denn zu ihm gesagt?«

»Mehr als die eigentlichen Worte war es das, was dazwischen herauszuhören war. Er legte seine Hand auf die Schulter des Jungen und drehte ihn behutsam um. ›Du scheinst mir ein ganz netter Junge zu sein‹, sagte er. ›Zu deinem eigenen Besten möchte ich, daß du mir jetzt sehr genau zuhörst. Such dir ein anderes Mädchen. Es gibt genug. Irgendein anderes Mädchen, das genau die richtige für dich sein wird. Dieses hier ... ist mit Sicherheit nicht die, die du haben möchtest. Mehr kann ich dir nicht sagen. Du wirst es noch bitter bereuen, wenn du meinen gut gemeinten Rat nicht annimmst. Komm nie wieder hierher. Vergiß dieses Haus. Vergiß den Weg dorthin. Vergiß meine Pflegetochter. *Vergiß, daß du sie je gesehen hast.*‹

Und durch irgend etwas, wie er das gesagt hat, lief es mir eiskalt den Rücken runter. Als wäre da ein fürchterliches Ding, etwas ganz Schreckliches, das nur darauf wartete, losgelassen zu werden, falls dieser Junge – oder ein anderer – mir weiter seine Bekanntschaft aufdrängen würde.

Aber es war auch kein Bluff, den er da inszenierte. Man konnte an dem aufrichtigen Klang seiner Stimme erkennen, daß er wirklich meinte, was er sagte.

Und dieser Junge muß das auch gespürt haben. Ich bemerkte, daß er nicht widersprach, nicht weiter darauf bestand, froh zu sein schien, endlich wieder gehen zu können. Ich habe ihn aus dem Fenster beobachtet. Er warf seine Pralinen achtlos auf den Rasen, stieg in seinen Wagen und fuhr schnell fort, ohne sich auch nur noch einmal umzudrehen.

Ich lief schnell zum Spiegel. Ich stand da und starrte hinein. Oh, wie lange und wie konzentriert starrte ich mein eigenes Gesicht an, versuchte herauszufinden, was es war, das mit mir nicht stimmte. Ich preßte mein Haar fest an den Kopf und blickte mir tief in die Augen. Ich konnte nichts darin finden, nichts, das nicht in Ordnung war.«

Unvermittelt drehte sie sich zu ihm um, mit einem gequälten Ausdruck im Gesicht. Sie packte seine Schultern und zog sie flehend zu sich, als hoffte sie, ihm dadurch die Antwort entlocken zu können, die sie so sehr brauchte.

»Was war es? Was ist es? Was ist los mit mir?«

Er legte zärtlich seine Finger auf ihre bebenden Lippen, verschloß ihren Mund, ließ sie dort liegen, bis die verängstigte Frage aus ihren leuchtenden dunklen Augen verschwunden war. »Sag es dir selbst. Vor heute abend war *nichts*. Alles vor heute abend warst nicht du selbst, war nicht wirklich, ist nie passiert. Wir fangen heute abend an, du und ich.«

»Wir fangen heute abend an, du und ich«, flüsterte sie leise.

Nach einer Weile sagte sie: »Und jetzt erzähl mir von dir. Wie warst du so – vorher? Vor mir?«

»Was gibt es da groß zu erzählen? Nicht viel anders als jeder andere junge Bursche auch, nehme ich an.«

»Ich habe nie einen anderen jungen Burschen kennengelernt, hast du vergessen? Daher ist es für mich neu.«

»Ich werd's versuchen. Ich bin in einer Stadt geboren, von der du noch nie etwas gehört hast.«

»Erzähl's mir trotzdem.«

»In Pueblo, Colorado. Ich hatte keine Geschwister. Mein Vater arbeitete dort als Busfahrer. Eines Tages überschlug sich dieser Bus und brannte aus. Ich war damals acht. Danach ging meine Mutter arbeiten. Sie ist gestorben, als ich sechzehn war. Ich verließ die Schule. Danach habe ich gearbeitet. In einer Autowerkstatt, in einem Lebensmittelgeschäft, viele Jobs wie diese. Dann kam der Krieg, und ich wurde eingezogen. Ich schätze, der Krieg war das größte Glück, das mir je passiert ist. Der Krieg war meine Eltern, der Krieg war meine Stütze, der Krieg war meine Ausbildung. Nach Kriegsende konnte ich mit Hilfe des ›G. I. Bill‹ Maschinenbau studieren. Nach meinem Examen fand ich ein paar kleine Jobs, nichts Großartiges. Und dann ist mir diese große Sache über den Weg gelaufen, diese einmalige Chance, der Job, zu dem wir jetzt unterwegs sind. Und das war's auch schon so ungefähr.« Er zuckte die Achseln. »Ich habe keine Familie mehr. Ich hatte nie eine feste Freundin, hatte nie ein Mädchen. Jedesmal, wenn ich mir eine ausgesucht hatte, war ein anderer schneller als ich.«

»Woher wußtest du, wie man miteinander schläft?« fragte sie erstaunt.

Er lachte verlegen. »Ich habe nicht gesagt, es gab überhaupt keine Mädchen. Ich sagte, ich hatte nie eine richtige Freundin, für länger. In Frankreich und Italien gab es – für einen Schokoladenriegel oder ein Päckchen Zigaretten – immer ein Mädchen für eine Stunde. Aber das ist nicht das gleiche.«

Sie dachte darüber nach, als könnte sie nicht verstehen, wo da der Unterschied lag.

»Tja, auf jeden Fall«, fuhr er fort, »hier war ich, unterwegs mit einem alten Kriegskameraden. Wir bereiteten uns Schritt für Schritt auf die neuen Jobs vor, die auf uns warteten, und eines Nachts haben wir uns dann in der Nähe einer Kreuzung verfahren. Ich stieg aus und ging zu diesem Haus, um nach dem Weg zu fragen. Das Haus, in dem du warst.

Ich kehrte zurück und erzählte ihm von einem wunderschönen Gesicht, das ich für einen kurzen Augenblick hinter einem Fenster gesehen hatte, von einem Klopfen gegen die Scheibe, von einem Zettel, der vor meinen Füßen gelandet war.

Er sagte: ›Sei nicht blöd. Das kommt davon, wenn man zu lange damit wartet, sich eine feste Freundin zu suchen. Man verliebt sich urplötzlich, in der Dunkelheit, unbesehen.‹

Ich sagte: ›Das ist meine feste Freundin – jetzt. Von jetzt an.‹

Den Rest des Weges ist er mit dem Zug weitergefahren. Ich blieb in der Nähe. Das Auto gehörte mir, weißt du. Und der Rest ist... unsere Geschichte. Der Rest ist – morgen.«

»Morgen«, wiederholte sie leise. Beide drehten sich wieder zum Meer. Eines der samtigen Blütenblätter der Gardenie in ihrem Haar streifte seine Wange. »Morgen sind wir in...?«

»Puerto Santo«, half er ihr.

»Werden wir dort an Land gehen?«

»Lohnt sich nicht. Dort gibt's nichts zu tun oder zu sehen. Soweit ich weiß, nur eines dieser tropischen Provinznester.«

»Dann bleiben wir also auf dem Schiff. Ich bin zufrieden.«

Er krümmte seinen Finger unter ihrem Kinn, führte ihr Gesicht zu seinem. Ihre Gesichter verschmolzen miteinander im Schatten unter dem Dach des Decks.

Mitternacht über einem tropischen Meer. Zwei Fremde, die sich kennenlernten. Zwei Fremde: Mann und Frau.

5

Er wachte auf, und die Tatsache, daß das Schiff sich nicht bewegte, sagte ihm, daß sie im Hafen lagen. Die Ruhe wirkte unnatürlich. Er vermißte das träge Schwanken, das leise Knarren des Holzes.

Das hier war Puerto Santo, erinnerte er sich. Ein Zwischenhalt auf halber Strecke zwischen Panama und Acapulco, auf ihrer Reise die Westküste hoch. Derjenige, bei dem sie beschlossen hatten, nicht an Land zu gehen.

Sie war nicht da. Sie hatte sich angezogen und vor ihm die Kabine verlassen. Wahrscheinlich war sie an Deck gegangen, um von der Reling einen Blick auf das Land zu werfen.

Während er sich anzog, rechnete er jeden Augenblick mit ihrer Rückkehr, er malte sich aus, wie sie ihm übersprudelnd eine Beschreibung des Ortes von der Reling aus geben würde, doch sie kam nicht.

Sengende Hitze schlug ihm entgegen, als er an Deck kam. Das Schiff lag ruhig in etwas, das ihm wie ein glühender Ofen vorkam. Die gewohnte Brise fehlte völlig. Selbst das Wasser hatte seine Farbe gewechselt. Das tiefe Blau der vergangenen Tage hatte sich in ein helles Grün des Hafenbeckens verwandelt. Dahinter, in der Ferne, lag der Halbkreis flacher Blech- und Ziegeldächer, wie Treibholz oder angehäufter Müll, der durch die Gezeiten an den Berührungspunkt von Meer und Himmel geschoben worden war. Dahinter zeichnete sich die dunstverhangene blaue

Linie von Bergen ab, so fein wie der Rauch einer Zigarette oder eine tiefblaue Himmelsschrift, deutlicher an den Gipfeln als am unteren Rand, so als würden die Berge am Himmel schweben.

Ein paar kleine Boote von Einheimischen wurden langsam über das Wasser dicht an die Wand des Schiffes gestakt, beladen mit Panama-Hüten, Kuriositäten, Schmuckstücken und Früchten, die selbst hier, so weit draußen, noch mit Fliegen übersät waren.

Mit einem ersten, gleichgültigen Blick nahm er dies alles wahr, als er das Deck herunterkam, ohne auch nur kurz stehenzubleiben. Sein zweiter, erheblich besorgterer Blick galt ihr.

Die ganze Reling entlang vor ihm standen kleine Gruppen von Mitreisenden, manche in Zweier- oder Dreiergruppen, manche allein. Nur sehr wenige schienen an Land gegangen zu sein. Seine Augen versuchten sie ausfindig zu machen, als er hinter ihnen vorbeiging. Sie war nicht unter ihnen. Genausowenig saß sie auf einem der Deckstühle. Und sie war auch nicht auf dem oberen Deck. Oder in dem darunter. Und auch nicht am Pool oder im Aufenthaltsraum, ebenfalls war sie nicht – als er einen kurzen Blick hineinwarf – in ihre Kabine zurückgekehrt.

»Hat zufälligerweise jemand meine Frau gesehen?« mußte er schließlich eine der Gruppen von Passagieren an der Reling fragen.

»Sie ist an Land gegangen, oder?« antwortete eine Frau.

»Ohne mich? Nein, ganz sicher nicht.« Und doch, wenn sie irgendwo auf dem Schiff war, wieso hatte er sie dann noch nicht gefunden?

Er sprach den ersten besten Offizier an, den er erspähte, und stellte ihm die gleiche Frage.

»Nein, ist sie nicht«, sagte der Mann. »Ich erinnere mich, sie gefragt zu haben. Sie stand dabei, als die anderen in das Beiboot stiegen, aber sie sagte, nein, sie wolle nicht an Land gehen, sie beide hätten beschlossen, an Bord zu bleiben.«

Ein anderer Passagier trat zu ihnen: »Ich glaube, ich habe gesehen, wie sie doch noch an Land gegangen ist, nachdem die anderen schon fort waren. Sie saß in einem dieser kleinen Boote der Einheimischen. Und ganz allein, nur sie, der Mann am Ruder und der kleine Junge, wie er auf den meisten dieser Boote als Aufseher für die Fracht dabei zu sein scheint.«

Jones war wie vom Donner gerührt. »Warum sollte sie in eines dieser Dinger steigen, wo sie es doch abgelehnt hat, mit dem Beiboot zu fahren? Sie müssen sich irren!«

»Ich weiß doch, wie Ihre Frau aussieht, Mr. Jones«, sagte der Mann beharrlich. »Ich habe dort drüben an der Reling gestanden und direkt zu ihr hinuntergeschaut.«

Die beiden starrten ihn sonderbar an. Der Schock mußte ihm ins Gesicht geschrieben sein, vermutete er. Aber das war nicht weiter wichtig; was ihn verblüffte war die Tatsache, daß sie einfach so ohne Vorwarnung gegangen war.

»Sie werden bald zurückkommen, und dann werden Sie ja selbst sehen«, sagte der Mann.

Jones blieb eine Weile neben ihm an der Reling stehen, tat so, als würde er über andere Dinge reden. Er bekam kaum ein Wort von dem mit, was sein Begleiter erzählte; er konnte an nichts anderes denken als an ihr plötzliches Verschwinden.

»Da kommt das Beiboot ja.«

Ein Sonnensegel war darüber gespannt, so daß die Insassen von oben nicht zu sehen waren, bis sie ausgestiegen waren. Er verlagerte seinen Standort an eine Stelle unmittelbar über der Jakobsleiter und schaute auf ihre Köpfe hinab, als sie einer nach dem anderen unter dem Sonnensegel auftauchten.

Es waren nicht besonders viele. Und sie war nicht unter ihnen, sie war nicht zurückgekehrt.

Er hielt sich am Rande der kleinen Gruppe auf, als sie wieder auf Deck traten. Eine Frau begrüßte ihn, und er stellte ihr sofort die Frage, die wirklich völlig überflüssig war, da er die Antwort mit eigenen Augen sehen konnte. »Ist meine Frau nicht mit Ihnen zurückgekommen?«

»Nein, sie war nicht bei uns.«

Einen Augenblick lang fühlte er sich unendlich erleichtert. »Jemand hat behauptet, er hätte sie an Land gehen sehen. Ich glaube nicht, daß sie...«

Prompt gab sie dem Bericht die niederschmetternde Bestätigung. »Ist sie auch. Ich habe sie selbst gesehen, aus einiger Entfernung, in der Stadt, als wir herumgeschlendert sind. Von ihr war weit und breit nichts zu sehen, als wir uns wieder sammelten, um zum Beiboot zurückzukehren, daher dachten wir, sie wäre vielleicht schon vor uns mit dem gleichen kleinen Boot zurückgekehrt, das sie sich gemietet hatte.« Als sie dann die Anspannung in seinem Gesicht bemerkte: »Ist sie nicht?«

»Nein.«

»Dann sollten Sie besser selbst an Land gehen und sie suchen! Vielleicht sitzt sie jetzt dort fest...«

Das mußte man ihm nicht erst sagen. Er hatte bereits seinen Fuß auf die Leiter gesetzt, brüllte während seines hastigen Abstieges nach unten: »Warten Sie, warten Sie noch! Ich komme mit. Meine Frau ist noch an Land.«

»Wir stechen in einer Dreiviertelstunde wieder in See, Mr. Jones! Bleiben Sie nicht zu lange!« rief ihm einer der Offiziere über die Reling nach, während sich das Boot den Rumpf entlangschob, dessen Farbe unter der Hitze Blasen geworfen hatte, und dann landwärts abdrehte.

Jones ließ sich unbehaglich in den Bauch des Bootes gleiten. So dicht am Wasser war die Hitze unerträglich; es war wie durch kochenden Teer zu fahren. Instinktiv zog er seine Hand zurück, um das Wasser nicht berühren zu müssen, als hätte er Angst, sich zu verbrühen, obwohl das lediglich eine Sinnestäuschung war.

Der uralte, mit grünen Algen überzogene steinerne Kai türmte sich langsam oberhalb der Wasserlinie vor ihnen auf. Jones sprang aus dem Boot und rannte die glitschigen Steinplatten hinauf, die die Treppe bildeten; einmal rutschte sein Fuß vom Rand einer dieser Stufen ab und zurück auf die darunter liegende, doch abgesehen von einem vorübergehenden Schwanken konnte ihn dieser kurze Fehltritt weder bremsen, noch stürzte er.

Sie war weit und breit nicht zu sehen. Keine Spur von ihr. Er wandte sich an einen der herumsitzenden Müßiggänger.

»*Señora*?« sagte er, eines der wenigen spanischen Wörter herauskramend, die er kannte.

Der Bursche zeigte auf das Schiff und sagte etwas, das wahrscheinlich bedeutete: »Die sind alle vor ein paar Minuten zurückgefahren.«

»Nicht die, die ich meine«, brummte Jones. Er hielt sich nicht lange mit dem Versuch auf, das zu übersetzen, sondern verließ den Landesteg und ging, ohne weitere Zeit zu verschwenden, in die Stadt.

Einer der Matrosen rief ihm noch eine Warnung nach,

daß er rechtzeitig zurückkehren sollte, doch er achtete nicht weiter darauf. Seine Gedanken konzentrierten sich auf eine einzige Aufgabe: sie zu finden.

Nachdem er jetzt mittendrin war, hatte sich der Ort noch weiter verdichtet, wirkte jetzt noch kleiner als vom Schiff aus draußen am Ankerplatz. Eine Art Hauptstraße zog sich direkt von dem Platz am Hafen in den Ort. Ein paar kleinere Gassen kreuzten wie schlecht verlegte Schwellen eines Eisenbahngleises in unregelmäßigen Abständen diese Straße. Und das war dann anscheinend auch schon alles. Es schien kaum vorstellbar, daß sich jemand in einem Ort wie diesem auch nur für kurze Zeit verlaufen konnte; das heißt, den Weg zurück zum Ausgangspunkt nicht mehr zu finden. Aber wo steckte sie dann, was war aus ihr geworden?

Als erstes entschied er sich für die zentrale Durchgangsstraße, auf der einen Seite hinauf, die andere wieder hinunter, versuchte es in einer Handvoll Läden, die sie vielleicht interessiert haben könnten. Sie war in keinem zu finden, sie war in keinem gesehen worden. Überall wurden Köpfe geschüttelt, Hände gestikulierten.

Er kehrte zum Kai zurück, immer noch ohne sie. Einer der Matrosen des Beibootes brüllte ihm wieder eine Warnung zu, deutete hinaus auf das Schiff. Es blieb ihm nicht mehr viel Zeit. Was ihn zu einer weiteren, noch fieberhafteren und beunruhigten Suche anspornte.

Er lief in eine der Seitenstraßen. Billige kleine Bars, kitschige geschmacklose Marktstände, sämtliche Ausdünstungen eines tropischen Tauschhandels. Hier würde sie ganz bestimmt nirgendwo sein. Aber was gab es dann hier für sie? Und was das betraf, was hatte dieser ganze Ort für sie zu bieten? Er drehte sich um und kehrte wieder zurück.

Inzwischen hatte er regelrecht Angst und war aufgrund seiner eigenen Anstrengungen ziemlich außer Atem, ermüdet und schweißgebadet.

Er entdeckte so etwas wie ein Hotel, wahrscheinlich das einzige, dessen dieser Ort sich rühmen konnte, aber auch hier nichts als Achselzucken und abwinkende Hände.

Er warf sogar einen Blick in eine zerfallene Kirche aus rosafarbenem Sandstein, an der er vorbeikam. Bussarde mit glänzendem Gefieder schmiegten sich wie lackierte Wächter des Zerfalls an ihre Säulen und Simse. Das Gebäude war leer. Kerzen, die in einer Reihe auf der einen Seite des Altars anstiegen, auf der anderen wieder herunter, flackerten in dem Luftzug, den er mit seinem Eintreten verursacht hatte; zuerst neigten sich alle in die eine Richtung, dann bogen sie sich zurück, um sich in die andere Richtung zu neigen, bevor sie sich schließlich wieder aufrichteten.

Er nahm seinen Hut ab, zog sich rückwärts wieder zurück, dieses Mal weniger zyklonartig als bei seinem Hereinkommen, warf als Wiedergutmachung eine Münze in den Opferstock, als er hinausging.

Draußen schwankte er wieder die Stufen hinunter, die Handfläche in einer Art Salut an die Verwirrung flach gegen seine Stirn gepreßt. Wo dann? Wo noch? Was blieb noch? Er war schon überall in diesem miesen kleinen Kaff gewesen.

Es mußte irgendwas wie eine Polizeistation geben, selbst in diesem gottverlassenen Provinznest. Das war's. Dorthin mußte er gehen und Hilfe suchen.

Und dann, auf dem Weg dorthin und fast schon da, hatte sich die Notwendigkeit dazu plötzlich erledigt.

Er entdeckte sie. Er sah sie.

Sie war in einer Art Laden, kaum ein richtiges Geschäft, eher ein Marktstand, eingelassen in einer der Mauern wie eine Nische. Das Weiß ihres Kleides schimmerte blaß aus dem trüben Inneren heraus. Sie stand bewegungslos da, hatte der Straße draußen den Rücken zugekehrt.

Sein plötzliches Erscheinen in der schmalen Tür verdunkelte das wenige Licht, das dort war, noch mehr, löschte für einen Augenblick das Innere völlig aus.

»Mitty!« rief er mit belegter Stimme.

Sie schien ihn nicht zu hören, so gebannt war sie.

Er trat schnell zu ihr hinüber und ergriff ihren Arm. »Mitty, bist du verrückt? Ich habe mir gottverdammte Sorgen um dich gemacht! Ich habe dich überall gesucht, in der ganzen Stadt!«

Sie drehte sich zu ihm um, als würde sie ihn einen Moment lang nicht wiedererkennen.

Dann, als hätte sie seine Anwesenheit schließlich registriert, rief sie, verspätet, aber völlig beherrscht, aus: »Ach, du bist es, Larry! Wie bist du hergekommen?«

»Mitty, weißt du eigentlich, was ich durchgemacht habe?«

»Bin ich sehr lange hier gewesen?« fragte sie verständnislos. »Ich habe versucht, mich an irgendwas zu erinnern.«

Sie drehte sich um und folgte ihm bereitwillig wieder hinaus ins Freie. Der Ladenbesitzer trottete hinter ihr her, sagte etwas in taktvoller Beharrlichkeit. Jones drehte sich rechtzeitig um und sah noch, wie sie ihm eine der Kuriositäten zurückgab – eine bizarre kleine Lehm-Figurine einer hockenden menschlichen Gestalt, die Arme um die Knie geschlungen, der Kopf unverhältnismäßig groß –, die sie, ohne es zu bemerken, in der Hand behalten hatte.

»Was ist nur in dich gefahren?« sagte Jones zusammenhanglos, als sie wieder die Richtung einschlugen, aus der er gerade erst gekommen war.

Sie warf einen Blick zurück; ob auf das Geschäft selbst oder den Ladenbesitzer, der dort im Eingang stand und ihnen nachschaute, oder auf das kleine Lehm-Dickerchen in dessen Hand konnte er nicht mit Sicherheit sagen.

»Ich bin herumgewandert, bin dann zufälligerweise dort vorbeigekommen und habe einen Blick hineingeworfen. Dann entdeckte ich diese Dinge auf dem Regal, diese Reihen kleiner Lehmfiguren, die er da hatte, und ich weiß nicht ... Jedesmal, wenn ich eine davon in die Hand nahm, bekam ich so ein ganz komisches Gefühl. Ich schien mich irgendwie nicht mehr von ihnen losreißen zu kön-«

Er hatte jetzt nicht die Zeit, sie ausreden zu lassen. Irgendeine undeutliche Bemerkung kam ihm wie ein Nachgedanke in den Sinn. »Es ist, als würde man einen alten Koffer öffnen und Dinge sehen, die man schon sehr lange nicht mehr gesehen hat, und würde dann versuchen, sich zu erinnern, wo und wann man ...«

»Wir werden dieses Schiff noch verpassen, wenn wir uns jetzt nicht beeilen.« Er begann heftig zu winken.

Ein kleiner überdachter Karren wendete, bewegte sich mühsam zu ihnen herauf – die Straße stieg hier steil an –, wendete wieder und hielt an. Jones half ihr hinein.

»*Al puerto*. Zum Hafen. Verstanden? Schnell!«

Sie klapperten geräuschvoll über das steile Kopfsteinpflaster, Fetzen von Straßenszenen zogen jetzt schnell auf beiden Seiten an ihnen vorbei, wie ein Film, der durch einen Projektor surrt. Er neigte Kopf und Schultern heraus, während er konzentriert nach vorne schaute.

»Da ist er ja endlich, ich sehe den Hafen am Ende der Straße. Wir kommen noch hin!«

Als die umliegenden Gebäude zurückwichen und sie auf den Platz an der Hafenmauer fuhren, sprang er plötzlich kerzengerade auf.

»Ich sehe nirgendwo das Schiff! Es ist nicht mehr hier!«

Ohne abzuwarten, bis das Fahrzeug langsamer wurde und neben der Kaimauer hielt, sprang er herunter und lief auf den Landesteg hinaus. Derselbe schwarze Köter mit dem gelben Bauch räkelte sich dort, dieselben schläfrigen Müßiggänger, die Rücken an die Außenwände der Lagerhäuser gelehnt, die Hüte tief in die Stirn gezogen, die Beine ausgestreckt vor sich auf dem Boden. Alles war genau wie zuvor.

Aber am unteren Ende der steinernen Stufen hob und senkte sich das Wasser grün und spiegelglatt und leer.

Draußen, hinter dem Ankerplatz des Hafens, zog sich eine schwarze Rauchfahne von einem schnell kleiner werdenden, zylinderförmigen Objekt wie eine Narbe über den milchig weißen Himmel, das in täuschender Schwerfälligkeit die Linie entlangkroch, wo Meer und Himmel sich berührten.

Schließlich kehrte er zu ihr zurück. Es schien viel Zeit vergangen zu sein. Ohne Zweifel war dies der Fall. Sie war in der Karre geblieben.

Sogar der Schornstein des Schiffes war jetzt verschwunden. Der schwarze Rauch hing körperlos, sich wie Garn auflösend in der Luft, ein Symbol ohne eine sichtbare Ursache darunter.

Es gab nichts zu sagen. Worte waren überflüssig, um die Situation noch deutlicher zu machen, waren nicht in der Lage, etwas daran zu ändern. Das gelegentliche Klatschen des grünen Wassers, das leer gegen die unteren Steine der Kaimauer plätscherte, war das einzige Geräusch weit und breit.

Zwei Menschen standen schweigend, verwundert nebeneinander; am Rande des Nirgendwo, unbeweglich am Rande des Meeres, in einem fremden Ort.

Das Meer und der Ort begannen schnell um sie herum dunkler zu werden, als sich die Nacht wie ein schwarzer Schattenvorhang herabsenkte.

6

»Mein Gott, was für ein Ort!« rief er in dieser Nacht mit unterdrückter Schärfe in ihrem muffigen, kahlen Hotelzimmer aus. »Dreißig Tage in einer solchen Falle! Lebendig begraben! Nein, es ist noch schlimmer als das. Wenn man begraben ist, dann ist die Erde um einen herum wenigstens kühl.«

Sie hockte auf einem der beiden riesigen Betten; ihr Gesicht ein gespenstisches Oval vor dem Hintergrund des Moskitonetzes, das wie ein Schleier über ihr lag.

Er ging ein- oder zweimal auf dem gekachelten Boden auf und ab, rieb sich dabei mit einer Hand im Nacken. »Und von meinem Job kann ich mich auch verabschieden. Die werden ihn mir doch nie dreißig Tage freihalten. Ich hätte mich am Zehnten melden sollen, spätestens.«

»Larry, haben wir Geld?« fragte sie zögernd. »Oder sind wir ...?«

»Wir sind nicht völlig pleite, falls du das meinst. Zufälligerweise hatte ich ein bißchen Geld in der Tasche dieses Anzuges. Der Rest liegt im Safe des Zahlmeisters, ist jetzt gerade ohne uns unterwegs in den Norden. Aber ich nehme an, sie werden es wohl aufbewahren, bis wir es abholen. Aber das ist es nicht, was mir Sorgen macht. Es ist nur, daß das hier all meine Pläne zunichte macht. Ich habe mich fest auf diesen Job verlassen.«

»Können wir nicht ein Flugzeug nehmen und immer noch rechtzeitig dort sein?«

»Keine Chance«, sagte er niedergeschlagen. »Das war so ziemlich meine erste Frage, die ich unten gestellt habe. Selbst die Flugzeuge lassen diesen Ort aus, er liegt so weit abseits der üblichen Routen. Sie kommen auch nicht auf hundert Meilen an ihn heran. Hier gibt es nichts, weswegen sie kommen sollten.«

Er drehte eine oder zwei weitere halbherzige Runden. »Laß uns das Licht ausmachen, ja? Das lockt alle möglichen Viecher an. Jetzt kreisen sie schon in Schwärmen um die Lampen. Willst du es noch anlassen?«

»Nein«, sagte sie fügsam. »Wahrscheinlich ist es ohne auch kühler.«

Nach ein paar Augenblicken wurde ein Streichholz ausgeschüttelt, drüben vor dem Fenster, wo er stehengeblieben sein mußte und mit blicklosen Augen in das Nichts hinausschaute.

»Larry, kannst du mir eine Zigarette geben?« flüsterte sie leise.

»Hier«, sagte er widerwillig. Seine Schritte näherten sich mit hohlem Klang auf dem gefliesten Boden. »Zieh dein Netz zurück, damit ich es nicht anstecke.«

Das zweite Aufflammen eines Streichholzes tauchte ihr Gesicht für einen Moment in korallenfarbiges Licht. Dann verblaßte diese Maske wieder.

»Larry, bist du wütend auf mich?« flüsterte sie.

Er gab ihr keine Antwort. Was seine Antwort war.

Sie versuchte es wieder. »Larry, es tut mir leid, daß ich uns diese Suppe eingebrockt habe.«

»Und wieso hast du's dann überhaupt gemacht?« fragte er kurz angebunden.

»Ich wollte es nicht«, sagte sie lammfromm.

Er holte verzweifelt tief Luft, war verblüfft über diesen

Widerspruch. »Aber du *bist* doch an Land gegangen, Mitty, wie kannst du da so etwas sagen?«

»Ich weiß auch nicht, Larry. Ich sage dir die Wahrheit, bitte, das mußt du mir einfach glauben. Ich wollte nicht an Land gehen, es war wirklich keine Absicht. Ich hatte bestimmt mit keinem Gedanken daran gedacht, als ich heute morgen an Deck gegangen bin. Ich wollte nur mal kurz einen Blick von der Reling werfen und dann sofort wieder in die Kabine zurückgehen. Kannst du das nicht schon allein daran erkennen, was ich anhatte? Ich hatte nicht mal einen Hut dabei oder irgendwas, um mich vor der Sonne zu schützen. Ich habe die Kabine einfach so verlassen, wie ich war.«

Sein Schweigen war ein Hinweis darauf, daß ihm dieser Punkt gerade selbst in den Sinn gekommen war, nachdem sie es jetzt gesagt hatte.

»Und dann ist eines dieser kleinen Boote der Einheimischen unter mir vorbeigekommen. Es hatte ein paar Sachen zu verkaufen, aber nichts, das mich interessierte. Obst und solche Dinge. Aber in diesem Boot befand sich ein Wasserkrug aus Lehm in der Form einer Figur. Er hatte ihn vielleicht mitgenommen, um seine Waren frisch zu halten oder selbst hin und wieder einen Schluck zu trinken. Ich habe den Krug einfach nur angestarrt und angestarrt, und ... und ich hatte so ein merkwürdiges Gefühl, Larry.«

»Was meinst du damit, ein merkwürdiges Gefühl?«

»Ich weiß selbst nicht. Ich weiß nur, daß ich meine Augen nicht mehr davon abwenden konnte. Inzwischen war das kleine Boot ans Fußende der Leiter geglitten, da wo das Beiboot vorher gelegen hatte. Zuerst habe ich mich soweit es ging über die Reling hinausgelehnt. Und bevor ich mich versah, bin ich dann Schritt für Schritt vorsichtig die Leiter hinuntergeklettert, um es mir genauer anzusehen, und dann stand ich da mitten in diesem kleinen Boot. Und dann habe ich mich gesetzt, diesen Krug in den Armen gehalten und ihn gestreichelt. Was danach passiert ist, weiß ich nicht mehr; vielleicht habe ich ihn gefragt, wo er diesen Krug her hätte, und er zeigte auf das Ufer, und dann habe ich ihm vielleicht gesagt, er sollte mich hinüberbringen. Aber jetzt kann ich mich an nichts mehr erinnern. Ich kann mich nur noch daran erinnern, daß ich als nächstes in der Stadt war und an Land herumgewandert bin.«

»Die ganze Zeit, die du an Land warst, den ganzen Nachmittag über, hast du auch nicht einen Augenblick an mich gedacht? Hast nicht mal ans Schiff gedacht? War dir denn nicht klar, daß es zu einer bestimmten Zeit wieder in See stechen und daß ich auf dich warten würde?«

»Ich schien einfach alles vergessen zu haben. Ich konnte nichts dagegen tun. Ich bin die ganze Zeit über nur mit diesem merkwürdigen Gefühl herumgewandert. Ist es dir noch nie passiert, daß dir ein Wort auf der Zunge liegt, an das du dich fast wieder erinnerst, aber es fällt dir einfach nicht mehr ein, es entgleitet dir einfach nur jedes Mal wieder, gerade wenn du meinst, du hast es? Also, es war genau dieses Gefühl, dieses quälende, erwartungsvolle Gefühl. Nur daß es nichts war, das mir auf der Zunge lag, sondern vielmehr etwas in meiner Erinnerung. Es schien alles andere vollkommen aus meinem Kopf zu verbannen, und doch setzte sich dieser Gedanke nicht vollständig durch. Ich befand mich in einer Art Zustand der völligen Leere, in einer Art wacher Benommenheit.«

»Wenn du mich fragst, ich würde sagen, es lag an der

Sonne. In der Gegend rumzulaufen, ohne den Kopf bedeckt zu haben.«

»Nein«, versteifte sie sich unbestimmt. »Es war etwas am Rande meiner Erinnerung. Und als ich dann diese kleine Lehmfigur, dieses Götzenbild, in jenem Geschäft sah, in dem du mich gefunden hast, konnte ich mich einfach nicht mehr losreißen. Die Zeit stand still. Jedesmal, wenn ich versuchte, es wieder hinzustellen, streckte sich meine Hand aus und hob es wieder auf. Es schien mir irgend etwas sagen zu wollen.«

»Dir irgendwas sagen zu wollen?« spottete er voller mürrischer Ungeduld.

»Ich stand da und hielt es einfach ganz lange fest. Ich hatte dieses Gefühl, wie sich ein Wort auf meine Zunge hinausschob; wie es einfach irgendwo dort schwebte, ohne aber herauszukommen. Oh, ich weiß; du hast mich gebeten, nicht so zu reden. Aber das ist die einzige Beschreibung, die einigermaßen zutrifft. Es gibt keine andere Möglichkeit.«

Er war wieder in ein übellauniges Schweigen verfallen.

»Du bist jetzt wütend auf mich, Larry, stimmt's?« sagte sie schließlich.

»Nein, du hast es nur geschafft, daß ich mich eigenartig fühle.«

Er drückte seine Zigarette aus und rollte das aufgerollte Moskitonetz von seinem Halterahmen herunter.

»Mir ist es jedenfalls ein Rätsel. Es ist die merkwürdigste Sache, die ich je gehört habe.«

Die Stille, die sich jetzt über den Raum legte, war eins mit der Hitze. Es war ein erstickendes Schweigen. Selbst die hinter dem Fenster sichtbaren Sterne schienen in einer Art unversöhnlichem Fieber heftig zu pulsieren.

7

Die Tage waren wie aufeinanderfolgende Handschellen, jede aus vierundzwanzig einzelnen Gliedern bestehend, die sie gefangen hielten.

Die Sonne ging mit einer lodernd gelben, gasförmigen Hitze auf, schlich durch die Spalten in den Jalousien zu ihnen herein, brannte grelle Tigerstreifen auf die Wände des Zimmers. Ihre Heftigkeit und Wildheit um sechs Uhr morgens war ebenfalls die eines Tigers.

Ihre matte Stimme klang durch das Moskitonetz. »Bist du schon wach? Ich auch. Oh, es ist schrecklich.«

»Ich habe versucht, an Schnee zu denken«, sagte er, starrte an die Decke. »Es hilft ein bißchen.«

»Er wird bald hier sein. Jetzt ist er hier, ich höre das Wasser auf die Fliesen klatschen, wie er die Eimer trägt.«

Es gab kein fließendes Wasser in dem Hotel. Es gab einen artesischen Brunnen, und von da schleppte es der Portier eimerweise heran, immer zwei auf einmal an einer Querstange über seiner Schulter, und leerte sie dann in einen viereckigen steinernen Trog, der aussah, als wäre er aus Basalt. »Der Betonmischer«, hatte Jones ihn genannt, als er es zum ersten Mal sah. Anfänglich hatte es eine gute Portion Hartnäckigkeit erfordert, aber jetzt brachte der Portier, ohne erst aufgefordert zu werden, jeden Tag frisches Wasser für diese eigenartigen Leute, die nicht nur an kirchlichen Feiertagen badeten, sondern an jedem einzelnen Morgen des Jahres.

Trotz der Primitivität war dies eine der kurzen Ruhepausen des Tages, dieses Eintauchen in die Kühle.

Der Rest, von da an für den ganzen restlichen Tag, war einfach die Dummheit jeder sinnlosen, ziellosen Bewegung. Ein Vakuum, das erheblich leerer war als die Langeweile, die so zu nennen schon Schmeichelei gewesen wäre.

Das Hotel besaß so etwas wie einen Patio, aber es war viel zu heiß und es gab zu viele Insekten und feuchte Ausdünstungen der Pflanzen, um sich tagsüber dort aufzuhalten. Es blieb nur ihr Zimmer und die Straßen, von denen manche glücklicherweise von *portales* beschattet wurden, den tunnelähnlichen, gewölbten Durchgängen, wie sie für die spanische Architektur typisch waren. Dennoch, die Monotonie, nichts anderes zu sehen außer den Stützpfeilern von Steinbögen und steinerne Mauern von Häusern, immer und immer wieder dieselben Pfeiler und Wände, hin und her, verlor schnell genug an Reiz, trieb sie mit glasigen Augen und übersättigt wieder zurück in ihr Hotel.

Die Erleichterung, die der Einbruch der Dunkelheit brachte, war nur eine optische Täuschung; das grelle Licht, das die Hitze zu produzieren schien, war zwar verschwunden, aber die Hitze selbst blieb.

Jeden Morgen wachte er auf und sagte sich: Noch dreißig Tage. Dann: Noch neunundzwanzig Tage. Dann: Noch achtundzwanzig. Und so weiter. Schließlich hörte er auf zu zählen. Aus irgendeinem eigenartigen Grund schien dieses System der stetig subtrahierenden Erinnerung die Tage noch viel langsamer verstreichen zu lassen. Jeder Tag war endlos lang, wenn man eine Ziffer an ihn heftete. Wenn man ihn leer ließ, nicht weiter gekennzeichnet, glitt er unauffälliger vorbei.

Es war etwa am zehnten Tag (noch weitere zwanzig vor ihnen), als der Armreif auftauchte. Er kam ins Zimmer und fand sie dort stehend vor. Als sie sich zu ihm umdrehte, hielt sie ihren Arm auf eigenartige Weise umklammert, die Hand in festem Griff weit oben fast an der Schulter.

»Was machst du da, hast du dich verletzt?« fragte er besorgt, warf seinen Hut zur Seite.

Sie ließ die schützende Hand fallen und enthüllte, was auf den ersten Blick wie ein verkrusteter, brandiger Auswuchs aussah, der ihre glatte, elfenbeinfarbene Haut umschlang. Dann, aus geringerer Entfernung, nachdem er schnell zu ihr hinübergegangen war, sah er mit überwältigender Erleichterung, daß es lediglich ein schwerer, grob bearbeiteter Metallreif von mehreren Zentimetern Breite war. Spuren eines bandförmigen Musters, in regelmäßigen Abständen mit Türkissplittern besetzt, schimmerten durch seine verwitterte Patina.

»Wo hast du das denn her?«

»Ich habe ihn in einem der Fenster gesehen. Ich weiß auch nicht, irgend etwas daran hat mich unwiderstehlich angezogen. Zuerst bin ich jedesmal dran vorbeigegangen, und dann kehrte ich immer wieder zurück, um ihn noch einmal anzusehen. Schließlich bin ich dann durch die Tür hineingegangen.«

»Aber wieso hast du ihn auf deinen Arm gezogen?« fragte er mit einer widerwilligen Grimasse.

»Ich weiß auch nicht – er schien irgendwie einfach dorthin zu gehören. Ich wußte nicht mal genau, was ich überhaupt tat. Ich schaute hin, und da hatte ich ihn schon an meinem Arm.« Sie ließ ihre Fingerspitzen verträumt darüber gleiten, streichelte ihn beinahe liebevoll. »Er schien einfach dorthin zu gehören«, wiederholte sie. »Und, ich weiß nicht, nachdem ich ihn erst mal trug« – sie gestikulierte hilflos – »schien ich ihn nicht mehr abnehmen zu können.«

»Aber du wirst ihn doch wohl nicht anbehalten?« protestierte er ungläubig. »Das ist doch Mumpitz. So was trägt doch nur eine Kaffer-Frau. Sieh's dir doch nur mal an, er ist doch ganz grün und angelaufen, irgendwie...« Er streckte seine Hand aus, um den Reif von ihrem Arm zu ziehen.

Sie wich einen Schritt zurück, legte schützend eine Hand darüber.

Er zuckte die Achseln. »Tja, wenn du's unbedingt behalten willst, okay, ist allein deine Entscheidung. Aber es sieht verrückt aus, skurril.«

Sie zog ihn langsam, sehr widerwillig aus und hielt ihn dann sehr lange Zeit in ihren Händen. Schließlich legte sie ihn bedächtig in eine Schublade.

Am folgenden Tag sah er sie vor der halb geöffneten Schublade zu dem Armreif herabschauen, ohne ihn jedoch herauszunehmen. Als sie bemerkte, daß er ins Zimmer gekommen war, drückte sie die Schublade leise wieder zu.

Er sagte nichts.

Am zweiten Tag danach kam er gerade rechtzeitig herein, um zu sehen, wie sie ihn hastig in die Schublade warf und sie dann schnell schloß. Dieses Mal hatte sie ihn in ihren Händen gehalten. Wieder sagte er nichts, um zu zeigen, daß er es bemerkt hatte.

Am dritten Tag befand er sich wieder an ihrem Arm. Von da an blieb er dort.

Schließlich begann er durch die Reibung auf ihrer Haut wieder ein wenig mehr zu glänzen, wirkte weniger angelaufen. Oder vielleicht hatte er sich auch einfach daran gewöhnt. So oder so, der Anblick des Armbandes wurde erträglicher für ihn.

Und so schleppten sich die Tage ihrer Isolation dahin.

Es war ihm nicht möglich zu sagen, an welchem Punkt er zum ersten Mal ihre Geistesabwesenheit bemerkt hatte. Geistesabwesenheit war seine eigene unzureichende gedankliche Beschreibung dafür, beinahe sofort wieder verworfen, sobald er überhaupt irgendeine periodisch wiederkehrende Veränderung ihres Verhaltens bemerkt hatte, die selbst für ihn eine Bezeichnung erforderte, ohne aber statt dessen eine andere passende Bezeichnung zur Hand zu haben.

Zuerst ein leerer Blick. Er sagte etwas zu ihr, und sie hörte ihn nicht. Er wiederholte es, und sie hörte ihn. Mehr war da nicht, dieses eine Mal. Die Anfänge davon waren so schwer faßbar. Der Zwischenfall war vorüber. Es war nicht einmal ein Zwischenfall. Es war nichts.

Später kehrte dieser leere Ausdruck zurück. Er erinnerte sich an das vorangegangene Mal. Daher *betrachtete* er jetzt diesen leeren Blick. Auf diese Weise wurde er sich der »Geistesabwesenheit« bewußt. Es geschah. Aber wieder, das war auch schon alles. Ach, sagte er sich, sie will da draußen auf dem Balkon nur ein bißchen frische Luft schnappen. Sie ist in Gedanken.

Er sprach sie wieder an. »Willst du dich frisch machen, Mitty? Wir können eigentlich genausogut runtergehen und diesen beschissenen Reis mit Bohnen essen und es hinter uns bringen.«

Sie stand sofort auf und kam ins Zimmer.

Es war immer noch nichts, weniger als ein Zwischenfall.

Aber es passierte auch draußen auf der Straße.

Sie gingen zusammen spazieren, und ihr Weg führte sie

an der Einmündung einer anderen Straße vorbei. Als sie an dieser Öffnung vorbeigingen, hörte er, wie ihr Schritt neben ihm langsamer wurde, dann, wie sie nicht wieder schneller ging, und als er sich umdrehte, sah er, daß sie mehrere Schritte hinter ihm zurückgeblieben, stehengeblieben war, ihren Körper zwar noch in der gleichen Richtung wie er, den Kopf aber zur Seite in die neue Straße gedreht. Er ging zu ihr und schaute ebenfalls in diese Richtung, wie es jeder andere auch getan haben würde, und dort war nichts. Nichts zu sehen. Nur die Randstreifen der Straße, die sich perspektivisch zu einem einzelnen Punkt verjüngten. Es war noch nicht einmal jemand auf dieser Straße unterwegs. Sie führte schnurstracks ins Nirgendwo. Und über diesem Nirgendwo schwebte, wie um zu beweisen, daß selbst die Perspektive eine Grenze besaß, der Berg wie ein zartblauer Hintergrund.

»Wieso bleibst du hier mitten auf der Straße stehen?« fragte er sie. »Du bist noch nicht im Schatten. Was hat dich veranlaßt, einfach so stehenzubleiben?«

»Ich weiß nicht. Ich habe plötzlich diesen Weg hinuntergesehen, und ...«

»Und was?« sagte er, warf selbst wieder einen Blick in diese Richtung und sah wieder, was er schon beim ersten Mal gesehen hatte: Nichts.

»Ich weiß nicht.« Sie blinzelte ihn an, als suchte sie so etwas wie Hilfe. »Ich weiß es im Moment nicht. Es ist wieder fort. Aber ich habe etwas Merkwürdiges gespürt.«

Zu diesem Zeitpunkt war er noch begriffsstutzig. Noch nicht auf der Hut vor den Dingen, die er sowieso nicht hätte verstehen können. »Ist dir vielleicht ein Staubkorn ins Auge geflogen?« Er dachte, sie meinte etwas in dieser Richtung.

Sie schob seine Bemerkung unbeantwortet zur Seite. »Warte einen Moment, Larry«, sagte sie.

Sie drehte sich um und ging ein paar Schritte den Weg zurück, den sie gerade gekommen waren. Dadurch gelangte sie an der Einmündung der Straße vorbei an eine Stelle, wo die behindernden Seitenwände wieder hoch aufragten. Dort sah er sie dann kehrtmachen und in seine Richtung zurückkommen, so als wollte sie etwas ausprobieren. Er hätte vielleicht sogar gedacht, daß sie versuchte, irgend etwas auf dem Boden wiederzufinden, das sie verloren hatte, doch der nach vorne gerichtete Blick ihrer Augen bewies ihm, daß dem nicht so war. Sie war ausschließlich mit irgendeinem Eindruck in ihrem Kopf beschäftigt; der leere und doch gleichzeitig erwartungsvolle Ausdruck in ihren Augen, als sie auf ihn zukam, zeigte ihm, daß es so war.

Und wieder öffnete sich neben ihr die Einmündung der Straße. Sie drehte sich um und schaute zur Seite – wie sie es auch beim ersten Mal getan haben mußte –, kam dann den Rest des Weges zu ihm. »Beim zweiten Mal ist es nicht wieder passiert«, sagte sie.

»Was ist nicht wieder passiert? Du hast mir nicht mal gesagt, was es beim ersten Mal war.«

»Irgend etwas schien am Rande meines Blickfeldes meine Aufmerksamkeit auf sich lenken zu wollen. Und als ich mich dann umdrehte, um hinzuschauen, aber bevor ich mich wirklich umgedreht *hatte*, noch während ich *weiterging*, wußte ich, daß ich etwas sehen würde, das ich früher schon einmal gesehen hatte. Als ich mich dann umdrehte und hinsah, da war es da, genauso wie ich gewußt hatte, daß es sein würde: Dieser Berg dort weit draußen.«

»Natürlich dachtest du, ihn vorher auch schon gesehen

zu haben; warum solltest du auch nicht? Vielleicht bist du an genau dieser Kreuzung auch gestern schon vorbeigekommen, oder vielleicht auch vorgestern. Dieser Eindruck am Rande deines Blickfeldes hat sich dir irgendwie eingeprägt und ...«

Sie leckte sich über ihre Lippen. »Nein, es ist schon viel länger her.«

Sie sah ihn einfach an, und er sah sie an, so als stünde eine Barriere zwischen ihnen; eine gewaltige, dicke Glasscheibe, die weder das Sehen noch die Laute ihrer Stimmen blockierte, aber alles andere unterbrach.

Schließlich lächelte er breit, um dieser Situation ein Ende zu machen. »Du bist ein komisches Mädchen«, sagte er gönnerhaft, ging neben ihr weiter die Straße hinunter.

Es war nichts. Nur ein Zwischenfall, nur ein einen flüchtigen Augenblick dauernder Wortwechsel, während sie zusammen eine Straße entlanggingen.

Das war der Beginn dessen, was er, für kurze Zeit, als ihre Geistesabwesenheit bezeichnete.

8

Er richtete sich unter dem Moskitonetz zu einer sitzenden Haltung auf, befand sich immer noch in diesem Stadium zwischen Schlaf und Erwachen, gequält von einer unbestimmten inneren Angst; eine Angst, die sich aus dem Schlaf auf den Zustand des Wachseins übertragen hatte. Nur daß sie jetzt langsam zu verklingen begann, sich nur noch an den Spuren verriet, die sie hinterließ, so wie die zurückweichende Flut Muscheln und Feuchtigkeit dort auf dem Sand zurückließ, wo sie noch wenige Augenblicke zuvor selbst gewesen war.

Es war kein Traum gewesen. Es hatte keine Bilder gegeben. Einfach nur eine Art formloser Angst. Er strich sein Haar zurück, und seine Hand war feucht, als er sie wieder vom Kopf nahm.

Das Netz war ein verschwommener grauer Fleck, der ihn völlig umgab, wie ein Dunst. Nach diesen kurzen Augenblicken des verblüfften, wild um sich schlagenden Herumhantierens, das jedesmal vorausging, wenn er versuchte, die genaue Position des versteckten Saumes auszumachen, an dem sich das Netz teilen ließ, schleuderte er es zur Seite.

Der Raum umschloß ihn in der drückenden tropischen Nacht wie ein Sargtuch aus schwarzem Samt. Mit seiner Handfläche berührte er die Marmorplatte des Nachttisches zwischen ihren beiden Betten, hob einen in der Dunkelheit unsichtbaren Kreis, der winzige phosphoreszierende Punkte aufwies, legte ihn wieder zurück. Viertel vor drei morgens.

Dann sah er sie.

Sie saß draußen im Mondlicht auf dem Balkon. Reglos wie eine weiße Statue. Starrte hinaus zu diesem verfluchten Berg.

Eine Zeitlang beobachtete er sie von seinem augenblicklichen Standort. Es war unnatürlich, es war unheimlich, so still dazusitzen. Sich überhaupt nicht zu bewegen. So konzentriert, so lange, so völlig unbeirrt zu starren. Es war mehr als einfach nur ein fasziniertes Starren, es war vielmehr ein Starren, das einer Trance nahekam.

Er stand auf und setzte seine nackten Füße auf die Fliesen. Sie rührte sich nicht; sie war sich der undeutlichen Bewegung hinter ihr so wenig bewußt, als wäre er tausend Meilen weit fort gewesen.

Er steckte sich eine Zigarette an, nahm einen Zug, empfand sie nicht als Erleichterung und drückte sie wieder aus. Nicht einmal das Aufflackern des Streichholzes, das in dem dunklen Gewölbe des Raumes hinter ihr wie die Explosion einer Leuchtkugel gewirkt haben mußte, erregte ihre Aufmerksamkeit, drang nicht bis zu ihr durch.

Er zog seine Unterlippe ein wie jemand, der plötzliche Kälte einatmet. Er hatte Angst. Irgend etwas Kaltes berührte ihn, irgend etwas Unbekanntes. Er konnte es nicht identifizieren und war ihm daher hilflos ausgeliefert. Wieder fuhr seine Hand an seine Stirn, blieb dort einen Augenblick liegen, umklammerte in gequälter Nutzlosigkeit seine Haare.

Dann trat er langsam hinter sie auf den Balkon hinaus. Einen Moment blieb er unmittelbar hinter ihr stehen, und trotzdem sah sie ihn nicht, spürte nicht seine Nähe.

Schließlich legte er seine Hand auf ihre Schulter, behutsam, um sie nicht zu erschrecken.

Sofort drehte sie sich um und schaute ihn an, wieder ganz bei sich. Einen kurzen Augenblick lang hatte er das schreckliche Gefühl, sie würde ihn nicht erkennen. Dann war es vorbei, genau wie das, was auch immer die Ursache dieses Gefühles gewesen war; er konnte nicht sagen, was es war. Etwas in ihren Augen höchstwahrscheinlich.

»Kannst du nicht schlafen?« fragte er.

»Ich *habe* geschlafen, aber irgendwas hat mich geweckt. Ich weiß nicht, es kam mir einfach so vor, als müßte ich hier herauskommen.« Sie drehte wieder ihren Kopf, um nach vorne zu schauen, so als könnte sie es nicht sehr lange sein lassen, selbst wenn er neben ihr stand.

»Hast du das schon oft gemacht? In anderen Nächten, wenn ich nicht aufgewacht bin?« Er sagte es mit beiläufiger, distanzierter Stimme.

»Ich weiß nicht. Ich denke schon, ja. Es muß wohl so sein. Irgend etwas scheint mich aus meinem Bett zu *ziehen*, und ... und dann komme ich hier heraus.«

»Ich habe dich gerade beobachtet, Mitty. Du starrst einfach nur dieses, dieses Ding da draußen an. Nicht nach links, nicht nach rechts, nicht runter auf die Dächer unter uns ... *nirgend*wohin außer immer nur darauf. Nur darauf, stur geradeaus darauf.«

»Ich weiß«, sagte sie kleinlaut.

»Was ist es, was macht es?«

»Ich weiß nicht.«

»Hörst du etwas?«

»Nein«, sagte sie unsicher. Dann bestätigte sie die Unsicherheit ihrer Worte, indem sie hinzufügte: »Hörst du denn nichts?«

Als Antwort durchzuckte ihn Bestürzung.

»Ich schätze, es ist wohl nur in meinem eigenen Kopf«, beschrieb sie es schnell.

Seine Hand verkrampfte sich leicht auf ihrer Schulter. »Was?«

»Ich weiß nicht mehr. Wenn ich versuche, es festzuhalten, verhält es sich still.«

Wie ein gezähmter Bär hockte er sich neben ihren Stuhl. Mit einem Finger an ihrem Kinn drehte er ihr Gesicht zu sich.

»Dieses Fieber, von dem du mir einmal erzählt hast... fühlst du dich gut, Mitty?«

Sie beantwortete den reinen Wortlaut seiner Frage, ohne ihm allerdings wirklich weiterzuhelfen. »Ich fühle mich gut.«

Er senkte seine Stimme zu einem verzweifelten Unterton, der ausschließlich für ihr inneres Ohr bestimmt war. »Irgendwas stimmt nicht, Mitty. Gestern abend, als wir hier im Zimmer saßen – du erinnerst dich, als es so aussah, als würde ich diese Illustrierte lesen? Da habe ich nicht gelesen, ich habe dich über den Rand hinweg beobachtet. Du hattest einen Ausdruck auf dem Gesicht, als würde dich etwas in diese Richtung *ziehen*. Es war nicht einfach nur, daß du deinen Kopf dorthin gedreht hattest. Nach einer Weile hast du dich mit deinem ganzen Körper von der Taille aufwärts in diese Richtung geneigt. Dein ganzer Oberkörper. Als würde irgend etwas an dir ziehen. Ich habe gehustet, und du hast dich entspannt und bist in deinen Stuhl zurückgesunken. Ich konnte sehen, daß es dir selbst gar nicht bewußt gewesen war. Es hört sich vielleicht nicht nach besonders viel an, aber...« Seine Stimme bebte. »Willst du mir nicht sagen, was es ist?«

Sie starrte ihn mit klaren Augen an, weit aufgerissen und voller hilfloser Unfähigkeit, ihm beizustehen. »Ich kann dir nicht mehr sagen, als ich bereits gesagt habe. Ich weiß es nicht, Larry. Ich weiß es einfach nicht.«

»Aber wieso schaust du nicht zum Meer? Das Meer besitzt *tatsächlich* eine Art Faszination, das könnte ich verstehen. Wieso ausgerechnet immer dorthin, landeinwärts, in das Hinterland? Was gibt es dort zu sehen? Kannst du es nicht für mich in Worte kleiden? Liebst du mich nicht genug, um es für mich in Worte zu fassen? Es ist mir gleichgültig, in welche Worte, solange du einfach irgend etwas sagst ... um dieses unheimliche Nichts fortzunehmen!«

»Ich weiß nicht.« Sie kehrte immer wieder zum gleichen Ausgangspunkt zurück.

»Ich weiß nicht, daß sich mein Gesicht in diese Richtung dreht, bis ich schließlich bemerke, daß es sich bereits dorthin gewandt hat. Ich weiß nicht, daß meine Augen danach suchen, bis sie es bereits ansehen.«

Er richtete sich auf, zog sie auf die Füße. Er mußte sie mit beiden Armen hinter sich herziehen. »Komm rein, Mitty. Bleib nicht länger da draußen.« Er führte sie zurück in die Dunkelheit ihres Zimmers. Dann stellte er sich neben das Fenster. »Warte, laß mich diese Jalousien herunterlassen«, sagte er schmallippig.

»Wir werden keine Luft mehr kriegen.«

»Ist mir egal. Ich will nicht, daß du weiter dieses verdammte Ding anstarrst.«

Und als die Jalousie herunterrasselte, den Nachthimmel in parallele Streifen zerschnitt, machte er dort hinter ihrem Rücken etwas Merkwürdiges. Etwas Merkwürdiges für einen jungen Ehemann. Er schüttelte seine Faust. Nicht einem anderen Mann, der versuchte, ihm seine Frau zu nehmen, sondern einem Berg, der dort draußen am Fuß des weit entfernten Horizontes kauerte.

9

Wieder ein schweißgebadetes Erwachen. Wieder die sich langsam zurückziehende Flut der Angst, das Zurseitewerfen des behindernden Netzes. Wieder das samtige Sargtuch des Zimmers. Alles genau wie beim ersten Mal, nur daß dies eine andere Nacht war.

Seine Augen, die Dunkelheit durchbohrend, suchten sie in Erinnerung an das letzte Mal zuerst auf dem Balkon. Dort war sie nicht. Der zierliche schmiedeeiserne Stuhl, auf dem sie gesessen hatte, war leer. Dieses Mal war sie ganz fort.

Er ging schnell zum Geländer des Balkons und schaute hinunter. Dort unten war nichts, niemand. Dunkle Gassen zogen sich durch einen Flickenteppich aus Dächern, dazwischen immer wieder das Grün der Innenhöfe; hier und da ein einzelnes Licht, einsam Wache stehend in den stillen Nachtstunden.

Sie konnte unmöglich dort unten sein. Was sollte sie um diese gottverlassene Zeit dort unten machen? Aber andererseits gab es keinen anderen Ort, an dem sie sein konnte, als entweder hier oben oder dort unten. Und hier oben war sie nicht.

Als er sich vom Geländer wegdrehte, trat er auf etwas Weiches und Weißes, das er zuvor dort nicht bemerkt hatte. Ihr Taschentuch, das auf den Balkon gefallen war. Also hatte sie vor einiger Zeit hier am Geländer gestanden, wie er jetzt.

Er stürzte zurück in den Raum, fand den unhandlichen Lichtschalter, und die unzuverlässige Lampe flammte auf. Ihr Nachthemd schmiegte sich über den Rand ihres Bettes, floß zum Boden hinunter, als wäre es aus einiger Entfernung und in Eile dorthin geworfen worden. Eine Tür des wuchtigen Kleiderschrankes stand offen, und ihr Kleid war fort, das einzige, das sie besaß, das Kleid, das sie zufälligerweise an diesem unglückseligen Tag trug, an dem sie das Schiff verlassen hatte.

Das Licht bestätigte nur, was die Dunkelheit ihm bereits gesagt hatte. Sie war nicht mehr im Zimmer. Sie hatte sich angezogen und war hinausgegangen, hinaus in die nächtliche Stadt, während er schlief.

Einen Augenblick später hatte er seine Hose an, war draußen auf dem stillen, in dunklen Schatten liegenden Flur, dann weiter die Treppe hinunter ins Erdgeschoß. Er kannte die Antwort, und er hatte Angst, sie vor sich selbst einzugestehen. Der Berg.

Er schlug mit der ganzen Seite seiner fest zur Faust geballten Hand auf die Glocke auf der verlassenen Rezeption, und sie explodierte mit ihrem Bimmeln in die Stille. Irgendwo schrammte ein Stuhl über den Boden, und der Angestellte kam verschlafen nach vorn gewankt.

»Ist meine Frau hier vorbeigekommen? *Mi señora?*« Er stieß seine Hand an der Rezeption vorbei zur Tür.

Der Angestellte nickte. »*Si señor.* Ich habe sie vorbeigehen sehen. Ist noch nicht sehr lange her.«

»Hat sie mit Ihnen gesprochen? Hat sie irgendwas gesagt?«

»Nein, *señor.* Ich habe mich verbeugt, sie schien mich gar nicht zu sehen. Ich habe etwas zu ihr gesagt. Sie schien mich nicht zu hören. Sie hat einfach nur stur geradeaus und hinaus gestarrt.« Er zuckte vielsagend mit den Achseln. »*Salió.*«

Jones stürmte gequält hinaus in die Dunkelheit der Straße. Er schaute hinauf und hinunter. Er wußte nicht einmal, in welche Richtung er gehen sollte. Willkürlich entschied er sich für eine Richtung und lief schnell hinunter. Nirgendwo ein Mensch zu sehen. Außer dem Schlurfen seiner eigenen Schritte kein Laut zu hören. Dann kam ihm ein über eine Mauer tief herabhängender Palmwedel in den Weg, den er achtlos zur Seite schob. Er hörte ein scharfes, reptilienartiges Zischen, als hätte eine wütende Boa constrictor über seinem Kopf gehangen. Er schüttelte sich und ging weiter.

Etwas schnürte ihm die Brust zusammen, und es hatte nichts mit Kurzatmigkeit oder der Anstrengung durch sein Laufen zu tun. Irgendeine Art der Angst. Angst in der Nacht. Angst vor der Nacht. Angst vor dem Fremden. Angst vor Dingen, die nicht benannt werden können.

Nach den ersten paar Blocks konnte er es nicht mehr bei sich halten. Es platzte zwischen hohlen Händen aus ihm heraus, ein heiserer Schrei der nackten, schieren Angst. »Mitty!« Und dieser Schrei hallte durch die Straße, erschütterte die schläfrige Nacht.

Das war für einen erwachsenen Mann keine Art, nach jemandem zu rufen, das wußte er: Übergeschnappt, halb verrückt vor Angst. Er versuchte, es nicht wieder zu tun.

Es kam wieder, bevor er sich bremsen konnte.

»Mitty!«

Er riß seinen Unterarm hoch, und so unterdrückte er das dritte Mal.

In einer Tür erschien eine Gestalt, näherte sich ihm, eine Hand an die Kopfbedeckung gehoben. Dieser Mann war nicht wie ein Polizist oben im Norden, der Radaumacher nur warnend anknurrte. Er verhielt sich dem hellhäutigen Ausländer gegenüber respektvoll.

Jones drehte sich um und ging schnell zu ihm, ganz außer sich vor Dankbarkeit.

»Eine Frau. Eine amerikanische Frau. Haben Sie sie gesehen? Ist sie hier vorbeigekommen?«

»*Si, señor*. Eine Frau ganz allein. Sie ist erst vor kurzem hier vorbeigekommen. Ich stand hier und habe ihr lange nachgeschaut. Es war das erste Mal, daß ich so was gesehen habe. Ich wußte, daß sie eine *americana* sein mußte, denn unsere Frauen gehen nachts nicht allein spazieren.«

»Helfen Sie mir, sie zu finden. Ich kenne mich hier nicht aus.«

»*Servicio, señor.*« Er tippte wieder an seinen Hut, und gemeinsam gingen sie los.

Schweiß, der nicht nur vom Laufen oder von der Hitze kam, lief über Jones Gesicht wie Perlen der Todesangst.

Er wußte, daß es nicht allein die Angst davor war, daß ihr etwas passieren, etwas zustoßen konnte, die so an seinen Eingeweiden zerrte. Es war vielmehr die Seltsamkeit, daß sie es überhaupt machte, die ihm den Atem raubte, eine solch entsetzliche Angst einjagte.

Unschlüssig schwankten sie einen Augenblick.

»Wo führt dieser Weg hin? Wie weit geht er?«

»Nirgendwohin, *señor*. Er geht einfach weiter, raus zu den Bergen.«

»Mitty!« stieß er wieder unwillkürlich hervor, als wäre seine Brust in die Luft gejagt worden.

Sie gingen weiter. Um sie herum begann die Stadt zu zerbröckeln, die nackte Erde durchzuschimmern. Ein Hund bellte auf der anderen Seite eines kleinen Stückes kultivierten Landes, alarmiert durch ihr Vorbeigehen in der Ferne, hörte dann wieder auf.

Der Polizist berührte seinen Arm; seine dunkleren Augen hatten die vor ihnen liegende Nacht bereits durchdrungen. »Da ist sie, *señor*. Sitzt auf dieser eingestürzten Mauer, ruht sich aus. Sehen Sie, direkt vor uns?«

Jones blieb abrupt stehen. »Kehren Sie jetzt wieder um. Den Rest des Weges gehe ich allein. Hier.« Er nahm seine Brieftasche heraus.

»Nein, *señor*. Ich habe nichts getan.«

»Hier, bitte.«

Er ging weiter auf sie zu. Sie war wie ein Teil der Mauer, so reglos saß sie da. Sie saß seitlich auf der Mauer, ein Bein höher als das andere. Immer, im Sitzen, Gehen, Ausruhen schien sie nur in *diese* Richtung zu schauen, auf *dieses* Ziel hin. Niemals in eine andere Richtung als immer nur dorthin.

»Mitty«, sagte er ruhig aus ein paar Metern Entfernung.

Sie drehte sich zu ihm um. Kein Wiedererkennen, genau wie auf dem Balkon.

»Mitty, kennst du mich nicht mehr?«

»Oh. Larry, wo kommst *du* denn her?«

»Aus dem Hotel. Aus unserem Schlafzimmer.«

Sie blieb dort, auf dieser Mauer. Und dann, als seine Hand die ihre suchte: »Warum zittert deine Hand denn so? Sieh nur, sie tanzt förmlich in meiner.«

Er schluckte, unfähig zu antworten.

»Warum siehst du mich so an, Larry? Dein Gesicht ist so weiß.«

Flehend hielt er sein Gesicht dicht vor ihres. »Was ist los, Mitty? Sag es mir bitte, was ist los?«

Sie sah ihn einfach nur an wie ein verwundertes Kind.

»Mitty, das hat doch nicht erst heute nacht angefangen. Es wird ständig deutlicher. Ich kann nicht reden wie ein Buch. Ich weiß nur, daß es eine Grenzlinie gibt, die Fremdheit von dem trennt, was nicht fremd und unvertraut ist. Ich weiß nur, daß du jetzt auf einer Seite dieser Linie stehst und ich auf der anderen.«

In einer Art Trostlosigkeit lehnte er seinen Kopf gegen ihren. Aber das Gleichnis behielt seine Gültigkeit, denn sie schaute jetzt in die eine Richtung und er in die andere.

»Hilf mir, damit ich dir helfen kann, Mitty. Es ist mir völlig gleichgültig, was es ist, wie fremdartig oder wie böse auch immer, oder was es *überhaupt* ist. Aber faß es bitte in Worte. Ich werde dich nicht ansehen, falls es das für dich leichter macht. Ich werde meine Augen abgewandt halten, in die andere Richtung schauen. Sprich mit mir als deinem Mann. Keine Geheimnisse, keine Vorbehalte, keine getrennten Identitäten zwischen uns. Wir sind *eins*, hier draußen auf dieser Mauer im Mondlicht. Laß mich nicht in diesem Zustand, Mitty. Ich habe inzwischen Angst vor Dingen, von deren Existenz ich bislang nicht mal etwas wußte.«

Verwunderung, immer noch nichts anderes als Verwunderung auf ihrem Gesicht. Die Verwunderung eines Kindes, das einen Erwachsenen sprechen hört, aber nicht versteht, was er meint.

»Wieso hast du das Zimmer verlassen? Wo wolltest du hin?«

»Ich weiß nicht. Ich fühlte mich einfach mitgezogen. So wie es ist, wenn man von der Strömung des Wassers mitgetragen wird.«

»Wußtest du denn nicht, daß du dich mit jedem Schritt

weiter von unserem Zimmer entfernst, von dem Ort, an dem ich war, von dem Ort, an den du gehörst? Wußtest du denn nicht, daß das nicht sein sollte?«

»Ich ... ich habe nicht an das gedacht, was *hinter* mir lag. Ich habe immer nur nach *vorne* geschaut.«

»Aber wann wärst du zurückgekommen?«

Er sah, wie sie verzweifelt versuchte, ihm die Antwort zu geben, und er sah auch, daß sie es nicht konnte. Das sagte ihm alles auch ohne ihre Hilfe, und es war, als würde er von einem Messer durchbohrt. Sie hatte nicht. Sie wäre auch nicht. Nicht, wenn er sie nicht eingeholt hätte.

Ein gequälter Schrei löste sich. »Oh, warum schicken sie nicht endlich dieses Schiff, damit es uns von hier fortbringt! Hier gibt es irgend etwas, und es ist böse!«

Er hob sie gewaltsam hoch, und kehrte der Mauer mit ihr auf den Armen den Rücken.

»Ich bin schwer, Larry. Ich kann allein gehen.«

»Nein, ich will sichergehen, daß ich dich mit mir zusammen zurückbringe.«

Er machte sich mit ihr auf den langen Rückweg, ging langsam. Das leise Knirschen des Staubes auf der Straße unter seinen Füßen war das einzige Geräusch ihres verzauberten Spazierganges. In der Stadt vor ihnen schlug eine Kirchenglocke mit unendlicher, uralter Melancholie die Stunde. Wie sie sie schon zweihundert Jahre zuvor geschlagen haben mußte, in genau so einer Nacht wie dieser.

Er kam die ausgefahrene Straße herunter, aufrecht und gerade trotz seiner Last, und ohne sie anzusehen wußte er, daß sie ihren Kopf gedreht hatte, den ganzen Weg, um über seine Schulter zurück zu dem Berg zu schauen.

Als sie an der *cantina* vorbeikamen, trat eine Handvoll Gäste in die erleuchtete Tür und blieb dort stehen, beobachtete sie. Sie standen da in einem eigenartigen Schweigen, ohne jedes Gelächter oder höhnische Bemerkungen. Und irgendwie spürte er, was sie dachten, in einem spontanen auflodernden Gefühl der Verwandtschaft, das zwischen ihnen hin und her flackerte, die Barrieren von Sprache und Rasse übersprang. Jeder Mann hat seine eigene Buße zu tun; seine spezielle bestand darin, seine herumstreunende Frau auf seinen Armen nach Hause zu tragen, sie vor den bösen Geheimnissen der Nacht zu bewahren. Er sah, wie der eine oder andere von ihnen sich in mitleidvoller Ehrfurcht bekreuzigte.

Sie irrten sich nicht, sie irrten sich nicht.

Und als er mit ihr die letzte Ecke umrundete, konnte er spüren, durch die Verlagerung ihres Gewichtes, wie sich ihr Hals reckte, um sich an den letzten noch bleibenden Anblick davon zu klammern, bevor sich hinter ihnen die Mauern schlossen, um es auszuschließen.

10

Der einheimische Arzt, ein dunkelhäutiger Mann mit ölig schimmernder Haut und kurzem schwarzen Haar, trug einen Leinenanzug und ein aprikosenfarbenes Seidenhemd, das an manchen Stellen dunkler war als an anderen, weil es zu dicht an seinem Körper klebte. Im Hintergrund schritt Jones fieberhaft auf und ab, während das Stethoskop wie ein kleiner Käfer, der auf ihr herumhüpfte, hierhin und dorthin, an die nächste Stelle gehalten wurde.

Der Stuhl wurde zurückgeschoben, der Arzt erhob sich. Er ging zu Jones hinüber, die Tasche in seiner Hand. Sie gingen zusammen hinaus durch die Tür, blieben auf dem schummerigen Flur stehen.

Zuerst stellte der Arzt seine Tasche ab. Niedergeschlagen zuckte er die Schultern. »Ihr fehlt nichts, *señor*. Warum haben Sie mich gerufen? Was war denn?«

Jones gestikulierte vage. »Sie ist fortgegangen. Allein hinaus auf die Straße. Ungefähr vor einer Stunde, mitten in der Nacht.«

Der Arzt winkte ab. »Nichts. Absolut nichts.«

»Aber Sie verstehen nicht richtig...«

Er sprach nicht weiter, starrte über die Schulter des Arztes in das Zimmer, das sie gerade erst verlassen hatten. Sie war vom Bett aufgestanden, hatte sich einen dünnen Morgenmantel übergeworfen und war hinaus auf den Balkon gegangen. Es wurde von Minute zu Minute heller. Am östlichen Horizont, dort wo der Berg lag, färbte der Himmel sich bereits blau, als wären gerade erst flackernde Gasflammen um seine Konturen herum entzündet worden.

Er umklammerte den Arm des Arztes. »Da, sehen Sie es sich an. So ist es immer.«

»Die Luft draußen auf dem Balkon ist frischer.«

»Nein. *La montaña.* Immer *la montaña.* Jede Nacht, verstehen Sie, was ich meine?«

Der Arzt lächelte. »Der Berg zieht sie an?«

»Er zieht sie zu sich. Sie will immer nur zu diesem Berg. Können Sie mir nicht helfen? Können Sie mir nicht sagen, was es ist?«

»Aber das ist doch nichts. Das ist keine Krankheit. Viele junge Frauen sind so verträumt. Sie haben eine zu starke Phantasie. Das ist nichts anderes als eine Form der Poesie.«

»Sie will zu diesem Berg *gehen.* Sie möchte, daß ich sie dorthin *bringe.*« Jones stieß seinen Finger wiederholt in diese Richtung, damit er endlich verstand. »Bevor Sie gekommen sind, hat sie mich darum gebeten. Sie hat sich vor mich gekniet und mich angefleht. So habe ich sie noch nie erlebt.«

Der Arzt dachte darüber nach, schürzte seine Lippen. »Das Klima hier unten an der Küste ist schwer zu ertragen. Die Luftveränderung könnte ihr vielleicht gut tun.«

»Aber was ist dort hinten? Ich kenne niemanden. Ich weiß nicht, wohin ich gehen soll. Es ist doch kein Ort, an den man eine Frau mitnehmen sollte, oder?«

Der Arzt deutete unbestimmt in die Ferne. »Dort ganz hinten, nein, sicher nicht. Auf der anderen Seite liegt eine *tierra desconocida*, ein unbekanntes Land. Niemand geht dorthin, weder Frauen noch Männer. Nicht einmal die Regierung weiß, was dort liegt. Aber andererseits, nur ein kleines Stück hinaus, dort wo das Gelände allmählich anzusteigen beginnt, ist es schon in Ordnung. Wäre auch kühler.«

Er nahm eine Karte heraus und begann auf deren Rückseite zu schreiben.

»Ich habe einen Freund, der dort draußen eine Kaffee-Plantage besitzt. Übrigens ein Landsmann von Ihnen. Amerikaner wie Sie. Er kommt manchmal geschäftlich an die Küste herunter. Gehen Sie zu ihm. Er wird sich freuen, Sie zu sehen. Er wird Sie gerne aufnehmen.«

Er reichte Jones die Karte. Ein Name stand dort, Mallory, und darunter: »Finca La Escondida.«

Der Arzt klopfte auf seine Tasche. »Sie bezahlen ihm etwas für Ihren Besuch. Er wird sich freuen, Sie als Gast bei sich zu haben.« Er hob seine Tasche vom Boden und wandte sich zum Gehen.

Dann blieb er noch einmal stehen, kaum einen Schritt entfernt, um zu wiederholen: »Nicht ganz dort draußen. Nicht hinter den Bergen. Nur bis dorthin und dann wieder zurück.« Er hob warnend den Finger und deutete noch einmal auf die Karte. »Sie verstehen?«

Jones nickte. »Nicht weiter als dorthin. Nur bis dort und dann wieder zurück.« Er schaute auf die Karte, tippte sie nachdenklich gegen seine andere Hand. Dann hob er seinen Kopf und rief dem Arzt nach: »Warum nur so weit? Warum nicht weiter?«

Der Arzt war fort. Er war bereits um die Ecke des Flures verschwunden.

Jones stand da und starrte ihm nach, den leeren Flur hinunter.

Nicht weiter als bis dahin. Nur so weit hinaus, aber nicht weiter. Als wäre wie in irgendeiner alten Sage über einen finsteren Zauber eine unsichtbare Linie über das Antlitz der Erde gezogen.

Er kehrte in das Zimmer zurück und ging zu ihr hinaus auf den Balkon. Sie saß jetzt, blickte aber immer noch starr zu dem Berg. Er ließ seine Hand zu ihrer Schulter wandern. »Willst du immer noch dort hinaus?«

Ihre Hand flog zu seiner, auf ihre Schulter, gerade so, als wollte sie sie festhalten.

»Er kennt Leute dort draußen. Ich werde mich mit ihnen in Verbindung setzen, hören, ob ich es arrangieren kann. Wir werden gehen, wenn du unbedingt willst, Mitty.«

Das Schlimmste daran, für ihn, war die eifrige, begierige Art und Weise, wie sie versuchte sich auf ihrem Stuhl kerzengerade aufzubäumen. Er mußte beide Hände auf ihre Schultern legen, um sie unten zu halten.

Seine Miene war verbittert, als er jetzt über den frühmorgendlichen Himmel zu jener Stelle hinausstarrte, wo der Berg sich aufrichtete, in neu erschaffenen Farben erstrahlte. »Du hast gewonnen, verdammt«, sagte er mit einem verbitterten Unterton. »Was auch immer du bist.«

11

Der kleine Schmalspur-Spielzeugzug, der schon seit Stunden während seiner mühsamen bergauf führenden Fahrt gedroht hatte aufzugeben, gab schließlich seinen Geist mit einer einzigen letzten Dampfwolke vollends auf, und sie hatten das Ende der Strecke erreicht. Das Halten schien sich beinahe improvisiert an einer Stelle zu ereignen, die kaum mehr war als eine Lichtung mit einer offenen Hütte in der Mitte. Unter dem Blechdach lagen eine Reihe Ballen. Ein paar indianische Frauen standen im Hintergrund, Kinder auf ihre Rücken gebunden, sahen neugierig zu. Der Rest war nichts als die nahe Mauer des vordringenden Dschungels.

Jones stand auf und sprang ohne weiteres ab, da der Waggon wie bei manchen altmodischen Sommer-Straßenbahnen oben im Norden an einer Seite offen und die Sitzplätze der Länge nach angeordnet waren. Er half ihr herunter, und einen Augenblick standen sie einfach da und schauten sich ein wenig unentschlossen um.

Ein Mann kam bereits mit der geruhsamen Gewißheit von jemandem auf sie zu, der nur auf einen einzigen Zug zu warten und nur zwei ganz bestimmte Passagiere anzusprechen hat.

Seine Haut hatte die ortsübliche tiefe Bräune, doch als sie einen besseren Blick auf ihn werfen konnten, war dem Schnitt seines Gesichtes die amerikanische Abstammung deutlicher anzusehen, genau wie der Arzt gesagt hatte. Er trug eine Cordhose, ein Flanellhemd und einen eigenartig formlosen Filzhut, der aussah, als hätte er eine Ewigkeit im Wasser gelegen.

»Mr. Jones? Ich bin Mallory. Freue mich, Sie zu sehen.«

Sie schüttelten sich die Hand. Er mochte nicht nach besonders viel aussehen, weder was seine Kleidung betraf noch sonst, aber Jones fand ihn praktisch auf Anhieb sympathisch. In seinen Augen, tief in seinem immer wiederkehrenden und scheinbar unwillkürlichen Blinzeln, lag eine Schärfe und Ruhe, die sofort Vertrauen einflößte.

»Das ist meine Frau.«

Mallory tippte an den schlappen Rand seines Hutes, ohne ihn vom Kopf zu nehmen.

Für sie war er offensichtlich von weniger Interesse als die von Leben erfüllte Umgebung. Sie lächelte beiläufig und fuhr fort, sich interessiert umzusehen.

Er richtete seine Aufmerksamkeit wieder auf Jones. Er sah sowieso nicht aus wie ein Mann, der sich in Gesellschaft von Frauen besonders wohl fühlte. »Tja, ich schätze, wir können uns eigentlich sofort auf den Weg machen. Sie reiten doch beide, oder?«

»Oh, sind wir denn noch nicht da?«

Mallory lächelte gutmütig. »Noch nicht mal in der Nähe. Wir befinden uns hier nur etwas mehr als auf halbem Weg. Für uns ist das hier immer noch Flachland.« Er führte sie zu einer Seite hinüber, wo sich eine Lücke in dem dichten Baldachin aus Blättern befand. »Von hier aus können Sie es sehen.« Der Boden neigte sich weiter bergauf. »Sehen Sie die Vegetationsgrenze, dort wo die braune Dürre beginnt? Das sind wir. Direkt da oben am Rand.«

»Ganz schön weit oben«, meinte Jones.

»Die letzte kultivierte Stelle dort draußen. Hinter uns gibt's nichts mehr.«

Während Mallory mit ihm sprach, beobachtete Jones sie versteckt. Sie war glücklich, das konnte er deutlich erkennen. Es stand ihr in Großbuchstaben auf das Gesicht geschrieben. Irgend etwas an dieser Sache machte sie zutiefst zufrieden. Sie war zufrieden mit der sie umgebenden Landschaft, zufrieden mit ihm (wie sie sich bei ihm eingehakt hatte, zeigte es), zufrieden mit allem. Sie war mehr sie selbst als zu jedem anderen Zeitpunkt, seit sie das Schiff verlassen hatten. Das war alles, was zählte.

Er machte diesem Gedanken mit einem tiefen zweifelnden Seufzer Luft, ohne es selbst zu bemerken.

Mallory pfiff, und ein »Boy« tauchte mit ihren Pferden auf. Dabei handelte es sich allerdings um eine rein berufliche Bezeichnung; er war wahrscheinlich älter als jeder der beiden Männer. Mallory stellte ihn seinen Gästen vor. »Das ist Pascual, von oben, aus unserem Haus.« Weiße Zähne blitzten in Pascuals Gesicht.

Sie saßen auf und ritten nacheinander los, einen Feldweg entlang, der kaum breiter war als die Spur eines Wagenrades. Pascual ritt voran, um den Weg zu zeigen, obwohl dies kaum nötig war, solange das dichte Blätterwerk sie umgab. Dann folgte Mitty, und ein beträchtliches Stück zurück die beiden Männer. Mallory und Jones wechselten gelegentlich ein paar Worte.

»Sind schon viele Leute rausgekommen, um Sie wie wir zu besuchen?«

»Nicht oft. Es gibt nichts, das sie herführen könnte... Ihre Frau ist eine gute Reiterin.«

»Ich wünschte, ich könnte das gleiche auch von mir sagen.«

»Wenn wir erst ein Stück weiter sind, werden wir schneller vorwärts kommen; dann ist nicht mehr alles so überwuchert.«

Schließlich fragte er Jones: »Sind Sie geschäftlich hier?«

»Mein Geschäft wartet auf mich oben in Frisco. Oder ich sollte wohl besser sagen, es hat dort auf mich gewartet. Wir haben unser Schiff unten in Puerto verpaßt, müssen daher auf das nächste warten.«

Mallory warf ihm einen bedauernden Blick zu. »Wie finden Sie Puerto?«

Jones zog vielsagend einen Finger über seinen Hals.

Mallory nickte mürrisch. »Da bin ich ganz Ihrer Meinung. Ich kann den Ort auch nicht ausstehen. Bin jetzt seit achtzehn Monaten nicht mehr dort unten gewesen.«

Ein merkwürdiges Leben für einen Weißen, dachte Jones, sah ihn dabei aufmerksam an. Er fragte sich, wie lange dieser Mann wohl schon hier sein mochte, fragte ihn allerdings nicht.

Das war dann während des gesamten dreistündigen Rittes auch schon ungefähr ihre ganze Unterhaltung.

In gemächlichem Trab kamen sie in die Ansiedlung oder die Ansammlung von Hütten vor dem Ranchhaus, zu dritt nebeneinander. Es war schon vor einiger Zeit dunkel geworden, allerdings erheblich später als in Puerto Santo. Ein oxidiertes grünes Schimmern malte sich entlang des unteren Randes des westlichen Himmels ab, wo die Sonne zuletzt gestanden hatte, als hätte eine starke Chemikalie ihn in dieser Farbe anlaufen lassen.

»Wir sind höher, daher haben wir hier oben länger Abendsonne«, erwähnte Mallory.

Pascual stieg ab und kümmerte sich um die Pferde, als sie seinem Beispiel folgten.

In der bläulichen Dämmerung, die alles umhüllte, konnte Jones keine besonders gute Vorstellung von dem Anwesen bekommen. Vor ihnen erkannte er ein weiß getünchtes Gebäude, das matt schimmerte, eine hölzerne Veranda, die sich über die gesamte Vorderseite des Hauses erstreckte, das Grüngelb einer Petroleumlampe, das durch die offene Tür und die Schlitze der Jalousien vor den Fenstern nach draußen fiel. Eine indianische Frau veranstaltete ein Riesentheater auf den Stufen der Veranda, zappelte herum, verneigte ihren Kopf und plapperte unverständliches Zeug – offensichtlich Mallorys Haushälterin, die sie begrüßte. Etwas abseits lag eine Ansammlung baufälliger kleiner Gebäude, *jacales* oder kleine Hütten aus Ziegel und geflochtenem Bambus, ja sogar aus leeren Benzinfässern und Kartons, gedeckt mit Palmen- und Bananenwedeln – offenbar die Unterkünfte der Landarbeiter. Auf der anderen Seite des Haupthauses und den dritten Arm des rechteckigen Hofes bildend befand sich ein längliches schuppenartiges Gebäude mit einem Wellblechdach, das teilweise als Stall für die Pferde und der Rest als Lagerhaus für die Säcke grüner Kaffeebohnen benutzt wurde. Über ihnen schienen die herrlich funkelnden Sterne über dem Rücken des Berges tief genug zu hängen, um sie berühren zu können, füllten den Himmel wie pralle weiße Rosinen.

»Kommen Sie erst mal rein und sehen Sie sich das Schlimmste am besten sofort an«, lud Mallory sie auf seine trockene Art ein.

»Meine Beine sind von den Hüften an abwärts wie tot«, gestand Jones, stampfte mit den Füßen auf den Boden, um das Blut wieder in Bewegung zu bringen, bevor er sie schließlich zu den Stufen der Veranda hob.

Mitty war bereits mit einem kleinen schnellen Schritt hineingegangen, als würde ihr das Haus gehören, wobei ihr die indianische Haushälterin auf dem Fuße folgte.

Es gab ein großes Wohnzimmer, das man unmittelbar von der Veranda aus betrat und das das weitläufige einstöckige Gebäude genau halbierte. In einem Flügel, der von diesem Raum abzweigte, lagen offensichtlich Mallorys Zimmer.

»Ihr Zimmer liegt auf dieser Seite«, sagte er, während er sie in den anderen Flügel führte. »Wir leben hier oben ziemlich einfach. Sie verstehen, wie das ist.« Er öffnete eine Tür, hinter der ein im Schatten liegendes Zimmer zum Vorschein kam. Holzfußboden und Holzdecke, und abgesehen von einem altersschwachen Mahagonibett und einer kleinen Kommode mit einer flackernden Petroleumlampe darauf, die abwechselnd Lichtstrahlen und breite Streifen Schatten wie die Speichen eines Rades warf, war es beinahe kahl und leer.

»Kommen Sie raus, wenn Sie Hunger haben«, sagte Mallory und zog sich zurück.

Jones schaute sich um, dann sah er sie an.

Im Grunde war es nur wenig primitiver als das Hotel. Sie atmete tief aus und ein, so als könnte sie von der Luft nicht genug bekommen, so als wäre es etwas, das zu ihr gehörte und auf das sie schon sehr lange hatte verzichten müssen. Unbewußt hatte sie ihren Kopf sogar ein wenig zurückgelegt, um besser inhalieren zu können.

Er versuchte das kleine Rädchen der Petroleumlampe zu drehen, um die Flamme größer zu stellen. Zuerst drehte er es in die falsche Richtung, und um ein Haar wäre sie ganz ausgegangen. Dann korrigierte er seinen Fehler schnell und ließ das Licht so hell aufleuchten, wie er es gewollt hatte. Die Speichen des Schattens wurden schmaler, und die Lichtstrahlen verbreiterten sich. Ihr Gesicht war jetzt deutlicher zu sehen. Ihre Augen glänzten und funkelten lebhaft; dieser stumpfe Ausdruck, der sie unten an der Küste so oft getrübt hatte, war völlig verschwunden. Und ihr Gesicht trug diesen äußerst seltenen Ausdruck, den er in letzter Zeit fast gar nicht mehr gesehen hatte: Sie lächelte.

»Wie findest du es?« sagte er. »Besser?«

»Besser. Viel besser.«

Er meinte nicht die Petroleumlampe, und er sah, daß sie sie ebenfalls nicht meinte.

Vielleicht habe ich den Fluch endlich besiegt, dachte er.

12

Als sie hereinkamen, bemerkte Jones sofort, daß ein viertes Gedeck aufgelegt war. Einen Augenblick lang dachte er, es würde wahrscheinlich für einen von Mallorys Angestellten sein, vielleicht für einen Vorarbeiter oder Aufseher, den er hier hatte. Als sie sich jedoch zu dritt an den Tisch gesetzt hatten, blieb der Platz immer noch frei.

Mallory lächelte sie schief an, als würde er sich über etwas amüsieren. »Schüchtern«, brummte er einsilbig. »Ich schätze, ich werde wohl reingehen müssen und... Wir bekommen hier draußen nicht besonders oft Besuch, und wenn man zuviel allein ist, wird man Fremden gegenüber leicht schreckhaft.«

Er stand auf, ging zu der Tür hinüber, die der Tür zu ihrem Zimmer gegenüberlag, und rief in ein fernes, hohl klingendes Dahinter: »Chris!«

Sein Sohn, vermutete Jones. Hinter der gespielten Ungeduld war ein Unterton von väterlichem Stolz zu erkennen gewesen.

Sie warteten. Die Tür blieb noch eine Weile geschlossen, während Mallory an den Tisch zurückkehrte und sich wieder setzte. Und dann stand plötzlich ein reizendes, schlankes Mädchen dort, verwirrt, unsicher, ob es vortreten oder sofort wieder verschwinden sollte.

Die Kleidung war die eines Jungen, die Figur in dieser Kleidung die eines Mädchens. Sie mochte vielleicht achtzehn sein; sie sah aus wie sechzehn und benahm sich wie vierzehn. Ihre Haare waren so blond wie Mittys schwarz; ihre Augen so blau wie Mittys dunkel. Hoch auf jeder Wange hatte sie Sommersprossen, die sich auch über ihren Nasenrücken ausbreiteten. Doch sie waren weder besonders dicht noch sonderlich deutlich; einfach wie goldgelber Blütenstaub auf dem aprikosenfarbenen Schimmer, den die Sonne ihrem hellen Teint verliehen hatte.

Sie war bereits ausgewachsen, mußte jedoch noch etwas voller werden; sie besaß noch die schmale Figur eines Kindes. Sie sah aus, als würde man mit einer Hand ihre schmale Taille umfassen können.

Es war ihre Jugend, die so atemberaubend war, als sie in dieser Tür stand, von der sie ohne ihr Wissen wie ein Bild eingerahmt wurde, um von ihnen betrachtet zu werden. Sie war die personifizierte Jugend, in all ihrer unbeholfenen Anmut, all ihrem ungeschickten Charme, all ihrer ewigen Vergänglichkeit: beschämt, gehemmt, verlegen, gequält – und doch in der Lage, nur einen winzigen Augenblick später, ausgelöst durch ein Lächeln oder ein Wort, kühn, sicher, selbstbewußt, überaus entzückend zu werden. Und die meiste Zeit ein wenig von beidem in ein und demselben Augenblick.

Die personifizierte Jugend schaute zu ihnen herein. Die Zahl ihrer Jahre hatte nichts damit zu tun; es war ihre Geisteshaltung.

»Komm rein, Chris«, ermutigte ihr Vater sie. »Diese Leute hier werden dich schon nicht fressen.« Er zwinkerte Jones entschuldigend zu, auf einer Seite seines Gesichtes, die sie nicht sehen konnte.

Zögernd trat sie näher. »Ich habe was gesucht. Ich konnte meine ...« Sie beendete ihre lahme Ausrede nicht, die sowieso keiner von ihnen geglaubt hätte. Wahrscheinlich war sie schon seit Stunden fertig gewesen und hatte hinter den Jalousien auf ihre Ankunft gewartet.

»Chris, das sind Mr. und Mrs. Jones«, stellte Mallory sie vor.

»Du hast es versprochen«, flüsterte sie, gab sich Mühe, daß sie ihren Tadel nicht mitbekamen.

»Ach, ich hab's vergessen«, platzte er ungeschickt heraus. »Entschuldige bitte ... Christine.«

Einen kurzen Augenblick wechselte die Farbe ihres aprikosenfarbenen Teints zu einem ausgewachsenen Rot, hellte sich dann jedoch schnell wieder zu dem auf, was es gewesen war. »Chris ist ein Jungenname«, sagte sie verteidigend. »Als ich noch jung war, war's ja in Ordnung, aber jetzt ...«

Mallory nickte ernst. »Ja, stimmt, ich verstehe, was du meinst. Aber jetzt bist du alt und weise ...«

»Christine ist ein schöner Name«, meinte Mitty verständnisvoll. »Ich kannte mal ein Mädchen ...« Sie begann ein Gespräch, um ihr die Befangenheit zu nehmen.

Jones, der sich ausschließlich auf Mallory konzentrierte, um ihren Versuch erfolgreicher werden zu lassen, Chris dabei aber hin und wieder doch Blicke zuwarf, konnte sehen, daß ihre Zurückhaltung wie Schnee in der warmen Sonne dahinschmolz. Das einzig Bedauerliche daran war, sinnierte er, daß es nie wieder kommen würde, es war ein für allemal verschwunden – zumindest soweit es sie betraf. Dieser erste Augenblick in der Tür war jetzt bereits fort. Sie hatten sie soviel älter gemacht. Es war wie Quecksilber, diese Eigenschaft jung zu sein; noch während man es anschaute, war es bereits vor deinen Augen ein wenig älter geworden.

Mitty war bereits auf und munter, als er am nächsten Morgen seine Augen öffnete, obwohl die Frühnebel immer noch im und um das Haus wirbelten. Die Frische des frühen Morgens in dieser Höhe war einfach köstlich. Es duftete nach Farn und Tau.

»Eine ziemliche Verbesserung, hmh?« begrüßte er sie vergnügt. »Nach diesem Kessel, in dem wir bis jetzt geschmort haben. Ich bin wirklich froh, daß ich in dieser Nacht den Arzt gerufen habe.«

»Raus mit dir«, sagte sie. »Hast du Lust, mit mir ein bißchen auszureiten? Ich war schon draußen, und dieser Boy, der gestern mit uns heraufgeritten ist, holt gerade zwei Pferde.«

Er tastete auf dem Boden nach seinen Schuhen, unterbrach sich dann, um eine Hand in seinen Rücken zu stemmen. »Ich bin immer noch ganz steif von gestern, aber ich schätze, eine der schnellsten Möglichkeiten, das loszuwerden, wird wohl sein, sich heute einen neuen Muskelkater zu holen.«

Sie verlagerte ihr Gewicht in der Tür von einem Bein auf das andere. »Beeil dich, laß dir nicht zu lange Zeit. Ach, und vergiß deine Krawatte!«

»War nur Gewohnheit«, meinte er grinsend und warf sie hinter sich. »Mensch, du kannst es wirklich kaum erwarten, was?« Es gefiel ihm, sie so zu sehen. Es war um so vieles besser als das Grübeln unten an der Küste.

Draußen warteten die beiden Pferde auf sie, während Pascual zwischen ihnen stand. So früh es seiner Meinung nach auch war, er entdeckte Mallory bereits draußen auf der Veranda.

»Aha, ein kleiner Ausritt, wie ich sehe. Soll ich Ihnen Pascual mitgeben?«

»Nein, wozu die Mühe? Könnte ja sein, daß Sie ihn hier brauchen. Wir reiten einfach ein Stück, kehren dann um und kommen wieder zurück.«

Sie hatte bereits aufgesessen. Sie schüttelte ihr offenes Haar wie eine wogende Mähne zurück. »Komm schon, Larry, du brauchst immer so lange, bis du soweit bist.«

»Ich hab' den Schlaf noch nicht ganz aus den Augen«, erwiderte er und verzog dabei sein Gesicht.

Sie drehte sich um und trabte los, ohne auf ihn zu warten. Sie und ihr Pferd warfen einen großen blauen Schatten über den Boden, gegen den rosaroten Dunst der immer noch nicht ganz aufgegangenen Sonne.

Mallory sagte mit einer lässigen Gleichgültigkeit, die irgendwie nicht ganz überzeugend klang: »Könnte eine ganz gute Idee sein, nicht zu weit von der *finca* fortzureiten. Innerhalb des Gebietes haben Sie ausreichend Möglichkeit, die Pferde richtig auszureiten.«

Jones verharrte mit seinem Fuß auf dem Weg zum Steigbügel. »Wieso?« fragte er. »Gibt's dafür irgendeinen besonderen Grund?«

»Oh, nein, nein, keinen besonderen Grund. Dachte nur, daß Sie ja mit leerem Magen reiten und nicht zu lange fortbleiben sollten. Sie wissen schon, in der klaren Bergluft können Entfernungen sehr trügerisch sein.«

Jones hatte das Gefühl, als hätte er das nicht ganz so gemeint, sah aber keinerlei Veranlassung, noch länger dort zu bleiben, ihm zu widersprechen, besonders da Mitty inzwischen fast nicht mehr zu sehen war.

Nur mit einigen Schwierigkeiten gelang es ihm, sie einzuholen, und als er schließlich neben ihr ritt, sagte er kläglich: »He, wollten wir zusammen reiten oder jeder einzeln für sich?«

»Also, ich habe ihn doch schon zurückgehalten, um auf dich zu warten«, spottete sie.

»Oh, ja, das hast du, Miss Walküre! Schön, dann versuch doch jetzt mal, mich einzuholen.« Eine kurze, Staub aufwirbelnde Strecke gab er seinem Pferd die Sporen. Sekunden später schoß sie an ihm vorbei.

»Ich soll versuchen, dich wobei einzuholen?« fragte sie gelassen, als sie ihm erlaubt hatte, wieder aufzuholen.

»Wo hast du so reiten gelernt?« knurrte er.

»Fredericks hat's mir beigebracht.«

Sofort ließ er das Thema fallen, wie er es immer machte, sobald dieser Name in einem Gespräch fiel.

»Sieh nur«, sagte sie schließlich, während sie gemächlich weiterritten, »hat es sich nicht gelohnt, herausgekommen zu sein?«

Ein merkwürdiges Spiel aus Schatten und blaugrauem Licht hatte sich über die Landschaft gelegt, während die Sonne ihren Aufstieg fortsetzte. Das Ganze hatte etwas Unwirkliches, wie ein Bühnenbild, das in das Licht farbiger Scheinwerfer getaucht war und das man aus der Dunkelheit hinter den Rampenlichtern betrachtete. Denn sie waren dicht unter dem aufsteigenden Rücken des Berges, genau genommen bereits auf halber Höhe, so daß die Sonne für sie noch nicht in der Lage gewesen war, den Gipfel zu übersteigen, und dort, wo sie sich befanden, herrschten abgesehen von ein paar rosafarbenen Spalten hier und da immer noch blaue Schatten. Doch Meilen unter und hinter ihnen brannte die Sonne bereits mit unverminderter Kraft, und leuchtend korallenrote, fuchsienrote, dunkelrote und orange-goldene Gebiete schimmerten zu ihnen herauf wie bunte Kacheln oder die Flecken eines schimmernden, irrwitzigen Quilts.

»Wir bekommen sie später als die unten im Flachland«, brummte er.

»Man meint, dort unten wäre es schon viel später, und doch können wir sie von unserem augenblicklichen Standort aus sehen, bevor sie uns erreicht hat. Genau das ist es, was einem hier oben dieses merkwürdig unwirkliche Gefühl verleiht«, analysierte sie.

Sie ritten weiter. Natürlich gab es so etwas wie einen Reitweg nicht. Sie mußten sich ihren Weg selbst suchen, improvisieren, während sie ritten, doch das Terrain war einigermaßen passabel. Sie waren bereits viel zu hoch für den dichten Dschungel.

»Jetzt kommt sie raus«, sagte sie. »Schau nur. Sie kommt aus ihrem Versteck.«

Sie überstieg den Gipfel wie ein Geysir, überschwemmte die Hänge mit weißer und silberner Helligkeit, und plötzlich waren alle noch verbleibenden Schatten schlagartig fortgefegt, würden erst wieder auftauchen, wenn die Nacht sie zurückbrachte.

Er blinzelte, drehte seinen Kopf zur Seite und sagte: »Puhhh! Ganz schön hell.«

Praktisch umgehend, wie in der Wüste, wurde die Hitze spürbar. Nicht die entnervende, feuchte Hitze, vor der sie an der Küste geflohen waren, sondern eine trockene, ausdörrende Hitze, die von den Felsbrocken und dem steinigen, trockenen Boden des Bergrückens aufgesaugt und, wie von Ziegeln in einem Ofen, wieder abgestrahlt wurde und die Luft flirren ließ.

Sie drehte sich um und zeigte hinter ihnen den Berg hinunter. »Sieh nur. Sieh nur, wie weit wir schon sind. Schau zurück, du kannst da unten fast die ganze *finca* unter uns ausgebreitet liegen sehen. Sieh nur, siehst du ihre kleinen Hüte, wo sie die Kaffeebohnen pflücken? Wie kleine Punkte. Und du kannst auch das Dach des Hauses sehen – und diese kleinen Flecken drumherum müssen die Hütten sein. Es ist, als würde man von der falschen Seite her durch ein Fernglas schauen.«

Sie hatten bereits eine beträchtliche Entfernung zwischen sich und die äußerste Grenze der kultivierten Gebiete der Plantage gebracht, von hier oben allein erkennbar an der unterschiedlichen Färbung, dem dunklen Grün der Büsche.

»Wir sollten jetzt vielleicht besser wieder umkehren, oder? Er hat gesagt, wir sollten nicht...«

»Wir sollten nicht was?«

»Nicht zu lange fortbleiben, wenn wir was zu essen haben wollen.«

Sie schürzte ihre Lippen. »Ich würde lieber noch weiter reiten, statt zu essen. Du nicht? Es ist noch früh. Komm, nur noch eine Viertelstunde.«

Er erhob keinen Einwand, obwohl sein Einverständnis irgendwie widerwillig war. Das sie umgebende Gelände lag klar wie ein Diamant im Licht der Sonne. Es schien lächerlich zu denken, in Mallorys Bemerkung bei ihrem Abschied könnte eine vorsichtige Warnung gelegen haben. Wahrscheinlich hatte er nur Angst gehabt, daß sie sich bei ihrem ersten Ausritt allein hier oben verirren würden.

Sie war wieder vorausgeritten. Er beobachtete sie von hinten. Sie hielt ihren Kopf beim Reiten leicht zurückgeneigt, suchte die Gipfel der Berge ab, die jetzt sehr nah waren, mit einer guten Portion dieser starren Intensität, die sie so oft an ihrem Fenster und auf ihrem Balkon unten an der Küste an den Tag gelegt hatte. Hier oben war dies weniger beunruhigend, denn zunächst einmal war es erheblich natürlicher, auf diese Weise nach vorne zu schauen, und dann nahm auch das Reiten an sich etwas von dieser konstanten Melancholie aus dieser Haltung.

Die Gebißstange seines Pferdes begann zu schäumen. Er zügelte es. »Mitty, wir sind jetzt weit genug«, rief er ihr zu. »Laß uns zurückreiten. Die Pferde müssen getränkt werden.«

Ohne ihren Kopf zu drehen, winkte sie ihm beiläufig, beruhigend zu. »Direkt hinter der nächsten Anhöhe gibt es in einer Senke eine kleine Quelle. Dort können sie trinken. Komm, ich zeig's dir.«

Es dauerte ein oder zwei Minuten, bevor er es mitkriegte. Höchstwahrscheinlich hatte die Trägheit seiner Wahrnehmungen etwas mit der beiläufigen Art zu tun, in der sie es gesagt hatte. Sie war bereits in einer der unzähligen Mulden verschwunden, denen sie auf ihrem ganzen Weg begegnet waren. Als er ebenfalls über die Anhöhe und zu ihr in die Senke hinabgeritten war, hatte sie bereits abgesessen und tränkte ihr Pferd an einem kleinen sprudelnden Bach, der aus dem Fels herausströmte, einen kleinen Teich bildete, sich dann mühsam ein paar weitere Meter dahinschlängelte und schließlich wieder im Boden versickerte, wo er auch hergekommen war.

Er war bereits dabei abzusitzen, bevor es ihm endlich zeitversetzt aufging, wie durch eine Art Zeitzünder. Es erschütterte ihn. Unsicher verließ er seinen Sattel, stand da und starrte sie halb beunruhigt an, wobei er seine Hände gegen den Hals des Pferdes gelegt hielt, als müßte er sich abstützen.

»Woher wußtest du, daß die Quelle hier sein würde?« fragte er mit heiserer Stimme.

Ihr Blick wanderte unsicher von ihm zur Quelle. »Ich weiß nicht. Tja, jedenfalls ist sie doch hier, oder?«

»Ich sehe, daß sie hier ist. Aber woher wußtest *du*, daß sie hier sein würde? Wir sind doch erst gestern abend hier angekommen! Wir sind in unserem ganzen Leben noch nie hier oben gewesen!«

»Larry, werd doch nicht immer gleich so ängstlich!« versuchte sie zu protestieren. »Auf deiner Stirn bilden sich ja schon Schweißperlen.«

»Das liegt nur an dem Ritt«, sagte er, wischte sich ohne nachzudenken mit seinem Arm darüber. Er versuchte sich zusammenzureißen. »Ich schätze, Mallory wird's dir wahrscheinlich gesagt haben, stimmt's?« Aber wie konnte er ihr sagen, *wo* genau? Das fragte er sich, noch während er es sagte.

Sie schüttelte den Kopf. »Ich habe nicht mit ihm gesprochen, bevor wir aufgebrochen sind. Du hast mich doch selbst gesehen.«

Er ließ sich auf einen flachen Stein sinken und die Schultern hängen. Er versuchte, sich eine Zigarette anzustecken, doch sie fiel ihm aus den Fingern. Die zweite fing er gerade noch rechtzeitig auf.

Sie kam zu ihm hinüber und legte tröstend eine Hand auf seine Schulter. Er schaute nicht zu ihr auf.

»Vielleicht hast du es ja auch gehört, bevor du es gesehen hast«, brummte er düster, blickte dabei auf den glitzernden, mit Glimmer übersäten Boden.

»Ja, vielleicht. Ich ... ich schätze, so muß es wohl gewesen sein.« Sie hatte nicht, und er wußte es. Sie sagte das nur, um ihn zu beruhigen. Die Quelle machte kaum einen Laut. Selbst so nahe daran konnte man lediglich von Zeit zu Zeit ein leises Plätschern hören.

»Vielleicht dein Pferd ...«

Aber ihr Pferd hatte nicht gesprochen, sondern sie.

Sie war zurückgegangen und ließ jetzt Tropfen durch ihre hohle Hand rinnen. »Versuch doch auch mal«, bot sie an. »Es ist wirklich erfrischend.«

»Ich will aus der verdammten Quelle nichts trinken!« rief er mit einer ärgerlichen Bewegung in ihre Richtung. »Die ist verhext.«

Für ihn war plötzlich all der Frieden und der Spaß verschwunden. *Es* fing schon wieder an. Diese – er wußte nicht, wie er es nennen sollte – diese Fremdartigkeit.

Danach sagten sie eine ganze Weile nichts. Sie war mit ihren eigenen Gedanken beschäftigt, und er mit seinen. Seine hatten mit ihr zu tun, aber irgendwie wußte er, er hätte es schwören können, daß ihre nichts mit ihm zu tun hatten; für ihn gab es darin keinen Platz. Er konnte sich nicht vorstellen, um was es sich dabei handelte, und er wollte es beinahe auch gar nicht wissen. Er hatte jetzt schon mehr als die Nase voll von dieser Fremdartigkeit. Wenn er es irgendwie vermeiden konnte, dann wollte er in diesem Augenblick nicht noch mehr davon.

Er sackte auf der Kante des flachen, tafelartigen Steines zusammen, ihr und den überfließenden, konzentrischen Kreisen des kleinen Teiches den Rücken zugekehrt, seine Hand müde herabhängend wie durch das Gewicht der nicht weiter beachteten Zigarette, die in dieser Hand baumelte. Obwohl er sie nicht anschaute, um es zu sehen, wußte er doch genau durch ihren scharf gemalten Schatten, der ein gutes Stück vor ihn fiel, was sie gerade tat, in welche Haltung sie verfallen war. Sie saß am Rand des Teiches, die Arme um die Knie geschlungen. Sie blickte nicht auf den Teich vor ihr. Ihr Kopf war in den Nacken zurückgelegt, und er wußte, was sie ansehen mußte, wenn sie ihn so weit hob. Es gab nur eines, das noch höher lag, und das wäre der offene Himmel selbst gewesen, direkt über ihnen. Sie schaute zu den Umrissen der Berggipfel hinauf – ganz bestimmt zu dem Gipfel dieses einen Berges unmittelbar vor ihnen. Er wirkte sehr nah jetzt, mühelos zu erreichen.

Er biß die Zähne zusammen, schob seinen Unterkiefer dann zur Seite, biß wieder die Zähne zusammen. Was war diese niemals endende Sehnsucht nach dem Unbekannten und dem Jenseits und dem Direkt-hinter-der-nächsten-Anhöhe? Dieses Dreieck, gebildet aus ihm und ihr und dem Metaphysischen, bei dem er als Dritter nur sehr schlecht wegkam!

Grübelnd sah er sie an, während sie auf dem Rücken auf dem Boden lag, ausgeschnitten aus schwarzem Lackmuspapier. Eine merkwürdige Verschiebung der Wahrnehmung, eine flüchtige optische Täuschung jagte durch seinen Kopf und war dann wieder verschwunden. Ihre Silhouette hatte etwas Urtümliches, Vorzeitliches. Vielleicht hatten die trostlose Umgebung, der kleine Teich, die Schatten der beiden Pferde im Hintergrund etwas damit zu tun. Die Haltung geduldigen Nachdenkens, ihre kauernde Gestalt, erinnerte an einen Beduinen, der an einer Quelle in einer Wüste der Alten Welt kauerte und wartete, oder an einen Navajo, der unbeweglich vor einem Wasserloch in Arizona hockte.

Dann war dieser Eindruck auch schon wieder verschwunden; allmählich wurde er wie sie, sagte er sich.

Er stand auf und ging zu dem Teich hinüber, blieb dort stehen, schaute auf ihn hinunter. Er war sehr klein. In seiner Mitte befand sich eine Vertiefung, und von dieser

Stelle aus breiteten sich Kreise aus, niemals in völliger Ruhe, niemals aufhörend. Vorsichtig klopfte er mit seinem Fuß am Rand des Teiches entlang, mit einer Art latenter Feindseligkeit, so als wollte er herausfinden, was es war, was es hier zu suchen hatte, wieso sie davon gewußt haben konnte. Es sagte ihm nichts. Es war nichts; nichts als ein Fingerbreit fließendes Wasser aus der Flanke des Berges, das ein wenig kreiste und dann wieder dorthin versickerte, woher es gekommen war.

Er schnipste seine Zigarette hinein. Das Papier verfärbte sich grau, als es sich voll Wasser saugte. Sie kreiste langsam dreimal, jedesmal in einem größeren Kreis, fand dann den kleinen Bach, der aus dem Teich ablief, entkam auf diesem Weg und verschwand aus seinen Augen.

Ihm war danach, ins Wasser zu spucken, so wie man es in das Gesicht eines Feindes macht, tat es jedoch nicht.

Sie schaute weiter nach oben, immer nur nach oben.

»Komm jetzt«, sagte er. »Es muß schon fast elf sein. Wir werden nie rechtzeitig zurückfinden.«

»Wir hätten noch weiter reiten können«, sagte sie verträumt. »Siehst du die Spalte dort oben vor uns? Ich frage mich, wo die wohl hinführt? Ich wette, man kann von dort aus direkt auf die andere Seite sehen.«

»Komm. Vergiß das jetzt.« Er reagierte schroff und kurz angebunden.

Er saß auf, wartete lange genug, um zu sehen, daß sie aufstand, zog sein Pferd herum und machte sich dann auf den Weg die flache, einer Untertasse ähnlichen Schräge auf der talwärts gelegenen Seite der Mulde hinauf, wo sich ihr Rückweg befand.

Von oben warf er einen kurzen Blick zurück, und sie setzte ihren Fuß gerade in den Steigbügel. Er verschwand bergab außer Sicht, auf dem Weg nach Hause. Dann, einen Augenblick später, als sie ihn eigentlich schon hätte überholt haben müssen und er hinter sich keine näherkommenden Schritte hörte, hielt er an, kehrte um und ritt suchend zur Anhöhe zurück.

Gleichzeitig mit seiner Ankunft dort tauchten der Kopf ihres Pferdes und ihr eigener hinter dem Kamm auf, doch sie befand sich auf der anderen Seite, ritt weiter den Bergrücken hinauf, entfernte sich von ihm, statt sich auf ihn zuzubewegen. Er glaubte seinen Augen nicht zu trauen. »Mitty!« rief er ihr mit rauher Stimme nach. »Was machst du da?«

Bei dem Geräusch seiner Stimme begann sie plötzlich hektisch, verzweifelt schneller die Steigung hinaufzureiten, wobei die Hufe ihres Pferdes bei jedem anstrengenden Schritt eine kleine Steinlawine auslösten. Das Pferd ging nicht mit ihr durch, denn dann hätte es ganz sicher nicht diese schwierige Richtung eingeschlagen. Sie war diejenige, die seine kühnen Anstrengungen lenkte. Von dort, wo er sich befand, konnte er sogar die scherenähnliche Bewegung sehen, die ihre Knie machten, als sie sich in die Flanken des Pferdes bohrten.

Er jagte los, stürzte in die flache Senke hinab und wieder hinaus, mühte sich auf der anderen Seite hinter ihr her, wobei der ansteigende Boden immer wieder nachgab und wegrutschte, während er sich zwischen ihnen wie ein Rollband zu bewegen schien.

Es war nicht leicht, sie einzuholen. Es gelang ihm schließlich nur, indem er sein Pferd bis aufs äußerste antrieb. Und selbst dann mußte er ihr noch den Weg versperren, seine Hand ausstrecken und ihr den Zügel entreißen, um sie zu zwingen, endlich anzuhalten. Er sprang schnell ab und zog sie zu sich herunter aus dem Sattel. Sie landete in seinen Armen, unbeweglich, teilnahmslos, wie ein Sack, starrte bis zum Schluß weiter hinauf zu dem Ziel, das sie sich gesetzt hatte.

Er mußte sie schütteln, um sie zu zwingen, ihn endlich anzuschauen. »Was ist los mit dir? Mir reicht das jetzt endgültig! Es fängt langsam an ... Würdest du mich bitte ansehen? Kannst du mir vielleicht mal verraten, was mit dir los ist?«

Selbst in seinen Armen versuchte sie noch auf eine trotzige stumme Art von ihm loszukommen.

Er konnte nichts mit ihr anfangen. »Mitty, hör jetzt auf damit! Bleib still stehen! Dir geht's nicht gut. Ich werde dich von hier fortbringen. Und jetzt komm, ich nehme dich jetzt mit zurück zur *finca*.«

»Ich will weiter. Laß mich doch einfach gehen. Ich will rauf. Ich will wissen, was auf der anderen Seite ist.«

«Mitty!« Seine Stimme wurde schärfer.

Ihr Kopf drehte sich schlaff zu ihm herum, obwohl ihre Augen offen blieben. »Ich will die weißhaarige Mutter von uns allen sehen«, meinte er sie sagen zu hören. »Die schneebedeckte Frau ruft mich. Ich will Coatli wiedersehen.«

Plötzlich sauste seine offene Hand herab, schlug ihr ins Gesicht.

Sie hörte sofort auf, sich zu bewegen. Er schaute zu ihr herab. Keiner von ihnen sagte ein Wort. Es war das erste Mal, daß es zu einer Gewalttätigkeit zwischen ihnen gekommen war.

Er machte ihr ein Zeichen, daß sie auf sein Pferd steigen sollte, stützte sie, schob sie auf den vorderen Teil des Sattels und setzte sich unmittelbar hinter sie. Dann machte er sich so mit ihr auf den Weg zurück, führte ihr reiterloses Pferd am Zügel neben sich.

Sie sprachen nicht. Den ganzen Rückweg waren ihre Köpfe sehr dicht zusammen. Ihre Köpfe berührten sich kein einziges Mal.

13

Er kam heraus, schloß hinter sich leise die Tür ihres Zimmers. Er war unruhig, er konnte nicht schlafen. Sie hatte sich vor einiger Zeit zurückgezogen. Ob sie schlief oder nicht, konnte er nicht sagen. Höchstwahrscheinlich nicht; er hatte zwei glänzend helle Knöpfe in dem undeutlichen Schatten ihres Gesichtes entdeckt, wo es bewegungslos auf dem Kissen lag, so als wären ihre Augen im Halbdunkel geöffnet.

Er hatte ein merkwürdiges Gefühl, das je zuvor schon einmal gehabt zu haben er sich nicht erinnern konnte. Zumindest, soweit es sie betraf. Er hatte nicht in einem Raum mit ihr bleiben wollen. Er wollte fort von ihr, für eine Weile wenigstens, allein sein, oder lieber noch, einfach mit einem anderen Menschen zusammensein. Mit jemandem, mit dem er eine Weile reden konnte, unkompliziert, einfach, so wie er war. Mit jemandem, bei dem er sich entspannen konnte, ohne jeden Augenblick auf der Hut sein zu müssen, wachsam auf jeden Laut oder jede Geste achten zu müssen, die er machte. So ein Gefühl eben.

Er atmete tief ein, ohne es selbst zu bemerken, und ging auf die Veranda hinaus.

Eine reglose Gestalt, gegen einen der Pfosten gelehnt, drehte ihren Kopf, und eine halbverschluckte, gegrunzte Begrüßung verriet ihm, daß es Mallory war. Das hatte er gesucht, jemanden wie ihn, um reden zu können.

Er ging zu ihm hinüber, und sie begannen mit diesem kleinen freundschaftlichen Ritual sich darauf vorzubereiten, eine Zigarette zusammen zu rauchen.

Mallorys Blick begegnete seinen Augen über dem flakkernden Streichholz in der Dunkelheit, als würde er spüren, daß Jones ihn etwas fragen wollte.

Er brauchte ein oder zwei Augenblicke, und schließlich begann er: »Ich vermute, Sie kennen die Gegend hier ziemlich gut... äh, oben auf dem Hang?«

Mallory ließ sich ein paar weitere Augenblicke Zeit mit seiner Antwort. »So gut wie nur was, schätze ich.«

»Wußten Sie, daß es dort oben an einer Stelle eine Quelle gibt, eine Art kleinen Teich?«

»Nein, da oben gibt es kein Wasser. Alles knochentrokken. Davon höre ich jetzt zum ersten Mal, falls es dort wirklich Wasser geben sollte.« Er wartete eine Weile; dann, da nichts weiter kam, sagte er: »Wieso, haben Sie dort oben Wasser gefunden?«

»Ja, wir haben heute morgen da oben eine Quelle gefunden«, sagte Jones. Er dachte eine Weile darüber nach. »Ich nehme an, einer Ihrer Arbeiter würde aber bestimmt davon wissen.«

Aber wenn sie nicht Spanisch konnte, und wenn die Leute kein Englisch sprachen, wie konnten sie ihr dann überhaupt davon erzählt haben?

»Vielleicht«, räumte Mallory ein. »Obwohl ich immer noch behaupte, daß ich mein Land mindestens genauso gut oder sogar noch besser kenne als jeder andere hier.«

Jones beobachtete, wie sich der helle Rauch seiner Zigarette über das Geländer der Veranda langsam in der Dunkelheit verlor. »Was liegt eigentlich auf der anderen Seite dieser Bergkette?« fragte er schließlich.

Mallory ließ sich mit seiner Antwort sehr lange Zeit, so als würde er seine Worte genau abwägen. »*Tierra de los Muertos*«, brummte er schließlich. »Das Land der Toten. Das ist wenigstens der Name, den die Arbeiter dafür haben. Angeblich ist es von Geistern, bösen Geistern bevölkert.«

Jones lachte leise in sich hinein. Mallory, das bemerkte er, lachte nicht mit.

»Es hat einen schlechten Ruf«, fuhr Mallory ruhig fort. »Von Zeit zu Zeit verschwindet immer wieder jemand hier aus der Gegend. Dann geben sie der anderen Seite der Berge die Schuld. Einige von ihnen behaupten sogar, nachts die Geister von Kriegern am Horizont entlangschleichen gesehen und Geistertrommeln durch die reglose Nachtluft schlagen gehört zu haben. Ich persönlich messe dem Aberglauben von Einheimischen nicht besonders viel Bedeutung bei, aber es ist ganz ohne Frage richtig, daß von Zeit zu Zeit jemand spurlos verschwindet.«

»Ich schätze, die werden sich wohl verirrt haben und dann erfroren sein«, meinte Jones. »Oder sie sind von einem wilden Tier erwischt worden. Aber wenn sie sie dann wiederfinden – oder besser gesagt, das, was von ihnen übrig ist –, beweist ihnen das denn nicht, daß es nichts mit den Bergen zu tun hat?«

Der Verwalter der *finca* antwortete nicht sofort. Dann schüttelte er leicht seinen Kopf. »Sie finden sie nie wieder«, flüsterte er. »Bislang wenigstens noch nie.«

Sie hatten die Quelle wieder erreicht.

»Komm«, sagte er. »Laß uns zurückreiten. Hier machen wir doch immer kehrt.«

Sie machte keinerlei Anstalten, ihm zu folgen. »Nein, ich will weiter bis zu diesem Spalt.«

Er griff unvermittelt hinüber und erwischte das Zaumzeug ihres Pferdes. Er hielt es fest, argwöhnisch kurz zu seinem eigenen herangezogen. »Das ist mindestens noch ein Ritt von einer guten halben Stunde, so nah es von hier aus auch immer aussieht. Von da oben wirst du auch nichts anderes sehen als von hier.«

»Aber warum willst du denn nicht, daß ich hinreite?«

»Weil ich es sage. Frag nicht warum.«

Plötzlich, ohne einen besonderen Grund, gerieten sie in einen Machtkampf. Es hatte nichts mit Machtansprüchen zu tun. Er spürte, wie etwas Undefinierbares seine Entschlossenheit ihr gegenüber festigte; Unruhe vielleicht oder auch ein Hauch von Angst. Gebieterisch zerrte er an dem Zügel, den seine Hand umklammerte, und ihr Pferd machte wie sein eigenes gehorsam kehrt.

»Mitty, sieh mich bitte an. Hör zu, was ich dir jetzt sage. Ich bin diesen ganzen merkwürdigen Unsinn langsam satt. Ich verbiete dir, noch weiter hinaufzureiten. Sowohl heute als auch zu jedem späteren Zeitpunkt.«

Er war über die Schärfe seiner eigenen Stimme selbst überrascht.

Er war zu den Hütten der einheimischen Arbeiter geschlendert. Dort gab es nichts, aber er wußte nichts Besseres mit sich anzufangen. Ein Huhn hörte mit seinem ewigen Herumgepicke auf, um ihn mit auf die Seite geneigtem Kopf fragend anzusehen, hielt dabei eine Klaue vom Boden gehoben. Eine ältere Frau, die auf dem Boden kniete und mit einer steinernen Walze einen feuchten Teig auf einem schräg geneigten Stein knetete, schaute auf und lächelte ihn an, zeigte dabei schwarze Zahnlücken.

Er erwiderte ihr Lächeln und schaute ihr weiter zu. Sie

spritzte etwas Wasser auf den Teig und rollte ihn dünn aus. Ein kleiner Junge tauchte hinter ihr in der türlosen Öffnung des *jacal* auf, den Bauch unter einem verschossenen gelben Hemd vorgestreckt, und starrte ihn mit großen Augen und offenem Mund an. Ein zweites Kind in einem verschossenen grünen Hemd gesellte sich zu ihm. Und dann ein drittes, ganz ohne Hemd. Aus der Hütte rief eine Frauenstimme etwas, und die drei verschwanden wieder.

Er fand nichts, was ihn dort interessiert hätte, und schlenderte nach ein paar weiteren Augenblicken weiter. Ein Stück den Weg hinunter in der angenehmen Hitze der Sonne, die hier oben zwar intensiv, aber nicht so ausdörrend wie unten an der Küste war, kam er an dem Brunnen vorbei, aus dem sie ihr Wasser bekamen. Um die Sonne fernzuhalten, war über einer schmalen Wand aus gemauerten Bimssteinen eine Art Dach angebracht. An einer Stelle ein Stück weiter stand eine Gruppe buschiger Bäume, die sich aus dem ansteigenden Boden eher herauskämpfte als einfach nur zu wachsen. Es waren zu wenig, um ein Wäldchen genannt zu werden, aber an dieser einen Stelle warfen sie einen gemusterten Schatten auf den Boden. Unter einen dieser Bäume setzte er sich dann und lehnte seinen Rücken gegen den Stamm, ließ seinen Blick träge die absteigenden Reihen der Kaffeebüsche entlangwandern, an denen sich hier und da kleine Gestalten entlangbewegten.

Er hörte sie erst, als sie bereits dicht hinter seinem Rücken stand.

»Hallo«, sagte sie schüchtern.

Ein Hauch von Förmlichkeit, die sie Mitty gegenüber schon vor langem abgelegt hatte, schwebte zwischen ihnen.

Sie trat zu ihm und setzte sich neben ihn.

Er sah sie mit einer Art beifälliger Mißbilligung an. Der Beifall galt ihrem Äußeren im allgemeinen, die Mißbilligung einem neuen Detail, das er bislang noch nicht an ihr bemerkt hatte. »Wo hast du das her?« wollte er wissen, beinahe als wäre er ihr Vater.

Da war ein unsicher und ungeübt aufgetragenes Rot auf ihren Lippen, besonders auf ihrer Oberlippe. An mehreren Stellen waren die Konturen verschmiert.

»Mitty – Mrs. Jones – hat mir einen von ihren geschenkt.«

Er schüttelte den Kopf. Ihm war danach zu sagen: »Warum läßt du das nicht? Weißt du denn nicht, daß es keine einzige ältere Frau auf dieser Welt gibt, die nicht alles dafür geben würde, genau so zu sein wie du im Augenblick? Weißt du denn nicht, daß du es schon bald genug verlieren und nie wieder zurückbekommen wirst?« Aber er sagte es nicht. Es ging ihn nichts an.

»Ich finde, sie ist wunderbar«, sagte sie. »Ich wünschte, ich könnte sein wie sie.«

»Warum bist du nicht einfach so, wie du bist? Kein Mensch ist wie der andere.«

»Sie haben sie ganz plötzlich geheiratet, stimmt's?«

»Woher weißt du das?«

»Sie hat es mir erzählt.« Sie seufzte wehmütig. »Ich finde das schrecklich romantisch.«

»Das fand ich auch.« Er bemerkte, daß er in der Vergangenheitsform gesprochen hatte. »Ich meine, ich ... ich schätze, das ist es wohl.«

Schließlich wurde er sich einer Sache bewußt. Oder glaubte es zumindest. Er wartete einen Augenblick, um es zu bestätigen. »Warum siehst du mich so an?«

»Weil ich Sie gern ansehe.« Sie lächelte nicht.

Er versuchte das Thema zu wechseln. »Ist das gut für dich, wenn du so viele von diesen grünen Kaffeebohnen ißt?«

»Ich kaue nur drauf rum und spucke sie dann aus. Sie haben nicht richtig zugesehen. Was haben Sie denn geglaubt, was ich mache, wenn ich immer wieder meinen Kopf zur Seite gedreht habe?«

Die Unterhaltung stockte ein paar Augenblicke. Träge dachte er: Über was redet man mit Kindern in diesem Alter?

Plötzlich hatte sie sich auf ihre Knie aufgerichtet, schob sich dichter an ihn heran. »Gerade ist eine Raupe auf Sie geklettert. Warten Sie, nicht bewegen. Ich nehme sie wieder weg. Ich sehe sie, Sie nicht. Sie sitzt auf Ihrem Kragen, hinten, am Nacken.« Sie nahm einen Zweig. »Halten Sie Ihren Kopf ganz still.«

Er spürte, wie der Zweig ihn ein- oder zweimal leicht streifte. Schließlich sagte er: »Du brauchst aber ganz schön lange. Ich kriege einen steifen Hals.«

»Sie will einfach nicht auf den Zweig. Sie will immer weiter unter Ihren Kragen krabbeln.«

Er drehte sich um. »Da ist überhaupt nichts.«

Sie lachte, ein wenig unsicher. »Hab' ich nur so gesagt. Weiß auch nicht, warum.«

Er schaute in eine andere Richtung und schluckte.

Schließlich sagte sie: »Ich sehe Ihnen gerne zu, wenn Sie eine Zigarette rauchen. Ich schaue Ihnen gerne bei allem zu, was Sie machen. Meinen Vater beobachte ich auch gerne, aber ... ich weiß nicht ... ich sehe Ihnen auf eine andere Art wie meinem Vater gerne zu.«

Ich vermute, dieses Stadium müssen sie früher oder

später wahrscheinlich alle durchmachen, dachte er verständnisvoll. Ich sollte ein Junge in ihrem Alter sein, aber sie lebt hier draußen so abgeschnitten von allem ...

Er streckte seine Hand aus und versetzte ihr einen Kinnstüber, mechanisch, ohne sich etwas dabei zu denken.

Augenblicklich verschwand das Lächeln, und sie sah ihn mit einer Art wehmütigem Ernst an. Ihr Gesicht bewegte sich kaum merklich ein Stück auf seines zu, zog sich dann jedoch schnell wieder zurück.

Er sah sie einen Augenblick direkt an, mit einer gewissen Unbeugsamkeit in dem Ausdruck seiner Augen. Dann stand er auf.

»Komm, wir gehen jetzt zurück«, sagte er ruhig.

Er nahm ihre Hand und führte sie bestimmt mit sich, dabei seine Hand ein kleines Stück von sich ausgestreckt haltend, so wie man es bei einem Kind macht, das ungezogen gewesen war.

14

Als er wach wurde, lag das Zimmer noch tiefer in den ersten Schatten des Tagesanbruches als an anderen Morgen, und dennoch war sie bereits aufgestanden und hinausgegangen. Er dachte, sie würde vielleicht draußen auf der Veranda auf ihn warten, doch nachdem er sich angezogen hatte, war weit und breit nichts von ihr zu sehen. Er rief Pascual, der daraufhin über den violett gefärbten Hof geschlurft kam und ein Pferd mit sich führte.

»Ist die *señora* schon fort?«

»Si, *señor*.«

»Warum haben Sie sie allein gehen lassen?«

»Sie hat gesagt, Sie würden nachkommen. Sie hat gesagt, ich sollte keine Umstände machen, sie würde den Weg schon kennen.«

Er hätte wissen müssen, daß sie so etwas tun würde, sagte er sich. Er setzte auf und ritt schnell los, den inzwischen vertrauten bergaufführenden Weg hinauf, den sie jeden Tag zusammen nahmen.

Die Morgendämmerung streifte in unglaublichen Farben die Hänge, während er weiterritt, doch sein Gesicht war vor dem Hintergrund ihres bläulichen Schimmers mürrisch und finster. Es gab Spalten von fleischfarbenem Rosé, Korallenrot und Mauve, und darüber ein Himmel, der wie hellblaues Cellophan glitzerte. Schon wieder dieses Suchen im Zwielicht, genau wie unten in Puerto Santo, mußte er immer wieder denken.

Als er schließlich die Quelle erreichte, hatte die Sonne den Gipfel bereits überstiegen, die Regenbogenfarben waren verschwunden, und das ganze Terrain um ihn herum hatte eine monotone rötlich-gelbe Farbe angenommen. Dort hielt er kurz und ließ sein Pferd trinken. Tja, wenigstens spukt ihr jetzt dieser Spalt nicht mehr durch den Kopf. Vielleicht würde der Berg jetzt alle Anziehungskraft für sie verlieren.

Er ritt von dort aus weiter hinauf, betrat nun zum ersten Mal unbekanntes Gebiet. Vor ihm war immer noch nichts von ihr zu sehen. Der Spalt, als er ihn schließlich erreichte, stellte sich als so etwas wie eine optische Täuschung heraus. Das heißt, von unten, von dort, wo sie vorher immer gewesen waren, mochte es wie eine Einkerbung, ein scharfer Einschnitt in den sich auftürmenden Horizont weiter oben ausgesehen haben. Jetzt wurde es einfach zu einer gekrümmten, halbkreisförmigen Rinne oder einem Hohlweg, der zwischen zwei hügelähnlichen Bodenerhebungen verlief, die eine zum Teil hinter die andere geschoben. Es war die Überlagerung ihrer Kammlinien, die für die leichte Einkerbung im Horizont verantwortlich war, aber eigentlich lagen sie nicht nebeneinander; die eine befand sich ein Stück vor der anderen. Zwischen ihnen schlängelte sich eine kleine, nicht sehr tiefe Schlucht, kaum tief genug, um den Kopf eines Reiters zu verbergen, wenn er auf seinem Pferd saß. Eine Vielzahl kleiner Büsche übersäte hier oben den Boden, und, so uneben es auch immer war, er verlief jetzt fast horizontal, war nicht länger steil geneigt. Irgendwo weiter hinten mußten die Berge wieder in das geheimnisvolle Tal abfallen, das ihnen allen soviel Angst und Schrecken bereitete.

Der Schatten von ihm und seinem Pferd glitt über die

Seite des Hügels neben ihm, während er den etwas tiefer liegenden Weg entlangritt, wogte fließend über Gebüsch, Felsbrocken und Klumpen vertrockneter Erde.

Und dann, als er sich langsam drehte und das kuppelähnliche Hindernis auf seiner Achse langsam nach hinten wegglitt, kam sie plötzlich in Sicht.

Sie war abgestiegen, und ihr Pferd zupfte an einem der Büsche neben ihr. Sie kniete vor etwas, das auf den ersten Blick ein kegelförmiger Steinhaufen zu sein schien. Ihre Silhouette war undeutlich, farblos, beinahe transparent, anders als ihr Pferd, das sich in kräftigem Schwarz abzeichnete, obwohl es kaum mehr als ein, zwei Meter von ihr entfernt stand. Es schien, als wäre sie in einen Schleier aus Staub gehüllt, aber Jones konnte nicht erkennen, was ihn verursachte, denn die schemenhafte Substanz vermischte sich so sehr mit der Farbe der Schlucht, daß er, abgesehen von der Stelle, wo Mittys Gestalt einen klaren Hintergrund bildete, unsichtbar war.

Als er dann über sie hinweg nach oben schaute, sah er, daß es nicht Staub war, denn es hing nicht teilnahmslos und träge vor dem Himmel, sondern stieg in reger Geschäftigkeit gerade nach oben. Es war schwacher Rauch von einem Feuer.

Als er weiter auf sie zuging, sah er, wie sie die zusammengerollte Pferdedecke ausschlug, die sie mitgenommen hatte, und sie mit beiden Händen zu Boden warf, so daß die Steine bedeckt wurden. Ihre Gestalt begann in der vollen Intensität ihrer Farben zu erstrahlen, und der in der Luft schwebende Rauch wurde vor dem Blau des Himmels ausgelöscht wie von einem gigantischen Pusten. Dann zog sie die Decke wieder fort, und wieder stieg ein feiner Rauchschleier von den Steinen auf. Sie drehte sich um, um ihn zu begrüßen, als er absaß, hielt dabei die Decke gefaltet und ausgestreckt zwischen ihren Händen. Ihre Haltung hatte etwas Pompöses.

Er stieß mit seiner Schuhspitze gegen den merkwürdig aussehenden Steinkegel, dessen Loch genau in seiner Mitte so tief und so perfekt abgerundet war, als wäre es von Hand gemauert worden. In der Nähe verstreut lagen Zweige und Äste zahlreicher kleiner Büsche, die sie mit bloßen Händen ausgerissen haben mußte. Er sah sie neugierig an. »Wozu hast du das angemacht? Ist dir kalt?«

»Nein, ich ... ich bin rein zufällig auf das hier gestoßen, und da dachte ich mir, ich würde es gerne mal ausprobieren. Diese Büsche brennen wirklich wunderbar.«

»Aber woher wußtest du, wozu es da war? Man kann ja selbst jetzt kaum erkennen, was es ist, selbst wenn das Feuer darin brennt.«

»Ich weiß nicht. Es schien einfach dafür und für nichts anderes dazusein.« Sie sammelte ein paar weitere Zweige und warf sie hinein.

Einen Augenblick schaute sie zu. »Jetzt wird es langsam stärker«, sagte sie. Sie legte ihren Kopf bewundernd zurück. »Sieh nur. Sieh nur, wie gerade der Rauch aufsteigt. So dünn und klar. Wie ein Band. Und jetzt paß auf was passiert, wenn ich das hier mache.«

Sie nahm die Decke und warf sie zu Boden, erstickte die Öffnung.

Die schlanke Rauchsäule hörte abrupt auf. Sie stieg weiter in den Himmel, aber die Lücke darin stieg mit höher, beendete die Rauchsäule bei ihrem Aufstieg. Und dann, als sie die Decke hob, schoß sie wieder nach oben.

Er lachte leise. »Was versuchst du da zu tun, machst du Morsezeichen oder was?«

»Ich kenne die Morsezeichen nicht«, sagte sie ernst. Sie bedeckte das Loch wieder, wartete, und zog die Decke erneut zurück.

»Und was machst du dann? Denkst du dir deinen eigenen Code aus, während du das machst?«

»Ich kenne keinen Code.«

»Aber woher weißt du dann, wann du die Decke senken und wann du sie fortnehmen mußt?«

»Ich weiß es nicht. Meine Arme scheinen das einfach ganz von selbst zu tun.« Sie starrte abwesend nach oben, fasziniert von ihrem eigenen Tun.

»Komm jetzt«, sagte er, »das reicht.« Es klang verärgert, selbst für seine eigenen Ohren. Er trat mit seinem Fuß gegen die Steine, verstreute brennende Stöckchen und schwelende Äste. Ein ganzes Dutzend einzelner Rauchfäden stieg jetzt auf, aber keiner stark genug, um über den Horizont aufzusteigen, wie der kräftige es zuvor getan hatte. Sie erstarben mit den zögernden kleinen Funken, die sie verursachten.

Er saß wieder auf, wartete auf sie und blieb zurück, bis sie vorausgeritten war, dann folgte er ihr, als würde er sie abführen.

So ritten sie, einer hinter dem anderen, schweigend die gewundene Schlucht zurück und hinaus und dann weiter den Hang hinunter. Er erwähnte mit keiner Silbe, daß sie einfach so fortgeritten war, ohne auf ihn gewartet zu haben, noch verlor er ein Wort darüber, daß sie weiter als bis zu dem Wasserloch geritten war, obwohl er es ihr doch beim letzten Mal ausdrücklich verboten hatte. Nichtsdestoweniger ging ihm beides durch den Kopf.

Sie hatten die Hälfte des Weges zu der Quelle zurückgelegt, als sie plötzlich anhielt. Sie schaute zurück; ihr Pferd stand so absolut starr und bewegungslos still wie ihr Körper. Ihre Augen blickten an ihm vorbei in die höher gelegene Ferne. Er drehte sich in seinem Sattel um, um ebenfalls dorthin zu schauen.

Es stieg wieder auf, die gleiche schwankende Linie vor dem makellosen Himmel wie zu dem Zeitpunkt, als sie dort oben gewesen waren. Ein Rauchfinger, nach oben dünner werdend ins Nichts.

Aber es war nicht die gleiche Rauchsäule, die sie eben erst dort oben zurückgelassen hatten. Dieses Feuer war nicht wieder entfacht worden.

Dieses Mal kam es von weiter her – von der anderen Seite der Spalte – viele Meilen weit entfernt.

Während er hinschaute, entstand plötzlich ein sauberer Bruch, ein Einschnitt durch die Rauchsäule. Sie hatte aufgehört, so sauber und glatt wie von einer gigantischen Schere durchtrennt.

Der Himmel dehnte sich makellos vor ihnen aus.

Und dann begann es plötzlich wieder. Sie stieg auf und blieb dort hängen, so unglaublich dünn wie Gaze.

Dann hörte es wieder auf.

Danach nichts mehr.

Sie rührten sich nicht, keiner von ihnen. Sie warteten, doch es kam nicht wieder, es war vorbei.

Als er sich schließlich wieder umdrehte, zitterte etwas auf dem Sattelknauf, und als er hinabschaute, war es seine eigene Hand.

Mallory gegenüber erwähnte er nichts davon. Er fragte sich, wieso eigentlich nicht, tat es aber dennoch nicht. Irgend etwas hielt ihn zurück. Natürlich vermutete er, daß es deswegen war, weil er es sich nur eingebildet hatte; es war nichts als eine optische Täuschung gewesen, eine

Luftspiegelung in der klaren Bergluft, und es würde albern klingen, so etwas zu erzählen. Der andere Mann würde seinen Respekt ihm gegenüber verlieren.

Aber dann wußte er, daß es nicht stimmte. Er hatte es sich nicht eingebildet. Er hatte es mit seinen eigenen Augen gesehen.

Und trotzdem erzählte er Mallory nichts davon.

15

Es begann in dieser Nacht.

Es hatte einen Anfang. Später war es schwer vorstellbar, daß es einen Anfang hatte, daß es in genau diesem einen Moment, exakt zu einem bestimmten Augenblick begonnen hatte und daß es davor nicht dagewesen war.

Es war etwa eine Stunde nach Sonnenuntergang. Sie hatten ihr Abendbrot beendet, saßen zusammen und spielten Bridge. Chris war seine Partnerin und Mallory Mittys Mitspieler. Es war nur irgendein weiterer Abend auf der Plantage, und sie hatten schon viele andere wie diesen verbracht. Er hatte nichts Merkwürdiges oder Fremdes.

Mitty hielt eine Zigarette in ihrer Hand, musterte bedächtig ihre Karten. (Sie war modern, sie war alltäglich, sie war völlig normal.) »Du hättest mit Pik nachspielen müssen, Partner«, sagte sie.

»Sagte doch schon, daß ich kein besonders guter Spieler bin«, brummte Mallory geknickt.

Christ schaute Jones über den Tisch hinweg an und lächelte leicht. Nicht wegen etwas Besonderem, sondern einfach nur, um ihn anzulächeln. Ihm begann aufzufallen, daß sie praktisch jedesmal lächelte, wenn er sie ansah. Und wenn sie es nicht tat, dann hatte sie einen solch eindringlichen, träumerischen Ausdruck auf ihrem Gesicht, der ihm noch weniger gefiel. Er war verheiratet, und ... nun, sie war nur ein Kind.

Mitty spielte ihre Karte aus, und der *Robber* war zu

Ende. Mallory sank auf seinem Stuhl zurück, wedelte mit seiner Hand vor seinem Gesicht und sagte: »Ich werd' das nie lernen.«

Jones zog die Karten zu sich und begann zu mischen.

Chris öffnete ein wenig ihre Lippen, seufzte und flüsterte: »Ich liebe es...«

»Ich weiß«, beendete er ihren Satz trocken, »du liebst es, mir dabei zuzusehen, wie ich die Karten mische.« Sie hatte es am Abend zuvor und an dem Abend davor gesagt. Und auch am Abend davor. Mitty begann deswegen bereits zu kichern, wenn sie allein in ihrem Zimmer waren.

Er teilte die Karten aus, und gerade als er die dritte Karte vor Mitty auf den Tisch warf, fing es an. Genau da. Mitten in der Bewegung verharrte er unvermittelt, lauschte.

Wahrscheinlich hörten es alle gleichzeitig. Sie lauschten alle in die Nacht. Niemand rührte sich oder sagte auch nur ein Wort. Er hielt das Päckchen Karten unbeweglich in der Hand.

Es war leise, weit entfernt, und doch irgendwie tief und kehlig. Man konnte den betonten Takt deutlich hören, einer pro Doppelschlag. Bamm-*bamm*, bamm-*bamm*, bamm-*bamm*.

Er sagte als erster etwas. »Was ist das? Braut sich da ein Sturm zusammen?«

Es war zu gleichmäßig für einen Sturm, zu rhythmisch. Das mußte man ihm nicht erst sagen.

Mallory sprach es einen Augenblick später aus. »Das ist kein Sturm. Viel zu gleichmäßig.« Und dann fügte er hinzu: »Außerdem ist jetzt sowieso die Trockenperiode. In dieser Jahreszeit haben wir nie Stürme.«

Gespannt saßen sie einen Moment lang da und lauschten. Dann blickte Jones auf seine Hand und bemerkte, daß er aufgehört hatte, die Karten auszuteilen. Ein wenig zittrig machte er mechanisch weiter.

Niemand hob die Karten auf oder schaute sie sich an, als sie auf den Tisch fielen. Sie warteten darauf, daß es aufhörte, genauso plötzlich wie es begonnen hatte, aber es hörte nicht auf. Ihre Köpfe bewegten sich automatisch weiter, von links nach rechts, während er seinen Karten austeilenden Händen folgte. Mallory hatte seinen Kopf leicht zur Seite geneigt, so als würde er über seine Schulter lauschen; als würde das Geräusch von dort kommen. Chris starrte Jones an. Jetzt lächelte sie nicht mehr. Ihre Augen waren runder und größer als je zuvor. Es lag ein fragender Ausdruck darin, so als wollte sie sagen: »Ist das was Schlimmes? Ich mache alles, was du machst. Wenn du dir Angst anmerken läßt, dann habe ich auch Angst. Wenn nicht, dann weiß ich, daß alles in Ordnung ist.« Mitty starrte auf den Tisch. Sie hatte eher einen nachdenklichen, in sich gekehrten Ausdruck. Bei ihr war es mehr als einfach nur ein rein physisches Zuhören, es war genausosehr ein sich durch den Kopf gehen lassen. Sie bewegte geistesabwesend ihre Hand, und vor ihrem Gesicht stieg eine Rauchwolke auf.

Einen kurzen Augenblick erinnerte ihn das daran, wie sie hinter diesem Rauchschleier des Feuers ausgesehen hatte, das sie zwischen den Steinen angezündet hatte, als er sie an diesem Morgen in der Schlucht gefunden hatte.

Er erinnerte sich daran und vergaß es sofort wieder. In der Gegenwart gab es keine Zeit für die Vergangenheit.

Niemand machte Anstalten, das Spiel fortzusetzen. Ein Stuhlbein schrammte laut durch die Stille, und Mallory stand auf und ging hinaus. Die Fliegentür fiel langsam hinter ihm zu, und einen Moment lang war seine Silhouette noch zu erkennen, orangefarben vom Licht der Lampe hinter ihm; dann verschmolz er mit der Dämmerung draußen, verdunkelte sich eher bis zur Unsichtbarkeit als mit wachsender Entfernung zu schwinden.

Jones bemerkte, daß der betonte Takt ein bißchen weh tat. Nicht in den Trommelfellen, denn es war nicht laut, sondern in der Brust, denn es war ein tiefer Ton. Man spürte ihn dort jedesmal.

Bamm-*bamm*, bamm-*bamm*, bamm-*bamm* ...

Es war wie ein endloser vorbeifahrender Zug. Jedesmal, wenn ein Wagen vorbeifährt, denkt man, es wäre der letzte, doch der nächste kommt schon, und dann wieder der nächste.

Schließlich stand Jones auf und folgte Mallory nach draußen.

Er spürte, wie Chris' Blicke ihm folgten, aber irgendwie wußte er ebenfalls, ohne sich umzuschauen, daß Mitty sein Gehen nicht einmal bemerkte, niemanden um sie herum registrierte, in Gedanken an irgendeinem fernen Ort weilte.

Mallory stand im Dunkeln neben einem der Pfosten am Geländer der Veranda. Er drehte sich nicht zu ihm um, obwohl er hörte, wie er sich zu ihm stellte.

»Das ist es«, sagte er ruhig.

«Das ist was?«

»Geistertrommeln. Das, wovon ich Ihnen erzählt habe, von dem sie behaupten, es gehört zu haben. *Tambores de los muertos.* Ich selbst habe sie noch nie gehört.«

»Sagen Sie es nicht auf Spanisch. Das klingt noch schlimmer.« Jones preßte seine Hand auf das Verandageländer. Nicht einmal, sondern zweimal, dreimal, wiederholt. Er merkte, daß er es im Rhythmus zu dem Trommeln machte und hörte abrupt auf.

Es zupfte weiter an seiner Brust, als wäre eine hohle Stelle dort, ein Resonanzkörper, in dem es nachhallte.

»Was glauben Sie, was es ist? Ein Echo oder irgendeine außergewöhnliche Akustik in den Bergen?«

Mallory antwortete nicht.

»Man muß schon sagen, es hört sich wirklich wie echte Trommeln an.« Er versuchte ein wenig zu lachen, wollte, daß der ältere Mann sich ihm anschloß. »Täuscht einen ganz schön, stimmt's?«

Mallory ging nicht darauf ein. »Nein, es täuscht einen nicht.«

Sie standen noch einen Augenblick länger dort, ohne ein Wort miteinander zu wechseln. Dann warf Mallory einen Blick über seine Schulter zu der von innen beleuchteten Fliegentür. »Gehen wir wieder rein. Das Mädchen wird unruhig.«

Sie kehrten beide mit dieser gespielten Heiterkeit zurück ins Haus, die Männer leicht zu übertreiben neigen, wenn sie Frauen nicht beunruhigen möchten.

»Komisches Geräusch, oder?« sagte Jones leichthin, während er seinen Stuhl wieder zurechtrückte.

»Es wird vor Tagesanbruch wieder aufhören«, versprach Mallory.

Sie warfen sich einen versteckten Blick zu.

»Aber da *oben* ist doch keiner«, protestierte Chris, wobei ihre Stimme ein wenig schrill klang. »Was kann denn nur so ein ...«

»Wer bietet?« fragte Jones forsch.

Mitty drehte lustlos eine Karte um und sah sie an. Er wußte, daß sie nicht wirklich sah, was darauf war, auch wenn sie sie anschaute.

Sie setzten ihr Spiel fort, versuchten das Geräusch zu

ignorieren. Während sie mechanisch weiterspielten, wußte doch jeder einzelne von ihnen, daß die anderen drei es hörten, daran dachten, genau wie er selbst.

Es kam nicht näher, aber es entfernte sich auch nicht. Es wurde nicht lauter, aber es wurde auch nicht leiser. Jones wußte, was an diesem Geräusch war, das sie letzten Endes doch fertigmachte. Sie warteten weiter darauf, daß es endlich aufhörte, sie alle. Und es hörte nicht auf, hörte niemals auf.

Es war gleichmäßig, daher hätte es eigentlich erträglicher sein sollen, aber es war bei all seiner Gleichmäßigkeit doch ungleichmäßig; es war dieser zweite, betonte Takt, der den Schaden anrichtete. Ein Schlag hoch, der nächste tief; einer hoch, der nächste wieder tief.

Er sah, daß Mallory zuviel rauchte. Viel zuviel. Und er selbst, bemerkte er, konnte einfach nicht den richtigen Platz auf seinem Stuhl finden. Er rutschte alle paar Augenblicke nervös herum, schlug seine Beine übereinander, schlug sie dann andersherum übereinander. Chris wischte sich andauernd mit einer Hand ihre Haare zurück, während sie über ihren Karten brütete; Haare, die ihr nicht in die Stirn fielen, die nicht einmal unordentlich herabhingen. Von Zeit zu Zeit sah sie ihn an, und ein- oder zweimal lächelte sie; aber es war jetzt ein anderes Lächeln, ein ängstliches, flüchtiges Lächeln, das mehr wie eine Gewohnheit aus der jüngsten Vergangenheit war, die sich noch hielt, als ein herzlicher Gruß der Gegenwart. Ihre Augen blieben groß und strahlend.

Und Mitty – Mitty hatte immer noch diese Haltung des körperlosen Lauschens, der geheimen inneren Vereinigung. Etwas daran störte ihn. Sie schien zu versuchen, es zu entziffern, mehr daraus zu machen als... als daraus gemacht werden konnte. Taktvoll wandte er seinen Blick ab. Er konnte sich nicht erinnern, sich je zuvor so über sie geärgert zu haben, ohne jeden Grund. Nicht einmal, als sie wegen ihr das Schiff in Puerto Santo verpaßt hatten; zumindest war er nicht so intolerant und so grundlos verärgert gewesen wie jetzt. Er vermutete, daß es etwas mit der Wirkung dieser Sache auf seine Nerven zu tun hatte.

»Meinen Sie, es würde was nützen, wenn wir die Fenster und die Haustür da vorn schließen?« schlug er vor.

Mallory sagte: »Es würde so oder so hereinkommen. Aber versuchen Sie es ruhig, wenn Sie wollen.«

Jones rührte sich nicht. Die Last der Ängstlichkeit auf seine eigenen Schultern zu laden war nicht das, was er beabsichtigt hatte; er hatte daran gedacht, etwas zu tun, damit die zwei Frauen sich besser fühlten.

Plötzlich ließ Mallory so unerwartet seine Karten fallen und saß aufmerksam und starr da, daß es Chris einen kleinen, halb erstickten und beunruhigten Schrei entlockte, bevor sie ihn unterdrücken konnte. Plötzlich war dort draußen zusätzlich das Geräusch von Pferdehufen, ganz in der Nähe, dann entfernte es sich schnell. Einen Augenblick später wieder. Dann fünf oder sechs Pferde gleichzeitig, die aus Richtung der Ställe hinaus in die Nacht galoppierten.

»Sie haben es unten in den *jacales* gehört, und das gefällt mir gar nicht!« Mallory stieß seinen Stuhl zurück und stürmte aus dem Raum. Jones stand auf und folgte ihm.

Irgendwo auf der anderen Seite des Hofes schrie ein Baby. Gestalten huschten umher, undeutlich erkennbar im flackernden Licht einer Reihe von Pechfackeln, die wie verrückt gewordene Leuchtkäfer auf und ab hüpften. Männer riefen ihren Frauen etwas zu, und Frauen riefen wimmernden Kindern zu. Ein Massen-Exodus war im Gange.

Mallory stürmte in ihre Mitte, ruderte mit seinen Armen, schlug sogar nach einigen von ihnen, versuchte die Flut aufzuhalten. Jones übernahm eine passivere Rolle, begnügte sich damit zu versuchen, sie abzufangen, indem er sich ihnen in den Weg stellte. Sie stürzten einfach um ihn herum, wieder und wieder, wichen ihm aus und setzten ihre hastige Flucht fort. Es hatte keinen Sinn, sie aufhalten zu wollen. Sie waren gefangen in einer irrwitzigen, kopflosen Panik. Sie huschten weiter in die Dunkelheit hinaus, flohen talwärts in den schützenden Dschungel, der wenigstens dieses eine Mal sicherer war als das offene Hochland. Ihre schrillen, verängstigten Stimmen verblaßten in der Nacht, plapperten wieder und wieder: »*Que vienen los cocos! Que vienen los muertos*!« Die Geister kommen! Die Toten kommen!

Hinter ihnen legte sich Stille über die leeren Hütten und den verlassenen Hof, unterbrochen nur von diesem pulsierenden Rhythmus, der ein Laut war und doch auch wieder kein Laut, vielmehr ein ständiges Beben.

Mallory kehrte nach seiner sinnlosen Verfolgung der letzten zu Jones zurück und knurrte leise Verwünschungen.

»Sie haben auch die Pferde mitgenommen«, sagte er. »Jetzt sitzen wir hier fest, ob wir wollen oder nicht. Man ist völlig machtlos, wenn sich so viele Leute gleichzeitig eine Sache in den Kopf gesetzt haben.«

»Ja«, pflichtete Jones freudlos bei. »Ich schätze, das ist wohl so. Man müßte sie alle anbinden, jeden einzelnen.«

»In ein oder zwei Tagen kommen sie wieder zurück, wenn das verfluchte Ding endlich aufhört. Ich habe so was schon ein- oder zweimal erlebt. Aber es sind immer ein paar weniger, wenn sie dann zurückkommen.«

Jones stieß einen Daumen über seine Schulter. »Ist es jedesmal *das*?«

»Nein, ich habe es bis heute nacht noch nie gehört. Sie allerdings vielleicht schon. Meistens behauptete immer jemand, eine Reihe gespenstischer Silhouetten gegen den mondbeschienenen Himmel gesehen zu haben, dort oben auf den Gipfeln. So was jagt ihnen Angst ein.«

Er spuckte angewidert auf den Boden. »Tja, es hat keinen Sinn, hier draußen rumzustehen. Wenn's weitergeht, dann soll's eben weitergehen. Ich jedenfalls gehe jetzt ins Bett.«

Gemeinsam kehrten sie zum Haupthaus zurück.

Gerade als sie es fast wieder erreicht hatten, trat Mitty aus der hell erleuchteten Tür. Um ihnen entgegenzugehen, dachte Jones zuerst; um zu ihnen zu kommen und herauszufinden, was passiert war. Doch statt dessen ging sie in die entgegengesetzte Richtung, als sie von der Veranda herunterkam, fort von ihnen, und verschwand wie ein Schlafwandler in der sie einhüllenden Dunkelheit. Es war unmöglich, daß sie sie nicht gesehen hatte. Inzwischen waren sie nahe genug, und aus dem Haus fiel genügend Licht nach draußen; sie hätte sie sehen *müssen*. Und es war auch unmöglich, daß sie die Richtung, in der die Hütten der Landarbeiter lagen, mit derjenigen verwechselte, wo sich das offene Hochland befand; allein schon die Neigung des Bodens hätte es ihr sagen müssen.

Er rief ihren Namen, und rief ihn dann noch einmal, und als sie nicht antwortete, weiter in die Dunkelheit verschwand wie ein Geist, ließ er Mallory stehen und rannte ihr nach.

Sie beeilte sich nicht bei dem Geräusch seiner sich

schnell nähernden Schritte, aber sie blieb auch nicht stehen oder drehte sich zu ihm um. Nicht einmal, nachdem er auf halbem Weg ihren Namen ein drittes Mal laut gebrüllt hatte. Sie beachtete ihn einfach nicht weiter; es war, als würden ihre Sinne seine Gegenwart überhaupt nicht registrieren.

Als er sie ein beträchtliches Stück hinter dem Haus einholte, hielt er sie auf und drückte sie gegen einen verkümmerten Baum. Selbst da, als er sie an den Schultern packte und mit schierer Gewalt zu sich umdrehte, blieb ihr Kopf dennoch in die andere Richtung gewandt, in die Richtung, aus der das Geräusch kam.

»Was ist nur in dich gefahren? Bist du von Sinnen? Geh nicht einfach so fort, in *diese* Richtung, wenn alle anderen in die entgegengesetzte Richtung laufen!«

Es gelang ihm nicht, ihre Aufmerksamkeit zu erregen. Sie versuchte immer noch, an ihm vorbei weiterzugehen, auf diesen fernen und doch allgegenwärtigen Nachhall zu.

»Mitty!« fuhr er sie scharf an und schüttelte sie an den Schultern, um sie aufzurütteln.

Worte wurden ihr entlockt, sprudelten willkürlich heraus, als wären sie durch das Schütteln gelöst worden. »Sie rufen mich«, hörte er sie flüstern, »rufen mich. Laß mich hören, was sie mir sagen wollen.«

Er hob sie umgehend auf seine Arme und schwankte mit ihr zurück zum Haus.

Mallory wartete draußen vor der Tür auf ihn, wo er ihn stehengelassen hatte. »Was ist los, hat sie sich den Knöchel verstaucht?«

»Nein, sie... ich glaube, sie fühlt sich nicht gut. Sie redet ganz eigenartige Dinge, so, als wäre sie nicht mehr ganz bei Verstand. Was soll ich machen?«

»Das liegt an diesem Geräusch«, sagte Mallory. »Es hat sie hysterisch gemacht.« Er hielt ihm die Tür auf.

Jones trug sie hinein und weiter in ihr Zimmer, vorbei an den erschreckt aufgerissenen Augen des Mädchens, die als einzige von ihnen immer noch am Tisch saß, an dem sie gespielt hatten.

Mit seinem Fuß stieß er hinter sich die Tür zu und stellte Mitty wieder auf ihre Füße. »Was ist los mit dir?« fragte er sie gequält. »Wieso führst du dich so auf?«

Er riß ein Streichholz an und machte Licht.

Inzwischen hatte sie sich zur Bettkante vorgetastet und saß jetzt dort. Sie schaute ihn ruhig an, so nüchtern und gelassen, als wäre überhaupt nichts passiert.

»Du legst dich jetzt besser hin«, schlug er vor.

Er sah, wie sie ihre Fingerspitzen leicht gegen ihre Schläfen legte.

»Möchtest du einen kalten Lappen für deinen Kopf? Hast du Kopfschmerzen?«

»Ich versuche nachzudenken«, sagte sie unbestimmt. »Oh, wenn du mich nur endlich in Ruhe lassen würdest!«

Er steckte sich eine Zigarette an und warf das abgebrannte Streichholz ungeduldig zur Seite. »Du weißt, was du da draußen gesagt hast, stimmt's? Was hast du damit gemeint? Hast du gewußt, was du sagtest? Was hast du damit gemeint, sie würden dich rufen? Wer hat dich gerufen?«

Sie stieß ihren Handrücken abwehrend in seine Richtung, als wäre allein schon der Laut seiner Stimme eine Störung.

Jemand klopfte leise an die Tür, und als er sie einen Spaltbreit öffnete, stand Mallory davor. »Hier«, sagte er, »versuchen Sie's hiermit. Vielleicht hilft ihr das.« Er gab

Jones zwei kleine Wattebäusche, die er offensichtlich aus einem Erste-Hilfe-Kasten genommen hatte; sie waren zu der länglichen Form von Ohrpfropfen gedreht.

Jones bedankte sich mit einem Nicken und brachte sie ihr. Er strich das Haar über ihren Ohren zurück. »Hier, laß mich das in deine Ohren stecken. Mal sehen, ob das diesen Lärm nicht ein wenig unterdrückt.«

Sie blickte neugierig auf die Watte, leistete jedoch keinen Widerstand, während er sie geschickt einführte.

»Kannst du es immer noch hören?«

Sie gab ihm keine Antwort. Sie sah ihn einfach nur an, als würde sie sich fragen, wozu er das machte.

Er drückte sie ein wenig tiefer hinein. »Kannst du es immer noch hören?«

»Ich höre es...« Sie beendete das nicht, was sie gerade sagte, aber sie hatte ihre Hände inzwischen bis auf Brusthöhe gehoben.

Als sie versuchte, sie an ihre Ohren zu heben, hielt er sie schnell unten, um sie daran zu hindern, die Pfropfen wieder herauszunehmen. So saß er eine ganze Weile neben ihr, wobei er sie die ganze Zeit aufmerksam beobachtete. Nach kurzer Zeit hatte sie aufgegeben, machte keine weiteren Versuche mehr, ihre Handgelenke zu befreien. Er brachte sie dazu, sich zurückzulegen, und als sich ihre Augen schlossen, entweder weil sie eingeschlafen war oder aber in Resignation, ließ er sie allein und ging zu den anderen hinaus.

Chris hatte ihre Hände auf dem Tisch gefaltet; eine Haltung gezwungener Ruhe. Ihre angespannten Gesichtszüge, ihre Blässe und ein gelegentliches unwillkürliches Zucken beider Hände, als wäre ihnen ihre Lage unangenehm, bewiesen, wie unaufrichtig diese Haltung war.

Schweigend gesellte Jones sich zu ihnen und ging rastlos in dem Zimmer auf und ab, umrundete den Tisch ein paarmal mit langsamen, ziellosen Schritten. Jedesmal, wenn er an der ihr gegenüberliegenden Tischseite vorüberkam, hefteten sich ihre Augen an ihn und folgten ihm den kurzen Bogen seines Weges, bis er sich wieder zu weit abseits befand. Es lag ein bittender, fragender Ausdruck in diesen Augen, den zu beantworten er nicht die Kraft hatte.

Es ging weiter und weiter und weiter. Es hatte keinen Augenblick gegeben, an dem es nicht da gewesen war; er konnte sich zumindest an keinen einzigen mehr erinnern. Es würde auch niemals einen Zeitpunkt geben, an dem es nicht mehr erklingen würde; er konnte es sich einfach nicht vorstellen, nicht denken.

Plötzlich fiel der Kopf des Mädchens auf den Tisch. Mallory rutschte näher und legte sanft seine Hand auf ihre Schulter. »Weine nicht, mein Schatz. Es ist nichts. Es wird dir nichts tun.«

Er überredete sie aufzustehen. Sie hielt ihr Gesicht abgewandt von Jones, als würde sie sich schämen, nachdem er jetzt Zeuge ihrer kurzen Kapitulation geworden war. Sie versteckte es gegen den schützenden Arm ihres Vaters.

Jones schoß ein merkwürdiger Gedanke in den Kopf. Mit einem kurzen Blick hinter sich auf die Tür, durch die er vor kurzem erst gekommen war, dachte er: Ich wünschte, *sie* würde auch so weinen.

»Ich bringe sie rein«, flüsterte Mallory ihm zu. Er führte Chris zu der Tür am anderen Ende des Raumes. »Ich möchte, daß du jetzt versuchst zu schlafen«, sagte er. »Ich werde bei dir sitzen bleiben, bis du eingeschlafen bist. Du bist doch noch kein so großes Mädchen. Wenigstens nicht zu groß dafür.«

Und dann, nachdem die Tür sich bereits hinter den beiden geschlossen hatte, hörte Jones Mallorys Antwort auf eine mit leiser Stimme vorgetragene Klage, die sie ihm gegenüber gemacht haben mußte. »Nein, er wird jetzt auch nicht weniger von dir halten. Mach dir darüber nur ja keine Sorgen. Er weiß, wie es ist. Niemand kann immer tapfer und mutig sein.«

Allein dort draußen in diesem Zimmer schüttelte Jones bedauernd seinen Kopf.

Als Mallory eine ganze Weile später wieder herauskam, war er immer noch da. Ohne ein Wort, wie von dem gleichen gemeinsamen Impuls zu einem offenen Gespräch und einer klärenden Diskussion der Angelegenheit angetrieben, gingen sie zusammen hinaus auf die Veranda und standen dort vor dem Geländer.

Ein Sargtuch der Stille lag über der *finca*, eine Stille, die nur noch unterstrichen wurde durch dieses unablässige Trommeln. Selbst die Sterne schienen an ihren fixen Orten im Gleichklang damit zu vibrieren.

»Klingt jetzt ein bißchen näher, oder?« meinte Mallory.

Jones maß es mit seinen Fingerspitzen gegen das Geländer ab. »Entweder das oder der Rhythmus wird schneller. Ist Chris eingeschlafen?«

»Sie kommt schon klar. Ich habe ihr gesagt, daß ich hier draußen bin.«

Jones trommelte unwillkürlich weiter; dann bemerkte er, was er machte und hörte sofort auf. »Versuchen wir, es zu analysieren«, sagte er, drehte sich dabei zu dem anderen Mann um.

»Wie meinen Sie das?«

»Uns damit auseinandersetzen. Irgend etwas damit *tun*. Nicht einfach nur hier stehen und es aufsaugen. Also, entweder ist es etwas Gefährliches oder nicht. So, und um gefährlich, akut gefährlich zu sein, müßte es schon etwas Menschliches sein, oder nicht? Etwas, das durch Menschenhand verursacht wird. Sie leben schon länger hier in dieser Gegend. Sagen Sie, wer könnte für ein solches Trommeln verantwortlich sein?«

»Es gibt niemanden«, antwortete Mallory kategorisch.

»Ich vermute, das sollte wohl ein Trost sein, aber wenn überhaupt etwas, dann macht es alles nur noch schlimmer. Ganz sicher ist es nichts Übernatürliches. Ich kann es direkt hier in meiner Brust spüren, jede einzelne Schwingung.«

»Auf dieser Seite der Berge leben keine wilden, keine als Nomaden lebenden Indianer. Es sind alles Menschen, die schon vor Generationen seßhaft geworden sind, genau wie diejenigen, die für mich arbeiten. Sie haben vor sich selbst Angst. Sie haben ja selbst gesehen, wie alle fortgelaufen sind.«

»Was ist auf der anderen Seite der Berge?«

»Das ist ein unbewohntes Tal.«

»Nun, ist es zweifelsfrei bewiesen, daß es wirklich unbewohnt ist?« hakte Jones hartnäckig nach. »Hat man es erforscht, oder hat man es vielmehr einfach nur als unbewohnt abgeschrieben?«

»Es ist so etwas wie ein Tabu-Land. Und immerhin, eine Erforschung ist eine Sache, die in zwei Richtungen läuft. Oder sollte es zumindest sein. Um einen Ort zu erkunden, muß man zunächst dorthin *gehen* und anschließend wieder zurückkommen. Ich habe noch von niemandem gehört, der von dort zurückgekommen ist und einen Bericht mitgebracht hat. Daher kann man wohl sagen, falls überhaupt jemals eine Untersuchung angestellt *wurde*, dann mit Sicherheit nicht geplant, und die Ergebnisse wurden nie veröffentlicht. Sie starben mit dem Forschenden.«

»Was ist mit dieser sogenannten Regierung hier unten? Das gehört doch auch zum Territorium dieses Landes, oder?«

»Sicher. Aber sie scheinen sich damit zu begnügen, es sozusagen als Totalverlust in den Büchern zu führen.«

»Was ist mit Flugzeugen?«

»Es liegt abseits der üblichen Flugrouten. Die kommerziellen Maschinen fliegen alle die Gebirgsketten Mittelamerikas hinunter. Ein paar Maschinen sind schon drüber weggeflogen, meistens vom Kurs abgekommen, aber die Berge sorgen dafür, daß sie in großer Höhe bleiben, und sie haben von nichts anderem als nur einem dichten Dschungelteppich berichtet. Falls dort etwas oder jemand leben sollte, würde es natürlich aus dieser Höhe nicht zu erkennen sein. Man hat ein paar Ruinen ausgemacht, aber Ruinen gibt es hier unten viele. Sie sind ihr Gewicht in Baumaterial nicht wert.«

»Und welche Rolle spielt dieses Geister-Zeug dabei? Sie sagten, es würde...«

»*Tierra de los Muertos* genannt«, half Mallory aus. »Das Land der Toten. Der Name entspringt dem einheimischen Aberglauben, vermute ich. Die geisterhaften Silhouetten von Kriegern, deren Umrisse sie von Zeit zu Zeit gegen den Gipfel zu sehen geglaubt haben. Was außer Geistern sollten sie sonst schon sein? Trommelschläge wie die, die wir jetzt auch hören. Vielleicht ist es nichts anderes als das Hämmern irgendeines unterirdischen Wasserfalles, das aufgrund eines verrückten Streiches der Akustik hier in den Bergen ab und zu laut und deutlich zu hören ist.

Jedenfalls, für sie ist es das Land der Toten, und es ist einfach unmöglich, ihnen das auszureden. Man ist schon so gut wie tot, wenn man dort hingeht. Die Spanier haben natürlich ihre üblichen Expeditionen dorthin gemacht, und wenigstens dieses eine Mal hatten sie kein Glück.«

»Was meinen Sie damit?«

Mallory setzte sich auf das Verandageländer und verschränkte seine Arme.

»Bevor die Spanier herkamen und hart durchgriffen, gab es in diesem Teil der Welt einen relativ hohen Grad an Zivilisation. Ich nehme an, das wissen Sie. Es war eine hochentwickelte Kultur, aber sie war auch finster und grausam. Prescott wird Ihnen alles darüber erzählen.«

Jones war nicht sicher, wer dieser Prescott war; irgendein hiesiger Händler oder Plantagenbesitzer, den er bislang noch nicht kennengelernt hatte, vermutete er. Er wollte den Vortrag nicht unterbrechen, um nachzufragen.

»Jedenfalls, dieses Tal ist eine Gegend, die sich gegen die Spanier behauptet hat. Das Flachland war leichte Beute, aber die Berge bildeten eine Barriere. Der Zweig der Mayas, der diese Gegend bevölkerte, zog sich zurück, und das war dann das ›Kommt doch und holt uns‹. Einer der früheren Vizekönige schickte eine Expedition hinüber, sobald er unten an der Küste alles im Griff hatte, um mit ihnen aufzuräumen. Nur eine kleine, symbolische Expedition. Sie kennen ja die zahlenmäßigen Verhältnisse, an die sie aus Mexiko und Peru gewöhnt waren. So ungefähr fünfhundert zu eins. Sie waren verwöhnt. Nun, er wartete und wartete, und keine Nachricht kam. Schließlich schickte er eine zweite Expedition rüber, um herauszufinden, was aus der ersten geworden war. Und er wartete und wartete, und auch von ihnen keine Nachricht.«

»Ich nehme an, dann wird er wohl eine dritte in Marsch gesetzt haben.«

»Das *wäre* die perfekte Pointe gewesen. Aber nein, Tatsache ist, er hat es nicht getan. Sie haben die Vizekönige ausgewechselt oder sonst was, und der neue Mann war zu faul. Oder vielleicht konnte er auch nicht auf die Männer verzichten oder meinte, dieses eine kleine, unwichtige Tal wäre es nicht wert. Und dann tauchte etwa zwei Jahre später ein einzelner Überlebender der beiden Expeditionen aus den Bergen auf. Es war einer der Mönche, die mit ihnen hinübergegangen waren; sie hatten immer welche dabei. Er war auf Haut und Knochen abgemagert, aber er schaffte es. Man hatte ihm die Zunge herausgerissen, daher konnte er kein Wort sagen. Tja, sie gaben ihm also Pergament und Feder, um zu sehen, ob er aufschreiben konnte, was geschehen war. Er hatte nur noch die Kraft, eine einzige Zeile hinzukritzeln. *›Es una tierra de los muertos.‹* Es ist ein Land der Toten. Bevor sie mehr als das aus ihm herauskriegen konnten, starb er. Eine Möglichkeit bestand darin, daß er damit lediglich gemeint hatte, daß die beiden Expeditionen bis auf den letzten Mann gestorben waren, getötet von den Bewohnern des Tales. Die andere war, daß dort drüben überhaupt niemand lebte, weder Expeditionsteilnehmer noch Indianer. Diese letzte Möglichkeit setzte sich schließlich durch. Die Kirche war dabei die ausschlaggebende Kraft, und der König in Madrid. Mittel für eine dritte Expedition hätten aus seinem Geldbeutel kommen müssen, und da es keine Geschichten von verstecktem Gold als Köder gab, war er nicht interessiert. Die Kirche verhängte den Bann über das Tal und erklärte, daß es unter einem Fluch stünde. Und das ist die ganze Geschichte.«

Jones verzog sein Gesicht. »Ganz schön unheimlich, was?«

Mallory fuhr fort: »Wenn also damals jemand dort gelebt hat, und wenn die Hälfte davon männlich und die andere Hälfte weiblich gewesen ist, wie es normalerweise der Fall ist, dann stehen die Chancen nicht schlecht, daß auch heute noch irgendwer dort drüben lebt, da die Naturgesetze nun mal sind, wie sie sind. Und wenn es dort Lebewesen gegeben hat, im fünfzehnten Jahrhundert, und nichts und niemand, was der Rede wert wäre, seitdem dort hineingegangen ist, und allem Anschein nach absolut nichts jemals herausgekommen ist, dann müßte sich dort drüben heute eine kleine Zelle des reinen, unverfälschten sechzehnten Jahrhunderts befinden.«

»Klingt ein bißchen zu phantastisch, finden Sie nicht?« sagte Jones.

»Was ist schon phantastisch und was nicht?« erwiderte Mallory herausfordernd. »Wer weiß es besser? Was wissen wir heute denn wirklich über die Welt? Weniger als vor hundert Jahren. Damals konnte man sich seiner Welt sicher sein. Heute können wir das nicht mehr. Das Flugzeug war 1902 eine phantastische Sache. Aber 1903 ... Die Atombombe war 1944 phantastisch. Aber 1945 ... Abgesehen davon, der Unterschied zwischen einem Indianerstamm des fünfzehnten Jahrhunderts und einem Indianerstamm der Gegenwart ist so klein, daß es letzten Endes wirklich keine so große Rolle spielt. Für das bloße Auge wäre der Unterschied kaum festzustellen. Die früheren würden vielleicht ein wenig schneller töten; sofort, statt erst auf eine Provokation zu warten. Fußringe statt weißer Baumwollhosen, Federn statt Stroh-Sombreros, Verehrung des Sonnengottes statt eines billigen Aufgusses eines sehr verfälschten Katholizismus. Letzten Endes ist doch alles relativ. Vewechseln Sie das alles nicht mit dem Unterschied zum Beispiel zwischen dem England der Tudor-Zeit und dem heutigen England. Das ist nicht das gleiche.«

»Nein, danke, das klingt mir immer noch alles zu phantastisch«, erwiderte Jones mit der Gereiztheit dessen, der glaubte, er würde bei einer Diskussion den kürzeren ziehen. »Ich habe aufgehört, Henty und Rider Haggard zu lesen, als ich zwölf war.«

Mallory hob einen Finger, um auf das Trommeln in der Luft hinzuweisen. »Und was ist dann das ...?«

»Sagen Sie es mir«, knurrte Jones beinahe aggressiv. »Sie wohnen doch hier, nicht ich.«

»Es geht Ihnen langsam an die Nieren, stimmt's?« meinte Mallory verständnisvoll.

»Nein, es gefällt mir! Es ist, als würden die Zahnärzte einen in Vierundzwanzig-Stunden-Schichten mit ihren Bohrern bearbeiten. Es ist wie Ausschachtungsarbeiten für eine U-Bahn direkt zwischen deinen Beinen. Es ist wie eine Gehirnerschütterung, die man bereits hat und der mit leichten Hammerschlägen zu Leibe gerückt wird.«

Er beugte unvermittelt seinen Kopf, verschränkte seine Hände und drückte sie fest auf seinen Nacken, so als wollte er etwas von der Verspannung nehmen.

»Ich war in Anzio«, sagte er, »aber das war anders als das hier. Hinter jedem Knall steckte ein Grund. Und sie kamen auch nicht *gleichmäßig*, jedesmal auf den betonten Takt. Oh, mein Gott, Sie glauben gar nicht, wie sehr ich mir wünsche, wieder mitten im guten alten Anzio zu stecken! Da gab es überall um mich herum andere Burschen, und ich hatte keine Angst. Man konnte den Blitz sehen, der mit jedem Krachen kam.«

Mallory sagte kein Wort, saß einfach nur still da und beobachtete ihn aufmerksam.

Plötzlich schoß Jones' Kopf wieder hoch. »Ich bin ein Lügner«, platzte er unaufgefordert heraus. »Irgendwas *ist* an dieser Sache dran, und ich *weiß* es. Wieso streite ich mich mit Ihnen darüber? Wozu leugne ich es? Ich habe ein Rauchzeichen auf der anderen Seite aufsteigen sehen, auf der Seite *hinter* den Bergen, erst heute morgen, als ich mit meiner Frau dort draußen war. Ich habe es für mich behalten. Ich wollte es vor niemandem zugeben, ich schätze, wahrscheinlich, weil ich es vor allen Dingen nicht einmal vor mir selbst zugeben wollte. In meinem Leben gibt es auch so schon mehr als genug Fremdes und Merkwürdiges. Ich wollte nicht noch mehr davon. Aber es häuft sich immer weiter an, und weiter und weiter, bis ich es nicht mehr ertragen kann! Wenn es an mir liegt, wenn ich verrückt werde, wenn ich auf einen Nervenzusammenbruch zugaloppiere, wieso passiert es dann nicht endlich und ist vorbei? Wieso muß ich diese endlose Steigerung über mich ergehen lassen, was wollen sie mir beweisen? Ich glaube ihnen auch so. Sie sollten sich nur endlich beeilen und die Sache zu Ende bringen. Und wenn ich es nicht bin, dann soll es mir auch recht sein, denn was hat es schon für einen Sinn, *nicht* verrückt zu sein, wenn deine ganze kleine Welt um dich herum plötzlich verrückt geworden ist?«

»Es liegt nicht an Ihnen«, tröstete Mallory ihn mit prüfenden, schläfrig gesenkten Lidern. »Ich höre es auch, jetzt wo ich hier sitze, vergessen Sie das nicht. Und wenn Sie merkwürdige Dinge gesehen haben, vielleicht habe ich auch, und vielleicht habe auch ich nicht darüber gesprochen. Ich habe vielleicht keine Rauchsignale gesehen, aber auf vielen Ausritten, wenn ich ganz allein dort draußen war, hatte ich das Gefühl, von Augen hinter dem nächsten Felsen beobachtet zu werden. Aber wenn ich mich dann umdrehte, um nachzuschauen, war dort nie jemand. Und ich habe viele Arbeiter verloren« – er machte mit seinem Arm eine weitausholende, vielsagende Geste – »die nicht in dieser Richtung hinuntergegangen sind.«

Ja, aber du bist trotzdem noch besser dran als ich, dachte Jones bitter. Für dich hat es nicht unmittelbar etwas mit deiner Persönlichkeit zu tun. Es ist außerhalb von dir. Liegt nicht im gleichen Bett mit dir, wie bei mir.

Danach schwiegen sie. Schließlich ging Jones langsam die Stufen hinunter und schlenderte vor dem Haus auf und ab.

Einmal blieb er kurz stehen, Mallory den Rücken zugewandt, und ein flackernder orangefarbener Lichtschein tauchte für einen Augenblick um seinen Kopf auf, während er sich eine Zigarette ansteckte. Als es wieder erlosch, war, irgendwo ganz in seiner Nähe, ein leises, klatschendes Geräusch auf dem Boden zu hören. Er drehte seinen Kopf und starrte konzentriert an die Stelle.

»Haben Sie das gemacht? Waren Sie das?« Er dachte, der andere Mann hätte über das Geländer gespuckt, ein Stück neben ihn.

Plötzlich machte er einen schnellen Schritt zur Seite, hockte sich hin und beobachtete regungslos etwas.

»Kommen Sie doch mal einen Augenblick her.«

Mallory war bereits auf der Treppe, bevor er dazu aufgefordert worden war. Er hockte sich neben Jones.

Sie konnten es in der Dunkelheit kaum erkennen. Jones riß ein weiteres Streichholz an, und es wurde sichtbar. Es war schlank, bewegte sich nicht, nur eine lange Linie auf dem Boden.

Mit merkwürdig gedämpfter Stimme, als bestünde die Gefahr, daß jemand sie belauschte, sagte Mallory: »Sie wissen, was das ist, oder?«

»Ganz sicher weiß ich, was das ist. Was ich aber gerne wissen würde, ist...«

Mallory ließ ihn nicht ausreden. »Machen Sie das verdammte Licht aus.« Er blies es selbst aus, ohne lange zu warten. »Gehen wir zurück auf die Veranda. Es war das Licht, das ihn auf Sie gelenkt hat, und im Augenblick stehen wir beide hier ungeschützt im Freien.«

Jones tastete den Boden ab, und dann richteten sich beide auf, drehten sich um und zogen sich schnell unter das Dach der Veranda zurück. »Berühren Sie die Spitze nicht«, warnte Mallory. »Könnte sein, daß sie vergiftet ist.« Er öffnete die Haustür und winkte ihn mit einer schnellen Handbewegung hinein. »Bringen Sie ihn mit. Ich möchte ihn mir mal etwas genauer bei Licht ansehen. Hier draußen geht das nicht.«

Er schloß leise die Tür. »Sprechen Sie leise. Sie sollen uns nicht hören.«

Jones hielt den Speer mit der Spitze nach oben, ließ Daumen und einen Finger langsam über die Oberfläche gleiten. »Sehen Sie sich das an. Er hat fast die Höhe eines erwachsenen Mannes. Geister, hä?« Er reckte dem anderen Mann sein Kinn entgegen. »Den hat kein Geist geworfen.«

»Vielleicht nicht, aber...« Mallory nahm ihm den Speer ab und musterte ihn der Länge nach. Die Farbe in seinem Gesicht verblaßte ein wenig. »Es ist eine sehr alte Waffe.«

»Was meinen Sie damit?«

»Nun, ich bin kein Archäologe, aber sehen Sie doch selbst. Die Spitze besteht aus einem bearbeiteten Obsidian. Dieses Material ist seit Hunderten von Jahren nicht mehr benutzt worden. In der Zeit der Azteken und Tolteken und Mayas wurden sämtliche Waffen daraus hergestellt. Ich habe ein paar ähnliche unten im Museum von Puerto gesehen, daher weiß ich es so genau. Und scharlachrot gefärbte Kolibrifedern, das war ein weiteres charakteristisches Merkmal von …«

»Er könnte aber trotzdem von einem Menschen unserer Zeit geworfen worden sein.« Jones' Stimme klang ein wenig unsicher.

»Ja, aber ein heutiger Mensch hat keinen Grund, ihn zu werfen – weder gegen uns noch gegen sonst jemanden. In diesem Land gibt es keine Rassenprobleme. Die Weißen und die Indianer leben schon seit dem sechzehnten Jahrhundert friedlich nebeneinander, und heute kann man kaum noch sagen, wer genau was ist.«

»Mit anderen Worten, auf uns ist ein Speer aus dem fünfzehnten oder sechzehnten Jahrhundert geworfen worden. Stammt Ihrer Meinung nach die Hand, die ihn geworfen hat, ebenfalls aus dem fünfzehnten oder sechzehnten Jahrhundert?«

»Nein«, sagte Mallory stur. »Hände, die sich im fünfzehnten oder sechzehnten Jahrhundert bewegt haben, dürften inzwischen wohl längst verwest sein. Aber ich halte hier eine Waffe aus dieser Zeit in meiner Hand, und wir beide hören das Dröhnen dieses Etwas dort draußen. So, und jetzt lassen Sie doch mal Ihre Meinung dazu hören.« Jones schluckte ein paarmal, suchte nach einer Antwort. Er schien keine finden zu können.

Mallory nahm den Speer und stellte ihn in eine Ecke des Zimmers. Dann schob er einen Stuhl davor, damit er nicht sofort sichtbar war.

Jones war wieder an der Tür. Er öffnete sie und starrte

mißmutig in die brütende Dunkelheit. »Ich werde jetzt noch mal dort rausgehen und sehen, ob ich …«

»Seien Sie vorsichtig«, sagte Mallory mit tonloser Stimme. Er kam herüber und schloß die Tür gegen die immer noch darauf liegende Hand des anderen. »Das ist nicht der richtige Augenblick für Heldentaten. Wir beide sind jetzt mit zwei Frauen allein hier.«

Zögernd drehte Jones sich um, kehrte zum Tisch zurück, trommelte aufsässig darauf herum. »Es ist dieses ewige Trommeln, das einen so gereizt macht«, knurrte er. Dann ballte er plötzlich seine Faust, hob sie und schlug sie wie einen Holzhammer auf den Tisch.

»Wollen Sie was zu trinken?« fragte Mallory ruhig und verständnisvoll.

Jones schüttelte seinen Kopf, bedauerte seinen Ausbruch bereits. In einer Art unausgesprochener Entschuldigung strich er sich ein paarmal mit der Hand über die Haare. »Schätze, ich leg mich jetzt wohl auch hin«, brummte er matt. »Ich kann mir das genausogut im Liegen wie im Stehen anhören. Es wird sowieso nie mehr aufhören.« Dann fügte er hinzu: »Halten Sie es für eine gute Idee, alles abzuschließen?«

»Ich halte es auf jeden Fall für keine schlechte Idee.« Mallory ging zur Tür hinüber und schob einen primitiven Querbalken vor. »Das einzige Problem ist nur, daß es ungefähr so ist, als wollte man ein Sieb abschließen. Diese Holzkeile taugen nichts. Das ganze Haus ist nichts als eine Ansammlung von Türen mit einem Dach darüber.«

»Wie wär's dann, wenn einer von uns aufbleibt und eine Weile Wache schiebt?«

»Daran habe ich auch schon gedacht«, stimmte Mallory zu. »Ich mach's.«

»Und was ist mit mir?«

»Immerhin ist es mein Haus. Gehen Sie ruhig und schlafen Sie ein bißchen. Ich werde Sie in ungefähr einer Stunde wecken, und dann können Sie mich ablösen, wenn Sie wollen.«

Er schob einen Stuhl zur Tür und stellte ihn genau davor. Er öffnete die Tür, die in sein und Chris' Zimmer führte, und verschwand für einen Augenblick. Dann kam er mit einem Revolver in der Hand zurück und schloß die Tür wieder. »Kann nicht schaden«, sagte er. Er ging zu dem Stuhl hinüber und postierte sich dort, die Waffe lokker über seinen Knien. »Machen Sie das Licht aus, bevor Sie gehen«, sagte er.

Jones drehte das Rädchen der Petroleumlampe und löschte die Flamme. Mallory verschwand in der Dunkelheit, als wäre er mit einem Tuschepinsel ausgelöscht worden. Es blieb nichts außer dem tollwütigen Bamm-*bamm*, bamm-*bamm*, das jetzt, nachdem es die Nacht für sich allein hatte, mit einem neuen triumphierenden Ton erklang.

Das letzte, das Mallory zu ihm sagte, als sie sich in der Dunkelheit trennten, war: »Nicht nötig, den Mädchen was ... davon zu sagen.«

Jones wußte, was er meinte. Der Speer aus dem Nichts. Der Speer aus der Vergangenheit vor fünfhundert Jahren, der erst jetzt wie etwas auf die Erde fiel, das von einem Stern herabgeschleudert worden war.

16

Es war die Stille, die ihn weckte. Zunächst konnte er nicht sagen, was es war. Irgend etwas fehlte. Es war der Kontrast, der ihn aufgeweckt hatte.

Dann verstand er. Das Trommeln hatte aufgehört. Es war still. Die Luft war gespannt, so atemlos ruhig wie eine dick angeschwollene Wolke, die nur darauf wartete, sich jeden Augenblick in Sturzbächen auszuregnen. Sie lastete schwer auf seiner Brust. Das war noch schlimmer als vorher: Diese absolute Stille.

Ruckartig fuhr er hoch, in mehreren, scharf voneinander abgegrenzten Stufen; zuerst auf Ellbogenhöhe, dann auf volle Armlänge, dann aufrecht sitzend, dann sich herumdrehend, um die Beine auf den Boden zu setzen, und schließlich in voller Körpergröße auf seinen Füßen.

Etwas raschelte leise, als wäre ein Vogel in dem Zimmer gefangen, der herumflatterte und versuchte, einen Weg hinaus zu finden. Das Geräusch kam etwa aus halber Höhe zwischen Boden und Decke, in etwa der gleichen Höhe wie sein eigener Kopf, als er jetzt neben dem Bett stand. Er drehte seinen Kopf in verschiedene Richtungen, versuchte die Quelle dieses Geräusches genau zu lokalisieren. Dann war es fort. Da war es wieder, das gefiederte Flüstern.

Jemand war mit ihm in diesem Raum. Er konnte leises Atmen hören, fast sogar körperlich spüren, wie es sich in der dunklen Nachtluft auf ihn zubewegte.

Vielleicht war es …

»Mallory, ist es schon Zeit?« fragte er leise.

Er griff nach seinen Streichhölzern, tastete nach der Lampe, die er dicht neben seinem Bett abgestellt hatte. Er nahm den Glaszylinder ab, stellte ihn zur Seite, riß das Streichholz an und hielt es an den Docht, beugte sich dabei tief herab, um ihn höher zu drehen. Gelbes Licht leuchtete auf, schoß flackernd von unten, von dort, wo sich die Lampe befand, die Wand hinauf. Es breitete sich auch seitlich aus, wie eine gemächliche Flut, die die Dunkelheit zurückdrängte. Mittys dunkles, über das Kopfkissen fließendes Haar wurde sichtbar, ihr regloses schlafendes Gesicht, halb vergraben in einer Armbeuge.

Das alles sah er, es war das letzte normale Bild, das er sehen sollte, dann drehte er sich um, und alle Vernunft wurde mit einem Schlag zerschmettert; eine Reihe blitzartiger Eindrücke des Wahnsinns trat an seine Stelle. Optische Explosionen, eine drängte sich über die andere, grell, unmittelbar, aber trotz allem unwirklich, unerklärlich – unmöglich, ihnen eine Bedeutung beizumessen.

Seine Augen fielen auf das gefiederte Ding, das zu allererst geraschelt hatte. Er sah es. Es schwebte direkt vor ihm in der Luft, ohne sich zu bewegen. Locker gefächerte Federn eines Sittichs, gelb, grün, leuchtend rot. Darunter dann ein Gesicht von finsterer Hautfarbe und noch finsterer Miene, alptraumhaft-bedrohlich. Ein Gesicht, das nicht lebendig sein konnte, das mit der Bösartigkeit seiner Züge ganz sicher eine Maske sein mußte, und dessen schwarzgefleckte Augen dennoch lebhaft funkelten, dessen Nasenflügel sich, noch während er hinschaute, durch den feindseligen, gepreßten Atem weiteten und wieder zusammenzogen.

Und darunter, als solider Sockel der Wirklichkeit, der kupferfarbene Torso eines Mannes, der geblähte, strukturierte Brustkorb, der sich mit demselben gezügelten, trügerischen Atmen hob und senkte.

Er versuchte zu verstehen, was er dort sah, und konnte es nicht. Es kam auf ihn zu, schlich sich frontal an ihn heran, wurde größer, kam näher, noch während er hinschaute.

Entlang der Seitenwand, dort, wohin der Widerschein der Lampe fiel, kroch sein grotesker Schatten genau wie er voran, kauernd, bereit zum Sprung, die graue Halluzination eines Vogels, der auf einer menschlichen Gestalt hockte. Und doch war das eine nicht weniger unwirklich als das andere; der Schatten war leichter verständlich als die Materie, denn wenigstens besaß er die Materie, und die lieferte die Erklärung. Die Materie ihrerseits besaß nichts, was sie erklärte.

Er hörte einen erschreckten Aufschrei von Chris, drüben im anderen Teil des Hauses. »Vater! Daddy! Sie sind hier drin!« Die Stimme war die eines Kindes. In diesem Augenblick war sie wieder ein kleines Mädchen; ihr Lächeln und ihre Albernheiten, ihr geborgter Lippenstift, all das war vergessen. Und vielleicht zum letzten Mal war sie ein kleines Mädchen. Es war mehr als nur ein Angstschrei. Es war der Tod eines kleinen Mädchens im Körper einer Frau.

Und unmittelbar darauf, hinter sich, hörte er, wie Mitty sich plötzlich rührte und aufwachte.

Doch es war keine Zeit mehr für dieses letzte Stück früherer Rationalität, die alles umgeben hatte, sich jetzt in Auflösung befand; der neue alptraumhafte Strom war ihm jetzt zu nahe, drängte ihn zurück, überwältigte ihn, verschlang ihn. Er schlug hilflos um sich, mit einem Gewicht auf seinen Schultern, das kein Traum war, sondern ein sehniger Arm, der sich von hinten um seinen Hals gelegt hatte. Weitere mit Federn besetzte Gestalten kamen durch die Tür hereingeschlichen, eine nach der anderen. Seine wild um sich schlagenden Arme wurden gepackt, auf den Rücken gezogen, und mit Riemen blitzschnell gefesselt. Wie ein Klotz lag er unbeweglich auf dem Bauch und starrte mit verdrehtem Kopf auf etwas, das er nicht verstehen konnte.

Mitty war inzwischen aufgestanden. Dort stand sie, in die Enge getrieben, ein erstarrtes Bild der Angst. Sie preßte ihren Rücken gegen die Wand neben ihrem Bett, konnte nicht mehr weiter vor ihnen zurückweichen. Ein Bein stützte sie auf dem Boden; das andere ruhte angewinkelt immer noch auf dem Bett, aus dem sie sich gerade erst erhoben hatte. Selbst ihre Hände waren versteinert, verharrten starr in einer halb ausgeführten Bewegung, um sich, wie immer, wenn sie aufstand, den rosafarbenen seidenen Morgenmantel überzuziehen, den ihre Hand instinktiv auch jetzt gesucht hatte, selbst in diesem Augenblick der letzten, endgültigen Katastrophe. Eine Hand lag mit reglosen Fingern an ihrer Schulter, die andere gegenüber in der Taille, so daß ihre ohnehin schon unvollständige Verhüllung noch einseitiger wurde, eine Schulter und der Oberarm der linken Seite nackt blieben. Darunter, selbstverständlich das zarte Nichts ihres Nachthemdes das ihren Körper mehr zur Schau stellte als ihn zu verbergen. Ihr Haar war vom Schlaf noch durcheinander und fiel ihr auf der einen Seite ins Gesicht, ließ ein Ohr frei. Ein Fuß hatte den Schutz eines ihrer hochhackigen Hausschuhe gefunden. Der andere Schuh lag noch vor dem Bett.

Das Licht der Petroleumlampe, matt und stumpf auf all den anderen Oberflächen, auf die es fiel, wurde blendend hell von dem mit Türkisen besetzten Reif auf ihrem Oberarm reflektiert, den sie seit vielen Tagen nicht mehr abgelegt hatte und der durch das Tragen wieder glänzte. Ein Glanz, auf den sich das Auge einfach nicht scharf einstellen wollte.

Ihre Angst war weniger ein plötzliches Erschrecken, wie es Chris in dem anderen Raum aufschreien ließ, sondern vielmehr eine Art hypnotischer ehrfürchtiger Scheu. Selbst Jones, der in seiner verrenkten Stellung auf dem Boden auf den blassen Schein ihres Gesichtes blickte, konnte darin nicht den nackten, ungezügelten Schrecken erkennen, der eigentlich zu erwarten gewesen wäre. Ihre Lippen waren geöffnet, doch offenbar nicht in dem Versuch zu schreien; sie gab keinen Laut von sich. Es war eher Verwirrung, ein fasziniertes Starren, das sie in dieser Stellung verharren ließ. Auch wenn ihre Augen weit aufgerissen waren, auch wenn sie mehr Weiß zeigten als je zuvor, waren sie doch nicht so sehr vor Panik geweitet als vielmehr in einer verwunderten Retrospektion, die sie in ihrer Starrheit ruhig und beinahe verträumt hielt.

Sie gingen langsam auf sie zu. Er sah, wie ihre dunklen Arme nach ihr griffen, wie sie sich nach der rosa und weißen Kamee streckten, zu der sie hinter ihren dunklen Silhouetten für ihn geworden war. Er warf sich herum, versuchte aufzustehen und sich auf sie zu werfen, stieß dabei mit erstickter Stimme unbeachtete Drohungen aus. »Laßt sie in Ruhe! Laßt eure schmutzigen Finger von ihr, hört ihr mich?« Ein Gewicht hielt ihn zu Boden gedrückt, drückte auf seinen Rücken, bis er glaubte, sein Rückgrat würde brechen; es war ein Fuß, der auf ihn gesetzt wurde, um ihn unten zu halten, von einem von ihnen, der zurückgelassen worden war, um ihn zu bewachen. Er preßte ihn mit brutaler Unerbittlichkeit wieder flach auf den Boden. Eine Hand schlängelte sich zu seinem Nacken, umklammerte ihn wie ein Schraubstock und zwang seinen aufgerichteten Kopf wieder runter, so daß er auf den Boden schlug und ihm die Tränen in die Augen trieb. Erst als er still dalag, ließ sie wieder locker.

Und dann war plötzlich etwas geschehen, was er während seines eigenen Kampfes nicht mitbekommen hatte. Das Bild hatte sich verändert. Sie waren jetzt alle erstarrt, Mitty und die Unbekannten nicht weniger. Die vorderste der Hände, die sich bereits über ihre Schulter gelegt hatte, an ihr gezerrt hatte, an ihrer Kleidung gerissen hatte, war herabgesunken, und sie war wieder unberührt. Der Morgenmantel fiel um ihre Füße auf den Boden. Der Reif auf ihrem nackten Arm funkelte. Schritt für Schritt wichen sie langsam zurück. Der Kreis, der sich fast um sie geschlossen hätte, wurde wieder größer. Die Hände, die gierig nach ihr ausgestreckt worden waren, blieben ausgestreckt, auf sie gerichtet. Die Zeigefinger waren wie die Speichen eines Rades, und das Zentrum dieses Rades war das in den Farben des Spektrums erstrahlende Licht, das von ihrem Arm ausging.

Jetzt hatten *sie* Angst, mehr Angst, als Mitty zuvor gehabt hatte. Heiser geflüsterte Worte lösten sich hier und da aus ihren Kehlen. Sie zogen sich weiter zurück, dann noch weiter. Zwischen ihr und ihnen öffnete sich ein Raum, ein Raum des abergläubischen Respektes.

Sie bewegte sich. Ihre Hände fuhren hoch und zogen die Watte aus ihren Ohren. Sie starrte sie nicht weniger gespannt und fasziniert an wie sie sie.

Einer von ihnen sprach. Ein kehliger Laut trat über die Lippen, an die anderen gerichtet.

Die Antwort kam in der Stimme einer Frau; das gleiche gutturale Kauderwelsch, aber in der Stimme einer Frau. Benommen dachte er, daß einer von ihnen eine Frau sein mußte.

Dem war nicht so. Die einzige Frau in diesem Zimmer war Mitty, seine Frau. Eine Sinnestäuschung, so etwas wie das Kunststück eines Bauchredners, hatte bewirkt, daß es sich anhörte, als würde der Laut von der Wand kommen, von dort, wo sie stand.

Ihre Lippen bewegten sich. Jetzt würde er sie sagen hören: »Larry, wer ist das? Was werden sie mit uns machen?«

Ihre Lippen bewegten sich. Er hörte sie sagen: *»Achini go achini haya ...«* So fing es an, und ging dann weiter, und seine Ohren konnten nicht folgen; für sie war es nur eine verzerrte Kakophonie.

Ein großes Stöhnen erhob sich, und alle vor ihr, all die, die erst vor einem Augenblick für sie beide so gefährlich gewesen waren, fielen vor ihr auf die Knie, manche auf ein, manche auf beide Knie. Einige hoben schützend ihren Arm vor die Augen, andere hielten den Kopf tief gesenkt, den Blick zu Boden gerichtet.

Sie sprach weiter, sprach ruhig weiter, auf eine zögernde, unentschlossene Art, als versuchte sie sich zu erinnern, versuchte irgend etwas zu erklären, das sie vor ein Rätsel stellte. Und während sie sprach, geschah etwas noch Schlimmeres als das, daß dieser Klang ihrer Stimme, die er einmal geliebt hatte, sich durch die Jahrhunderte zurück von ihm entfernte, obwohl sie beide im gleichen Raum waren. Ihre Hände fuhren zu ihrem Haar, und eine

Spange, die sie nachts darin trug, wurde gelöst und fiel achtlos herab. Vor seinen entsetzten Augen begann sie dann an dem letzten noch verbliebenen modernen Kleidungsstück zu zerren, das sie trug, das Nachthemd, und sie riß es in einem Stück von sich. Wie jemand, der aus einem Kokon schlüpft.

Nicht ein Kopf wurde gehoben, nicht ein Auge schaute auf. Für einen einzigen Augenblick stand sie vollkommen nackt da, in diesem Raum voller Wilder, die sich vor ihr verbeugten; weiß und schön, wie selbst er, ihr eigener Mann, sie noch nie zuvor gesehen hatte. Sein erschreckter, vorwurfsvoller Aufschrei blieb ihm im Hals stecken. Er sah etwas, das zu akzeptieren sich all seine Sinne weigerten. Er verdrehte seine Augen ein wenig und stöhnte tief auf, während er gefesselt auf dem Boden lag.

Doch sie hatte bereits ihre Hand ausgestreckt und von einem, der offenbar einen höheren Rang als die anderen hatte und unterwürfig vor ihr die Schulter beugte, eine Art militärischen Kriegsumhang gezogen, und diesen legte sie dann zu einer Art Rock oder Schurz um ihre Taille. Den Oberkörper ließ sie mit der Unbefangenheit, die typisch für die Naturvölker überall auf der Welt und zu allen Zeiten war, unbedeckt. Als letztes zog sie den einen Fuß, der noch in dem hochhackigen Hausschuh gesteckt hatte, zurück und stand mit nackten Füßen auf dem Boden.

Sie war in die Barbarei zurückgefallen, war vor seinen eigenen Augen in die Dunkelheit zurückgekehrt. Sie sah ihn nicht länger, wie er dort vor ihr auf dem Boden kroch. Er existierte nicht einmal mehr für sie, das erkannte er ganz klar. Sie hatte nur noch Augen für die vor ihr gesenkten gefiederten Köpfe, die ihr ihre Ehrerbietung bezeugten.

Er konnte nicht sagen, was genau er ihr zuschrie, denn sein Verstand hatte keine Kontrolle über seine Zunge, nur sein Herz und der Kern dessen, was sein Leben ausmachte. Denn dies war jetzt Angst in ihrer ungeschminktesten Form, eine nackte irrationale Angst. Es mußte ein Traum sein – und doch war es nicht so. Sie zeigte auf ihn, doch ohne dabei ihren Kopf zu ihm zu drehen, und die Schläge, die ihn zum Schweigen brachten, um das Sakrileg zu bestrafen, sie anzubrüllen, waren real genug.

Dann wurde er schnell von zweien gepackt und aus ihren Augen geschafft, zurück durch die Tür dorthin, wo gestern abend das Wohnzimmer des Hauses gewesen war – vor tausend Jahren.

Da liefen noch andere von ihnen herum. Es mußten mehrere Dutzend gewesen sein. Sie hatten Fackeln aus harzigem Holz entzündet, um Licht zu haben, nachdem der Überfall nun durchgeführt worden und Geheimhaltung nicht länger nötig war. Er wurde gegen die Wand gestoßen, neben Mallory und Chris, die bereits genauso gefesselt waren wie er. Hinter diesem Überfall steckte offenbar eine gerissene Intelligenz. Das Haus wurde weder geplündert noch zerstört. Es war, als wäre es ihre Absicht, es genau in dem Zustand zurückzulassen, in dem sie es angetroffen hatten, lediglich mit dem einen Unterschied, daß es leer sein würde. Anscheinend wollten sie der Außenwelt keinerlei Hinweis auf ihre Existenz geben.

»Es ist meine Schuld«, sagte Mallory leise. »Ich bin vor der Tür eingeschlafen. Ich denke, ich habe wohl nicht wirklich geglaubt, es gäbe etwas, nach dem man Ausschau halten müßte.«

Jones war nicht in der Lage, ihm darauf zu antworten.

Welche Rolle spielte das jetzt noch? Für ihn war nicht einmal die Tatsache ihrer Gefangennahme das wirklich Schreckliche.

»Warum zittern Sie so? Was haben die da drinnen gemacht?« fragte Mallory. Es war, als hätte er gesagt: Wir sitzen alle im gleichen Boot. Was haben die mit Ihnen gemacht, das schlimmer wäre als das, was sie mit uns gemacht haben?

Jones war auf eine eigenartige Art verärgert, die er nicht erklären konnte. Verärgert auf seinen Geist, falls es so etwas gab. Ein schweres, feuchtes Gewicht lastete auf ihm, und doch konnte er nicht genau sagen wo. »Ich weiß nicht«, keuchte er. »Ich sehe Dinge, die ... nicht so sind.«

Mallory verstand nicht, was er meinte. Wer hätte es auch schon verstehen können? »Die sind real genug«, meinte er trocken. »Man kann die Hitze ihrer Körper beinahe spüren, wenn sie an einem vorbeigehen.«

Jones konnte Chris auf der anderen Seite neben ihrem Vater wimmern hören. Sie kauerte sich an ihn, wollte weg von all dieser Fremdheit. Sie tat ihm leid, aber nicht einmal sie mußte mit dem fertigwerden, mit dem er fertigwerden mußte. Bei ihr und ihrem Vater war es eine äußere Angst, eine Angst, die außerhalb ihrer selbst lag, bei ihm steckte sie in den Knochen. Selbst wenn all diese fremden, schattenartigen Gestalten jetzt fortgingen und sie allein ließen, würde diese Angst nicht verschwinden. Sie würde nie wieder verschwinden.

Draußen vor dem Haus wurde eine primitive Sänfte zusammengezimmert, während sie im Haus festgehalten wurden. Sie bestand aus vier Querstangen, die mit geflochtenen Ästen bedeckt wurden. Dann traten die gefiederten Männer zurück und machten einen Weg frei, der von dem Zimmer zu der Stelle führte, wo die Sänfte wartete. Jedes Knie war gebeugt und jeder Kopf geneigt, und durch ihre Mitte schritt nun langsam das Objekt ihrer Verehrung, zu dem Mitty nun geworden war. Eine von ihnen. Eine weit über ihnen, vielleicht, heilig für sie, mit Leib und Seele den Pflichten ihrer Religion verschrieben, aber eine von ihnen. Eine ihrer Art. Gelassen, wie ein Götzenbild. Die Gestalt einer Frau, die noch vor kurzer Zeit...

»Mitty«, flüsterte er heiser aus dem Hintergrund.

Er konnte deutlich Mallory hören, der scharf Luft holte, als wäre plötzlich eine große Kälte über ihn gefallen. Und sogar Chris. Er hörte, wie sie leise und verängstigt wimmerte. »Sie haben sie zurechtgemacht.«

Sie hatten nicht. Sie hatte es selbst getan.

Er sah, wie sie in die Sänfte stieg und sich mit stolzer Unnahbarkeit setzte. Dann hoben sie die Sänfte auf ihre Schultern, hoch über alle Köpfe, und trugen sie in einer feierlichen Prozession fort.

»Mitty!« schrie er ihr in gequälter, panischer Angst nach. »Dreh dich um und sieh mich an! Ich werde wahnsinnig!«

Sie schien ihn nicht zu hören. Sie starrte starr geradeaus, in die Vergangenheit, zu der sie sie jetzt trugen.

Ein stechender Schlag trieb ihm das Blut auf die Lippen. Was half es schon zu wissen warum? Es war deutlich genug gewesen. Man sprach eine Göttin, die Hohepriesterin eines Kultes, nicht ungestraft an.

Sein Kopf fiel seitlich gegen Mallorys Schulter, drehte sich dann langsam, so daß wenigstens sein Gesicht versteckt war. »Lassen Sie mich so«, sagte er mit schwächer werdender Stimme. »Ich will es nicht sehen.«

Er begann schlaff zu Boden zu sinken. Der andere Mann

konnte ihn nicht stützen oder sein Fallen aufhalten, denn er war selbst gefesselt.

Er kippte kraftlos um, hinein in eine kleine Ruhepause von all dieser Fremdartigkeit, die sein Verstand nicht mehr ertragen konnte.

17

In dem Haus oben in Maryland kam Cotter mit einem geöffneten Telegramm in der Hand von der Tür zurück. Dessen Inhalt stand ihm deutlich ins Gesicht geschrieben. »Hier ist die Antwort vom Büro der Associated Fruit Line in San Francisco. Ihr Schiff, die *Santa Emilia*, hat eben dort angelegt.«

Fredericks nahm es und las:

> CAPTAIN S. S. STA. EMILIA MELDET, LAWRENCE JONES UND GEMAHLIN VERSEHENTLICH IN PUERTO SANTO ZURÜCKGELASSEN.
>
> FRAWLEY, CO. AGENT

Sie sahen sich an. Lange und mit einem unguten Gefühl, wie sie es auch an jenem Tag vor dem Büro der Schiffahrtslinie in Baltimore getan hatten.

»Es *könnte* so gewesen sein«, versuchte Cotter unsicher vorzuschlagen.

»Für meinen Geschmack ein bißchen zuviel Zufall. Warum ausgerechnet in diesem Hafen? Es war nicht Havanna. Es war nicht Cristóbal. Nein, es war Puerto Santo. Sie und ich haben diesen Ort gesehen. Da gibt es kaum genug, daß sich jemand eine halbe Stunde dort aufhalten könnte, geschweige denn, um zu lange auf einem kurzen Landgang zu bleiben. Irgend etwas ist passiert.«

»Sie meinen ...«

Fredericks nickte kurz. »Ja, ich meine. Die Frage lautet jetzt, was werden wir unternehmen?«

Cotter sah ihn schweigend an, wartete darauf, daß er selbst die Antwort gab.

»Nur eins noch, um ganz sicher zu gehen. Wir werden uns direkt mit den Behörden in Puerto Santo in Verbindung setzen. Wenn sie immer noch dort unten sind, wenn sie immer noch in der Stadt sind und auf das nächste Schiff warten, in Ordnung. Falls nicht, dann wissen wir Bescheid. Ich werde sofort einen Funkspruch absetzen.«

Die Antwort kam innerhalb von zweiundsiebzig Stunden. »Es ist auf Spanisch«, sagte Cotter, als er sie hereinbrachte. »Besser, Sie machen das.«

Fredericks machte eine grobe Übersetzung auf einem Blatt Papier, während er las.

> SEIT DEM 12. DIESES MONATS KEINERLEI INFORMATIONEN ÜBER DEN VERBLEIB VON MR. UND MRS. LAWRENCE JONES. LETZTER BEKANNTER AUFENTHALTSORT FINCA LA ESCONDIDA. VERSCHOLLEN. ES WIRD BEFÜRCHTET, DASS SIE SICH IM DSCHUNGEL VERIRRT HABEN UND DORT UMGEKOMMEN SIND.
>
> YBARRA, POLIZEICHEF

Alles, was Fredericks sagte, als er ihm den Zettel reichte, war: »Jetzt wissen wir es.«

Cotter schaute auf und sah, wie er den Hörer des Telefones mit einer energischen Handbewegung abnahm. »Was werden Sie jetzt tun?«

»Zwei Plätze für das erste Flugzeug reservieren lassen, das wir bekommen können, um in die Nähe dieser Stadt zu gelangen.«

18

Die Phantom-Krieger und ihre Gefangenen marschierten jetzt wie die Gestalten aus einem Traum den Berg hinauf. Und er war einer von ihnen. Wach in diesem Traum, und doch nicht in der Lage, daraus zu entfliehen. Sie gingen den gleichen Weg, den er und sie morgens so oft geritten waren, hinauf zu der Quelle, hinauf zu diesem Spalt, den zu erreichen sie sich einmal so gesehnt hatte.

Sie gingen hintereinander, die Köpfe tief gesenkt, in einer langen, gewundenen Prozession unter dem nächtlichen Himmel. Der Himmel war dunkel, aber der Bergrükken schimmerte weiß wie Borax im Licht der Sterne, und ihr Licht war stark genug und hell genug, um jedes Muskelspiel auf ihren nackten Rücken erkennen zu lassen, ihre wie gemeißelten Wirbelsäulen mit fließenden Schattenlinien zu säumen, während sie sich den Berg hinauf abmühten. Für seine vor Angst geweiteten Augen waren sie so realistisch wie ein Foto, und doch so unglaublich für seinen nach Logik schreienden Verstand. Sie hätten schwinden sollen, allmählich verblassen im Sternenlicht; statt dessen bewegten sich kleine Steine und Kiesel unsicher unter ihrem Schritt, Erdbrocken lösten sich auf ihrem Weg, fielen zurück an ihren alten Platz.

Sie bewegten sich mit der schrecklichen, verbissenen Stille, die alle Gruppen von Kriegern zu Fuß einmal gehabt hatten, in der Zeit, bevor das Rad erfunden wurde und der Krieg explosiv wurde. Jeder trat auf die gleiche Stelle wie derjenige vor ihm, ohne jede Veränderung, ohne jede Überschneidung. An den Seiten ihres Weges erhoben sich niedrige Staubwolken, wie Gischt, die vom Bug eines Schiffes nach hinten zurückfiel.

Es war der Wirklichkeit gewordene Horror. Er verschlang den Horror. Verdaute ihn, schwitzte ihn aus. Aber Schrecken hatte ein Zentrum, einen Mittelpunkt. Der Schrecken war nicht diese lange Reihe fast lautlos marschierender Erscheinungen, in deren Mitte er mitgeschleppt wurde. Schrecken waren nicht seine auf den Rükken gefesselten Hände. Schrecken waren nicht die Schläge, die er jedesmal erhielt, wenn er stockte oder versuchte, aus der Reihe zu treten. Schrecken war nichts von diesen Dingen.

Das Grauen war diese Sänfte, die weiter vorne schwankte, und das, was sich darauf befand. Auf Schulterhöhe am Kopf der Prozession getragen, so daß selbst so weit hinten das Licht der Sterne ihm die weiße Gestalt zeigte, den Kopf, der alles zu vergessen schien. Ein Kopf, der nicht zurückschaute, um zu sehen, wo er war. Ein Kopf, der keinen Gedanken mehr an ihn verschwendete, der ihn nicht mehr kannte. Eine Gestalt, die zufrieden dort saß, in passiver Hinnahme seiner Fortbewegung und seines Zieles.

Das war für ihn das wirkliche Grauen. Und jedesmal, wenn er dorthin schaute, stöhnte er laut auf.

Sie waren schlau. Eine gerissene, urzeitliche Intelligenz lenkte diese Bande. Es gab keine Fackeln, die ihnen den Weg beleuchtet hätten und aus der Ferne sichtbar wie Leuchtkäfer gewesen wären, die den Bergrücken hinaufstiegen und sie der feindlichen Zivilisation unten und hinter ihnen im Flachland verraten hätten. Sie hatten auch das

Haus nicht in Brand gesetzt. Wenn jemand wieder dorthin kam, würde es sein, wie es zuletzt gewesen war; unberührt, unverändert. Nur leer. Nichts, das darauf hindeutete, was dort geschehen war. Nur die Sterne würden es wissen.

Plötzlich rief ihm eine Stimme auf Englisch etwas zu. Sie kam von weiter hinten, vom Ende der langen, sich dahinschleppenden Linie. Eine heisere, aufgewühlte, verängstigte Stimme, die genauso klang wie seine, falls er sie so benutzen sollte, empfindlich nackt und ungeschützt in der Nacht. Englisch; nie zuvor hatte er gewußt, wie wunderbar der Klang der Muttersprache sein konnte. Er hatte nicht gewußt, wie sehr er sie liebte. Es muß die Hölle sein, dachte er, zu sterben und nie wieder ein englisches Wort zu hören. Das mußte noch schlimmer sein als die Tatsache des Todes selbst.

Der Ruf lautete: »Jones! Jones! Wo haben sie mein kleines Mädchen? Was haben sie mit Chris gemacht?«

Und dann, noch bevor er antworten konnte, konnte er bereits die brutalen Schläge fallen hören, die die Stimme mit Gewalt zum Verstummen brachten, sie erstickten und auslöschten. Er wußte, daß es genau das war, was auch ihn erwartete, wenn er antwortete.

Er machte sich bereit, holte tief Luft und schrie es in die Nacht hinaus.

»Sie ist weiter vorne, Mal. Sie haben sie bei ... bei diesem Ding, das sie da tragen. Sie haben sie daran festgebunden, sie geht daneben her.«

Die Schläge kamen wie Regen – wie ein harter, zäher Regen –, und er ging zuerst auf ein Knie, dann auf beide, dann rollte er sich zur Seite, doch sie folgten ihm wie Nesseln, die sich an ihn klammerten. Gegen die ersten konnte er sich noch behaupten, doch die Schläge, die folgten, fügten ihren eigenen Schmerz zu dem Schmerz der vorangegangenen, bis es schließlich zuviel Schmerz auf einmal war, und seine Stimme schien sich in einem schrillen Aufschrei von ihm zu lösen, nicht allein durch seinen Mund, sondern durch jede einzelne in Flammen stehende, brennende Pore seiner Haut.

Er wurde wieder auf die Füße gezogen, wieder nach vorne gestoßen, zurück in die lange Reihe getrieben, schwankend wie ein prall gefüllter Sack, der zuerst auf die eine, dann auf die andere Seite umzufallen drohte, bis er sich schließlich wieder genügend im Gleichgewicht hatte, den Rhythmus des ineinandergreifenden, der Bewegung eines Kolben ähnlichen Aufstieges wiedergefunden hatte. Während all dem war er sich nur einer wesentlichen Sache bewußt: Die Gestalt dort vorne hatte sich nicht gerührt, dieser gelassen gehaltene Kopf hatte sich nicht umgedreht, um beim Klang seiner Schreie in der urzeitlichen Nacht zurückzuschauen.

Tief in seinem Inneren löste sich ein Stöhnen, doch nicht wegen der Schläge, die er gerade eingesteckt hatte.

Sie bewegten sich in gleichmäßigem Tempo der Sonne entgegen, die ihnen für sie noch unsichtbar auf der anderen Seite dieser Berge entgegenkam. Der Himmel entlang der Gipfel verblaßte inzwischen zu einem Stahlblau, das sie blendete. Es war, als würde man in eine Reihe ruhig brennender Gasflammen schauen, die dicht wie ein Vorhang ausgebreitet waren. Sie begannen Schatten auf der Erde zu werfen, die ganze lange Reihe, wo zuvor nichts als Dunkelheit gewesen war.

Der Tag kam, zwischen zwei Jahrhunderten. Brach an auf halbem Weg zwischen zwei Zeitaltern auf dem Gipfel des Berges. Und diese Menschen, in deren Händen er sich befand, eilten zurück, um in ihre eigene Zeit zurückzukehren, bevor der Tag anbrach.

Sein Blick konzentrierte sich auf die Ferse des unmittelbar vor ihm Gehenden. Kupferrot; sich hebend, senkend, hebend, senkend. Es floß Blut darin. Es lebte. Es hinterließ einen Abdruck. Es war wirklich. Wo war es hergekommen? Wo führte es ihn hin?

Jetzt hatten sie die Spalte erreicht, diese geheimnisvolle Falte im lebenden, steinernen Fleisch des Berges, durch die er Mitty an jenem Tag gefolgt war, als sie eingehüllt von Rauch der nicht gestorbenen Vergangenheit Zeichen gemacht hatte. Einen Moment streifte die Sänfte die Oberfläche des Bodens – oder es schien wenigstens so –, die Träger darunter waren bereits von der Spalte verschluckt. Es war, als würde ein Boot auf den erstarrten Wellen der steinigen Erde entlangsegeln. Gelegentlich tauchte die Spitze einer Feder davor oder dahinter auf. Die Gestalt darauf war so bewegungslos wie eine Puppe; bewegungslos und starr wie das lebende Götzenbild, in das sie sich verwandelt hatte. Die Sonne, die jeden Augenblick in dem ungehinderten Raum auflodern würde, füllte die Luft jetzt mit goldenen Staubkörnchen, wie eine Art verdunstenden Blütenstaubes.

Und dann tauchte die sich langsam fortbewegende Sänfte plötzlich unter, versank außer Sicht, so senkrecht nach unten, als wäre sie von Treibsand verschluckt worden. Gerade noch war sie hinter der nächsten Biegung direkt vor ihm gewesen, so daß er sie wie auf einer Tangente erkennen konnte, genau wie man manchmal bei einem um eine Kurve fahrenden Zug etwas erkennen kann, das sich weiter vorne befindet, bevor der eigene Waggon es selbst erreicht hatte.

Als sich schließlich diese Kurve, diese letzte Windung des Weges, dem sie folgten, begradigt hatte und nicht mehr existierte, hatte er für einen flüchtigen Augenblick den beunruhigenden Eindruck, daß sich die vor ihm dahinziehende Reihe ins Nichts verdichtete, sich selbst verzehrte, Individuum für Individuum, bis schon bald nichts mehr davon bleiben würde. Denn der Bergrücken, der die Spalte verdeckte, ragte jetzt unmittelbar vor ihnen auf; niemand ging diese Oberfläche weiter hinauf, und doch verringerte sich die Entfernung zwischen ihm selbst und der Bergwand Mann für Mann.

Aber dieser Eindruck hielt sich nur einen Augenblick, und nicht zuletzt, weil die Schulter vor ihm den freien Blick nach vorn behinderte. Auf den zweiten Blick erkannte er, daß die Sänfte leer und schräg auf dem weiter ansteigenden Boden an einer Seite des Hohlweges stand, während zwei Mitglieder der Gruppe, die sich von ihr getrennt hatten, sie schnell in ihre ursprünglichen Bestandteile aus Knüppeln und Ästen zerlegten. Offensichtlich wollten sie keinerlei verräterische Spuren zurücklassen.

Ein paar Schritte weiter, genau an dem Punkt, wo die Gruppe so rätselhaft verschwunden war, lehnte eine merkwürdig geformte Felsplatte – spitz zulaufend, dreieckig, mit einer so glatten Oberfläche, als wäre sie beabsichtigt – gegen die steil aufsteigende Felswand, die jedes Weiterkommen verunmöglichte, den in den Fels gehauenen Hohlweg abrupt abbrach. Direkt daneben befand sich ihr Gegenstück, ein schwarzer Spalt in der Felswand, der ihr in jedem Detail genau entsprach, als wäre die eine vom anderen mit Gewalt fortgehebelt worden. Das war offensichtlich auch der Fall. Durch den nadelähnlichen Spalt, kaum mehr als hüftbreit, verschwanden die Männer einer nach dem anderen, senkten ihre Köpfe, bis sie hindurchgelangen konnten. Zwei von ihnen, größer und kräftiger als die anderen, warteten neben der umgedrehten Felsplatte, um den Spalt wieder zu verschließen, wenn auch der letzte ihrer Gruppe darin verschwunden war.

Instinktiv schreckte er zurück angesichts dieses Endpunktes des Lichtes und des Bekannten, dieses Schlundes in die Vergangenheit und in das Unbekannte. Es war nicht die Angst davor zu ersticken, die ihn nun beschlich, ihn starr vor Aufsässigkeit machte, es war vielmehr die Vorahnung, von diesem Punkt an eine völlig andere Ebene zu betreten, die Welt in einem Sinn hinter sich zu lassen, der sogar noch schlimmer war als die Vorstellung des Todes.

Die Ferse vor ihm, die er beobachtet hatte, war jetzt verschwunden; ein Vorhang der Dunkelheit senkte sich darüber. Jetzt war er an der Reihe. Er stockte und versuchte seitlich auszuweichen. Die Steigung des vor ihm liegenden Hohlweges hätte seine Absicht vereitelt, selbst wenn er nicht festgehalten worden wäre. Allein sein Schwung brachte ihn ein, zwei Schritte weiter hinauf, dann begann er wieder zurückzufallen, heruntergezogen von der Schwerkraft. Eine Hand packte seine gefesselten Arme, riß ihn an seinen Ausgangspunkt zurück. Eine zweite legte sich in seinen Nacken, zwang seinen Kopf tief herunter. Er wurde nach vorne gestoßen.

Die Ränder des Felsens verengten sich über ihm, saugten ihn ein. Dunkelheit.

Eine kurze Zeit, während der er weiterstolperte, weitergetrieben wurde, befand sich hinter ihm noch ein kleines gespenstisches Licht, dort wo die Öffnung lag; die Erinnerung an Licht, schwach auf den feuchten Felswänden und dem kühlen Felsboden dieses Tunnels funkelnd.

Dann wurde es plötzlich ausgelöscht, zu plötzlich, als daß es allein durch die größer werdende Entfernung gelöscht worden sein konnte. Dort wo es gewesen war, war ein mahlendes Geräusch und ein hohler Widerhall, das den Tunnel entlang getragen wurde, und die Eingangsplatte war wieder an ihren Platz zurückgezogen worden, versiegelte nun die Öffnung.

Eine Schweißperle rollte über sein Gesicht, kühl noch bevor sie seine Poren verlassen hatte. Die Gegenwart war fort. Die Vergangenheit hatte Anspruch auf ihn erhoben.

19

Der Flur auf dem ersten Stock des Regierungsgebäudes in Puerto Santo war, verglichen mit der sengenden Hitze der hellen Straßen, kühl und dämmerig. Sicherlich war es nicht der ungemütlichste Ort in der Stadt, um eine Zeitlang gezwungen zu sein, einfach dazusitzen und zu warten, wie Fredericks und Cotter jetzt. Es war nicht einfach nur ein Durchgang, sondern vielmehr eine breite Galerie mit Fliesenboden und überdacht von einer Serie steinerner Bögen. In den dadurch entstehenden willkürlichen Unterteilungen entlang der Wand befand sich eine Reihe recht klösterlich wirkender Türen. Tatsächlich war das Gebäude früher einmal ein Palast der Inquisition gewesen.

Gegenüber der ersten dieser Türen, der ersten sowohl was ihre Bedeutung als auch ihre räumliche Lage betraf, stand eine hölzerne Bank vor der Wand, und darauf saßen Fredericks und sein Begleiter, die nun nach dem dritten aufeinanderfolgenden Tag des endlosen Wartens langsam müde zu werden begannen. Vor ihnen, als Wache vor dem hartnäckig geschlossenen Portal, durch das sie Einlaß zu erhalten versuchten, stand ein Soldat, ein Mestize mit hohen Wangenknochen und flacher Nase in einer ziemlich schlampig wirkenden khakifarbenen Uniform, der ein sehr leistungsfähiges und überhaupt nicht schlampig wirkendes Mauser-Gewehr mit dem Schaft auf den Boden vor sich gepflanzt hatte.

Cotter kehrte zur Bank zurück, nachdem er für kurze

Zeit auf und ab gegangen war, um etwas gegen die Langeweile des ewigen Sitzens zu tun, und ließ sich wieder darauf sinken.

»Der hier läßt uns bis jetzt am längsten warten«, knurrte er verbittert.

»Je höher man kommt, desto schwieriger wird es, sie zu sprechen.«

»Tja, wir haben uns bis ganz nach oben vorgearbeitet. Nach ihm kommt niemand mehr.« Er beugte sich vor, die Ellbogen auf den Knien, und ließ seine Hände niedergeschlagen baumeln. »Wenn es hier nur einen amerikanischen Konsul gäbe, an den wir uns wenden könnten, vielleicht könnten wir dann ein bißchen Schwung in den Laden bringen, diese lahme Bürokratie ein bißchen auf Zack bringen.«

»Ein amerikanischer Konsul würde über die Köpfe der Abteilungsleiter auch keine Befehle geben können. Außerdem, es gibt keinen. Dieses Land ist nicht mal wichtig genug, daß einer unserer konsularischen Vertreter bei ihm akkreditiert ist. Es ist mit einer der Nachbarrepubliken zusammengefaßt, und ein Konsul kümmert sich um beide.«

Entmutigt ließ Cotter seinen Kopf hängen, in einer Linie mit seinen Händen. Dann hob er ihn schließlich wieder.

»Was soll's denn überhaupt?« meinte er. »Wir sind zu spät. Es ist schon einen ganzen Monat her, seit es passiert ist.« Dann fügte er hinzu: »Falls es das war.«

»Falls es das war! Was sonst sollte es gewesen sein?« fuhr Fredericks ihn scharf an. »Muß ich es Ihnen denn erst noch sagen? Sie sind wie vom Erdboden verschwunden, an einem Ort am Bergrücken. Die Trommeln sind gehört worden. Sollen andere ruhig zweifeln. Gerade *wir* sollten doch wohl wissen, was das bedeutet.«

Cotter hob in verdrossener Hinnahme der Zurechtweisung seine Augenbrauen, doch er ließ es ohne zu antworten dabei bewenden.

»Ich sehe schon, Sie wollen aufgeben und abreisen.« Fredericks hatte sich zu ihm umgedreht, sah ihn jetzt unverwandt an. »Nun, ich jedenfalls nicht.«

»Das ist es ja eigentlich gar nicht. Aber wenn es zu spät ist, was dann? Was werden wir dann schon groß ausrichten?« Er hob seine Schultern, ließ sie wieder fallen. »Was schulden wir ihm denn überhaupt?«

»Das Leben«, sagte Fredericks ruhig. »Wir – das heißt, ich – bin verantwortlich dafür, daß ihm dies zustößt.«

»Nein, sind Sie nicht. Wer hat ihm gesagt, daß er mit ihr durchbrennen soll? Wer hat ihm gesagt, daß er mit ihr ausgerechnet *hier* herkommen soll?«

»Dann habe ich eben ein etwas seltsames Pflichtgefühl. Indirekt und unmittelbar. Aber auf jeden Fall ein sehr starkes. Reisen Sie zurück, Cotter, wenn Sie wollen.«

Cotter lächelte schief, schaute auf den Boden. »Ich habe auch ein seltsames Pflichtbewußtsein. Nicht ihm gegenüber, sondern Ihnen. Alles, was Sie sagen, gilt auch für mich.«

Die Tür hatte sich geöffnet, und der Soldat stand stramm. Eine kleine, untersetzte, geschäftige Gestalt in beigefarbenem Leinen kam heraus, wischte sich mit einem Taschentuch über den Nacken. Er hatte eine sattelbraune Hautfarbe. Ein winziger Schnurrbart mit nadelscharfen Spitzen und ein beinahe gleichermaßen winziger Spitzbart deuteten drei schwarze Strahlen oder Speichen an, die einen Mund umrahmten, dessen Lippen sich um eine geschoßähnliche Zigarre schlossen. Er ging mit schnell klingenden, harten Schlägen seiner Absätze, die an das Klakken von Kastagnetten erinnerten, den gefliesten Korridor zum Kopfende der Treppe. Eine Fahne aus Zigarrenrauch und teurem Toilettenwasser wehte hinter ihm her.

»Das ist er endlich«, flüsterte Fredericks hastig.

»Dieser kleine ...? Nein, ist er nicht. Das kann er nicht sein.«

»Er ist es, ich sage es Ihnen. Er macht jetzt Siesta. Wenn wir ihn jetzt nicht erwischen, werden wir ihn wieder nicht bis vier oder fünf Uhr heute nachmittag zu sehen bekommen.« Er sprang auf, machte ein, zwei schnelle Schritte zu dem Soldaten hinüber und flüsterte: *»El ministro?«*

Der Mann antwortete nicht direkt, hatte Angst, von der sich entfernenden Gestalt gehört zu werden, nickte aber verstohlen.

Fredericks lief ihm den Korridor hinunter nach und überholte ihn an der Ecke.

»*Ministro*, nur einen Augenblick Ihrer kostbaren Zeit, bitte. Wir warten bereits drei Tage darauf, mit Ihnen sprechen zu dürfen.«

Er sprach schnell und abgehackt, was zu seinem Schritt und seinen anderen Eigenheiten paßte. »Worum geht es?«

»Um das Verschwinden von vier Personen von der Finca La Escondida am zwanzigsten des vergangenen Monats.«

Der Innenminister war stehengeblieben, die Hand bereits auf dem schmiedeeisernen Treppengeländer. »Ach, ja. Jetzt erinnere ich mich. Ich habe ein Ersuchen auf meinem Schreibtisch liegen, das durch meinen Untergebenen Sarmiento an mich weitergeleitet wurde.«

»Könnten Sie ... dürften wir Sie bitten, ihm ihre Aufmerksamkeit zu schenken?«

»Das bedeutet, wieder dort hineingehen zu müssen, und

es ist sehr heiß. Ich war gerade dabei zu gehen.« Er blickte seine Zigarre entlang auf den in der Sonne flirrenden Innenhof hinunter, zu dem die Treppe führte. Offensichtlich war seine Entscheidungsfreudigkeit ebenso schnell wie der Rest seiner Persönlichkeit. Plötzlich waren sowohl seine Zigarre wie Kopf herumgeschwungen, und er war bereits auf dem Weg zurück zu der Tür, durch die er eben erst herausgetreten war. Fredericks blieb völlig überrascht einen Augenblick zurück. Dann folgte er ihm schnell.

Vor der Tür winkte ihn der Minister zurück zur Bank. »Warten Sie hier. Ich werde mich ein zweites Mal mit der Angelegenheit vertraut machen. Die Einzelheiten sind mir im Moment entfallen.«

Die Tür schloß sich, und etwa zwanzig Minuten verstrichen träge.

»Was braucht er so lange?« fragte Cotter schließlich.

»Ich weiß es nicht. Ich nehme an, die ursprüngliche Notiz wird im Laufe des Amtsweges wohl einiges an Umfang gewonnen haben, so wie bei einem Schneeball, der immer größer wird, und jetzt muß er den ganzen Stapel an Berichten und Aktennotizen lesen. Bürokratischer Papierkrieg ist so ziemlich überall auf der Welt gleich.«

Eine undeutliche Stimme rief etwas durch die Tür hinaus, hallte hohl nach. Der Soldat machte einen schnellen Schritt zur Seite, stieß die Tür hinter sich auf und forderte sie mit einer Handbewegung zum Eintreten auf.

Die Laune des Ministers hatte sich beträchtlich verschlechtert durch die Verzögerung, die sie für seine persönlichen Pläne verursacht hatte. Für den Zeitraum mehrerer unbehaglicher Minuten ließ er sie vor sich stehen, seine dicke Unterlippe mißmutig geschürzt, während er das letzte eines ganzen Haufens Papiere aller Größen las, die zusammengeheftet vor ihm lagen. Dann schaute er auf.

»Das Ersuchen wird abgelehnt«, sagte er forsch und schob den Papierstoß vor ihm mit einer lässigen Bewegung zur Seite.

Fredericks warf seinem Begleiter einen bestürzten Blick zu. »Aber, *señor*, es geht um das Leben dieser Menschen. Sicherlich...«

»Natürlich ist es äußerst bedauerlich. Allerdings handelt es sich hier lediglich um ein völlig natürliches Mißgeschick. Sie haben sich verlaufen und sind wahrscheinlich an Unterkühlung gestorben. Natürlich gibt es keinerlei Einwand unsererseits, daß sie einen privaten Suchtrupp aufstellen, falls Sie dies zu tun wünschen. Allerdings sehe ich keinerlei Notwendigkeit, Ihnen eine militärische Eskorte mit auf den Weg zu geben, wie Sie uns bitten. Ich sehe in diesem Fall nichts, was eine solche Maßnahme rechtfertigen könnte. Es geht dabei auch um die Kosten einer solchen Aktion, und mein Ministerium ist nicht gerade reich. Offen gesagt, wir haben andere und bessere Dinge zu tun. Dies ist keine Angelegenheit für uns, *señores.*«

»Aber eine militärische Eskorte, und zwar eine ziemlich große, ist unbedingt erforderlich, wenn wir hoffen wollen, sie zurückbringen zu können. Es ist die einzige Möglichkeit, ihre Leben zu retten.«

Der Minister wedelte müde mit der Hand vor dem Gesicht herum, als wollte er Insekten vertreiben. »Ich kann nicht die Verantwortung dafür übernehmen, eine Abteilung Soldaten in ein unbewohntes Tal im Landesinneren zu entsenden, wie Sie es von mir verlangen. Gegen wen? Gegen was? Wenn unsere Männer marschieren, dann müssen sie etwas haben, gegen das sie marschieren können.«

Fredericks schlug mit der Handfläche verzweifelt auf den Schreibtisch. »Aber das Tal ist nicht unbewohnt. Genau das versuche ich doch schon die ganze Zeit jedem klarzumachen!«

Der Minister musterte ihn unterkühlt. »*Sie* haben versucht, *uns* das klarzumachen, *señor*? Es ist eine allgemein bekannte Tatsache, daß dieses Tal seit fünfhundert Jahren unbewohnt ist. Bilden die beiden Herren, die erst vor kurzem hier eingetroffen sind, sich vielleicht ein, uns Dinge über unser eigenes Land erzählen zu können, die wir selbst nicht wissen?« Er wartete, um das wirken zu lassen. »Ich habe Soldaten aus den angrenzenden Regionen hier im Haus. Einen Augenblick, ich werde Sie überzeugen.« Er hob seine Stimme und brüllte: »*Guardia*!«

Der Wachtposten trat ein, nahm im Türrahmen Haltung an.

»Soweit ich weiß, kommen Sie doch aus San Juan Obispo?«

»Jawohl, Sir.«

»Kennen Sie das sogenannte Gebiet *Tierra de los Muertos*?«

»Sehr gut, Sir. Es liegt direkt auf der anderen Seite der Berge von uns.«

»Ist es bewohnt? Lebt dort jemand?«

»Keine Menschenseele, Sir. Keine lebende Seele.«

»Das reicht. Zurück auf ihren Posten.« Er wartete, bis sich die Tür wieder geschlossen hatte, dann stützte er seine Hände an den Ecken des Schreibtisches ab, bereit aufzustehen und das Gespräch zu beenden.

»Aber ist er schon jemals selbst dort *gewesen*, dieser Mann?« fragte Fredericks ruhig.

»Niemand war dort. Niemand geht dorthin«, sagte der Minister scharf, während sein Hinterteil bewegungslos über seinem Sessel schwebte.

»Ich schon«, sagte Fredericks.

Die Hose des Ministers senkte sich wieder auf den Stuhl. »Was sagen Sie da?« sagte er stockend.

Fredericks sprach ruhig weiter, auch wenn seine Hand vor innerer Erregung leicht zitterte.

»Sagen Sie mir doch bitte, ist es erforderlich, für gewisse archäologische Arbeiten zunächst eine Genehmigung einholen zu müssen oder nicht? Und über die erteilten Genehmigungen wird doch Buch geführt, über die Anzahl der daran beteiligten Leute, das Ziel einer solchen Expedition ebenso wie die Daten der Abreise wie der Rückkehr?«

»All das ist richtig, aber ich habe die Unterlagen nicht hier.«

»Aber sie stehen Ihnen doch zur Verfügung, nicht wahr? Lassen Sie mich Ihre kostbare Zeit noch ein wenig länger in Anspruch nehmen. Stellen Sie doch bitte fest, ob im späten Frühjahr 1946 eine solche Genehmigung nicht einer aus zwei Mann bestehenden Gruppe erteilt worden ist, deren Namen Allan Fredericks und Hugh Cotter lauten. Und stellen Sie bei dieser Gelegenheit doch bitte ebenfalls das Datum der Rückkehr dieser Expedition fest.« Er schwieg einen Augenblick. »Ich bitte Sie eindringlich darum«, fügte er hinzu.

Der Minister starrte ihn einen langen Augenblick an. Dann fällte er eine weitere seiner spontanen Entscheidungen. Mit einer vernichtenden Handbewegung riß er den Hörer vom Telefon auf seinem Schreibtisch.

Cotter, der bislang keinen Beitrag zu dem Gespräch geleistet hatte, sah Fredericks an. »Seien Sie vorsichtig«, raunte er warnend.

»Es gibt keine andere Möglichkeit«, lautete die rätselhafte Antwort.

»Lesen Sie es mir vor«, sagte der Minister gerade.

Er mußte warten. Er nahm seine Zigarre, unterbrach sich dann, um sie wieder beiseite zu legen. »Und welche Unterlagen haben Sie über die Rückkehr? Lesen Sie vor.«

Plötzlich hatte er den Hörer genauso unvermittelt wieder aufgelegt, als hätte er durch ihn einen elektrischen Schlag bekommen. Sein dunkelhäutiges Gesicht war eine Nuance blasser geworden. Sein Hemdkragen machte ihm zu schaffen.

»Es steht in ihren Unterlagen, daß eine solche Genehmigung, dieses Tal zu betreten, an zwei Männer, Fredericks und Cotter, am zwanzigsten April 1946 erteilt worden ist. Mit anderen Worten, zwei Personen, beide männlich. Den Unterlagen zufolge sind die gleichen Personen am fünfzehnten September 1947 von dort zurückgekehrt, wobei sie verschiedene Relikte mit zurückgebracht haben, einschließlich eines Sarkophages, den sie aus dem Grabmal herausgeholt haben, das sie ausgegraben hatten. Sie waren gezwungen, sämtliche Gegenstände, die einen gewissen Materialwert hatten, wie zum Beispiel Schmuckgegenstände aus Gold oder Silber, gemäß dem diese Dinge regelnden nationalen Gesetz den Behörden auszuhändigen. Allerdings wurde ihnen nach einer kurzen offiziellen Untersuchung für diesen Sarkophag, bei dem festgestellt wurde, daß er außer den Überresten eines jungen Mädchens, das sich in einem bemerkenswert lebensechten Zustand befand, eine Exportgenehmigung erteilt und erlaubt, ihn an Bord eines Schiffes mit außer Landes zu nehmen, da es in diesem Land kein Museum oder eine vergleichbare Institution gibt, die sich dafür interessierte.«

»*Dieses Mädchen*«, sagte Fredericks ruhig, »*war nicht tot.* Kein Wunder also, daß ihre ›Überreste‹ sich in einem lebensechten Zustand befanden. Sie war ein Opfer der Schlafkrankheit oder doch zumindest einer Tropenkrankheit, die ihr der Art nach sehr ähnlich war. Sie wurde intravenös ernährt, nicht nur während der gesamten Reise von den Bergen, sondern ebenfalls während der gesamten Schiffsüberfahrt in die Vereinigten Staaten. Weiterhin wurde die ›offizielle Untersuchung‹ des Sarkophages durch Zahlung von fünfhundert amerikanischen Dollar an verschiedene Beamte, die für die Erteilung der Ausfuhrgenehmigung zuständig waren, beschleunigt, man könnte auch sagen geschmiert. Der Deckel wurde nur angehoben und sofort darauf wieder zurückgelegt.«

Der Minister schenkte sich einen Drink ein. Damit spülte er einen Kloß in seinem Hals hinunter. Sein Kragen machte ihm immer noch zu schaffen. Ihm war offenbar heiß, seine Stirn hatte einen seidigen Glanz.

»Wa-was sagen Sie da?« krächzte er. »Woher wissen Sie das alles? Wer sind Sie?«

»Weil ich einer der beteiligten Archäologen bin, ich bin einer dieser beiden Männer, die sie in diesem Sarkophag von dort herausgeholt haben. Sie war damals nicht tot, aber sie war zumindest komatös. Und sie ist auch heute noch nicht tot und weit davon entfernt, im Koma zu liegen. Sie ist genauso lebendig, wie Sie es sind, dort sitzen, oder wie ich, der ich hier sitze. Weiterhin bin ich hier, um Ihnen zu berichten, daß sie dorthin zurückgekehrt ist, woher wir sie geholt haben, und daß sie einen armen unglücklichen Teufel mit sich geschleppt hat, der, gemäß dem Zivilrecht der Vereinigten Staaten, ihr rechtmäßig angetrauter Ehemann ist!«

Der Minister saß inzwischen nicht mehr. Der Minister war aufgesprungen und befand sich in einem Zustand der wild gestikulierenden Aufregung, die beinahe an Raserei grenzte. Sie mußten ihre Köpfe immer wieder in die eine oder andere Richtung drehen, um sein Gesicht und seinen Körper vor ihren Augen zu halten.

»Aber ich bin in meiner offiziellen Eigenschaft betroffen!« stieß er hervor. »Dies fällt unter die Zuständigkeit meines Ministeriums! Das alles darf niemals an die Öffentlichkeit gelangen! Dies darf auf keinen Fall weitergehen! Eine Bestechung in Höhe von fünfhundert Dollar! Ein lebendes Mädchen wird aus einem Gebiet gebracht, von dem ich meinen Vorgesetzten wieder und wieder gemeldet habe, es sei unbewohnt! Versuchen Sie vielleicht, meine Entlassung zu bewirken? Wollen Sie mich vielleicht als Lügner hinstellen, als korrupten Gauner?«

»Und sie ist nicht die einzige«, sagte Fredericks, woraufhin er seine Zähne grimmig zusammenbiß. »Dort in diesem Tal lebt ein ganzer Stamm von ihnen. Nicht viele, aber ein vollständiger Stamm, zwischen dreihundert bis fünfhundert Seelen. Falls Sie das bislang noch nicht wußten, sage ich es Ihnen eben jetzt.«

»Das ist nicht wahr! Das ist eine Lüge!« donnerte der Minister und schlug mit der Faust auf seinen Schreibtisch. »Mein Ministerium hat niemals fünfhundert Dollar von wem auch immer angenommen! Kein lebender Mensch ist jemals dort herausgebracht worden, ganz einfach, weil es dort keinen lebenden Menschen *gibt*! Das sagt mein Ministerium! *Ich* sage es! Und das werde ich mit der ganzen Autorität meines Amtes bestätigen!«

Er kritzelte hastig etwas auf einen Zettel, ging zur Tür, gab den Zettel dem dort draußen stehenden Soldaten und kehrte wieder zurück.

»Warten Sie draußen, Cotter«, sagte Fredericks mit gedämpfter Stimme zu seinem Begleiter. »Mir gefällt nicht, welche Wendung diese Sache hier nimmt. Ich denke, einer von uns sollte seine Bewegungsfreiheit sichern, um in der Lage zu sein, dem anderen zu helfen, falls dies nötig werden sollte.«

»Wer ist das?« wollte der Minister mißtrauisch wissen, als Cotter Anstalten machte zu gehen.

»Nur eine Reisebekanntschaft«, sagte Fredericks. »Er hat nichts damit zu tun. Er weiß nichts von dieser ganzen Angelegenheit.«

»Er hat aber doch unsere Unterhaltung mitbekommen, oder nicht?« meinte der Minister schlau.

»Er versteht kein Spanisch.« Fredericks gab Cotter ein verstecktes Zeichen, seinen Abgang etwas zu beschleunigen, solange ihm diese Möglichkeit noch offenstand.

Cotter schloß hinter sich die Tür und setzte sich wieder auf die Bank draußen auf dem Korridor.

Plötzlich kehrte der Soldat, der mit der Nachricht fortgeschickt worden war, zurück. Hinter ihm folgten eine Reihe anderer Leute mit grimmiger Miene. Keine Soldaten, sie trugen eine weniger leicht identifizierbare Kleidung. Zwei von ihnen trugen unter den Armen zwei Stangen mit zusammengerolltem Segeltuch.

Wenige Augenblicke nachdem sie alle in dem Büro des Ministers verschwunden waren, drangen die Geräusche eines kurzen, wortlosen, aber heftigen Handgemenges aus dem Zimmer nach draußen. Doch als Cotter aufstand und versuchte wieder hineinzugelangen, hob der Soldat plötzlich sein Gewehr, die Mündung auf ihn gerichtet. »Draußen bleiben«, warnte er.

Plötzlich kamen die Leute wieder heraus. Die beiden Stangen waren auf die Breite einer Bahre auseinandergezogen worden, und auf dem Segeltuch, in einer verrenkten Position darauf festgeschnallt und sogar geknebelt, lag der hilflose, schwer atmende Fredericks.

Cotter versuchte sie aufzuhalten, nur um sofort brutal zur Seite gestoßen und gegen die Wand gedrückt zu werden.

»Was machen die mit meinem Freund? Wo bringen sie ihn hin?«

»Nach San Lázaro«, lautete die unheilverkündende, einsilbige Antwort des Mannes, der der traurigen Prozession hinterher trottete.

»Was ist San Lázaro?« Cotter hielt ihn am Arm fest, um ihn zu zwingen, einen Moment stehenzubleiben und zu antworten. »Das Gefängnis hier?«

»Viel schlimmer. Aus dem Gefängnis kommen sie wieder raus, früher oder später. Aus San Lázaro nie mehr. Es ist das Haus der Türen, die sich nur in eine Richtung öffnen. Die Anstalt für die hoffnungslos Verrückten.«

»Aber er ist nicht verrückt!« schrie Cotter verzweifelt auf.

»Er wird es schon noch«, sagte der Mann. »Was spielt es da schon für eine Rolle – jetzt oder später?«

»Und den da«, sagte der Minister mit hochrotem Kopf, »könnt ihr ins Gefängnis stecken.«

Prompt packten zwei Soldaten Cotter an den Schultern. »Wie lange, Sir?«

»Schwer zu sagen«, räumte der Minister ein. »Solange bis er das Spanisch vergißt, das er nicht beherrschte, als er Zeuge dieser unverzeihlichen Szene wurde. Drei Jahre? Fünf? Wer weiß? Es dauert länger, eine Sprache zu vergessen als sie zu lernen.«

»Ich bin amerikanischer Staatsbürger!« brüllte Cotter in panischer Angst vom Ende des Korridors.

»Tragt ihn einfach unter dem Namen eines Häftlings ein, der bereits verschieden ist«, fügte der Minister noch hinzu. »Wenn er nicht unter einem amerikanischen Namen aufgenommen wird, wer kann da schon sagen, ob er Amerikaner ist oder nicht? Solche kleinen Fehler passieren.«

20

Es schien, als würde diese Reise durch die Dunkelheit zum Mittelpunkt der Erde eine Ewigkeit dauern und niemals aufhören. Und doch mochte es nur eine Stunde oder vielleicht sogar noch weniger gewesen sein. Der Tunnel führte ständig nach unten. Das Gefälle war nicht so stark, um einen aus dem Gleichgewicht zu bringen, aber gerade stark genug, einem den Oberkörper nach vorn zu ziehen und die Schritte unwillkürlich zu beschleunigen, so daß man darauf achtgeben mußte.

Der Tunnel war künstlich angelegt, daran schien kein Zweifel. Vielleicht hatte man sich einen ursprünglich vorhandenen Spalt oder eine Verwerfung hier und da zunutze gemacht; diese waren dann verbreitert worden, zu einer rechteckigen Form behauen und miteinander verbunden worden, um schließlich einen zusammenhängenden Gang zu bilden.

Die Dunkelheit war jetzt nicht mehr so absolut. An der Spitze der Prozession waren schon vor langem, sobald die Öffnung hinter ihnen geschlossen worden war, stabähnliche Kerzen entzündet worden, die vielleicht aus einer Art langsam brennender Schilfrohre oder getrockneter Strünke hergestellt worden waren. Aus Jones' Perspektive verschmolzen diese einzelnen, Blütenblättern ähnlichen Lichter zu einem einzigen leuchtenden Schimmern, denn sie wurden hintereinander getragen und schienen ineinander überzugehen. Wenigstens beleuchteten sie den Weg.

Obwohl sie nur sehr wenig Rauch abgaben, reichte selbst das aus, die sowieso schon verbrauchte Luft noch weiter zu verschlechtern. Er hustete wiederholt, aber ob dies eine Folge dieser kleinen Flammenzungen weit vorne war oder durch den trockenen Staub kam, der auf der gesamten Länge dieses unbelüfteten Ganges durch das Trampeln vieler Füße aufgewirbelt wurde, konnte er nicht sagen.

Einmal wurde die gleichmäßig vorwärtskommende Gruppe durch eine eigentümliche Reihe von abruptem Stehenbleiben und Weitergehen gestört, die sich jeweils über die gesamte Länge der Gruppe fortsetzte, so wie aneinandergekoppelte Waggons auf einem Güterbahnhof beim Rangieren nacheinander durchgeschüttelt werden. Er konnte den Grund dafür nicht erkennen, bis er schließlich selbst die Ursache davon erreicht hatte.

In einer Rinne, die sich in eine Seite der Tunnelwand gegraben hatte, lief ein dünner Wasserstrahl ruhig nach unten, beinahe wie ein erstarrter Kristallstab, so leise und bewegungslos war er. Jeder Mann war nacheinander kurz stehengeblieben, um dort eine Handvoll oder zwei zu schöpfen und zu trinken, und hatte damit die ganze Reihe hinter sich zum Anhalten gezwungen. Jones blieb ebenfalls stehen, nachdem die vor ihm gehende Gestalt weitergegangen war, suchte mit seinem Mund danach, da er wegen seiner gefesselten Hände diese nicht zu Hilfe nehmen konnte. Beinahe rechnete er schon damit, grob weitergestoßen zu werden, aber wenigstens diesen einen Augenblick ließ man ihn gewähren, lange genug jedenfalls, um den Strahl zu finden, wie ein Tier nach Wasser zu schnuppern, und etwas von dem Wasser in seinen gierig geöffneten Mund und den Rest über seinen Hals und seine Brust fließen zu lassen. Dann wurde er weitergestoßen.

Die erste Vorwarnung, die er bekam, daß die Reise sich ihrem Ende näherte, oder doch zumindest eine Art von Höhepunkt erreichte, kam, als die zusammenhängenden Lichter vor ihm fächerförmig auszuschwärmen begannen, so daß sie schließlich voneinander unterschieden werden konnten, als hätte sich der Gang dort, wo sie bereits waren, plötzlich verbreitert. Dann wurden die Lichter eines nach dem anderen gesenkt und verschwanden, und als sie wieder auftauchten, hatten sie sich in kräftigere, richtig brennende Fackeln verwandelt. Von Augenblick zu Augenblick wurde das Licht weiter vorne heller. Die einengenden Wände des Tunnels schienen plötzlich aufzureißen, als er nun den weiten Raum erreichte, wo sich all dies abgespielt hatte, und plötzlich befanden sie sich in einer großen steinernen Grabkammer, die in den Fels des Berges gehauen worden war.

Sie war übersät mit Nischen, die aus den Felswänden geschlagen worden waren, deren große Mehrzahl wiederum bündig mit der Oberfläche, in die sie eingelassen waren, zugemauert worden waren, so daß sie kaum noch erkannt werden konnten. Andere waren aufgebrochen worden, Reste des verräterischen Mörtels klebten noch an ihren Seiten und verliehen ihnen ein unregelmäßiges, scharfkantiges Aussehen, starrten wie leere Augenhöhlen blind in das flackernde Licht der Fackeln hinaus. Ein oder zwei der Nischen befanden sich in einem Zwischenstadium; sie waren bereits geöffnet worden, oder zumindest waren Löcher in sie geschlagen worden, ohne schon geleert worden zu sein. In diesen letzten konnte man immer noch grausige, uralte mumifizierte Formen erkennen, die nur wenig oder gar keine Ähnlichkeit mit den menschlichen Kernen hatten, die sie unter den angeritzten Leinenverbänden enthielten. Zu ihren Füßen, wenn der Mörtel genügend weit aufgebrochen worden war, um den ganzen Sarkophag freizulegen, befanden sich verschiedene irdene Schalen und Krüge, die früher einmal Mais und Früchte enthalten haben mochten.

Über all diesen Nischen, über den entweihten wie den unberührten gleichermaßen, hingen Masken, die jeweils das Individuum darstellten, dessen letzte Ruhestätte unmittelbar darunter lag.

Auf einer Seite dieser Gruft erhob sich eine steinerne Treppe mit niedrigen Stufen, um schließlich so etwas wie ein Podium vor der Wand zu bilden. Die Nischen ihrerseits folgten dieser Treppe, wobei jede eine Stufe höher lag als die vorangehende. Die höchstliegende war außergewöhnlich kunstvoll ausgeführt, die Maske darüber schien aus gehämmertem Gold zu sein, von der Strahlen ausgingen. Die Gesichtszüge waren die eines furchterregenden alten Mannes, einem Habicht ähnlich. Die Grabstätte selbst war in diesem Fall unberührt. Auf der anderen Seite fielen die Nischen allmählich wieder zum Boden der Kammer hin ab, genau wie die Stufen der Plattform. Sogar der Tod schien an diesem Ort seine Rangfolgen und Unterschiede zu haben.

Auf dem Boden dieser Nekropolis, in ihren Ecken und Winkeln, lag ein Sammelsurium von Abfällen und Müll. Zerbrochene Krüge und Töpferwaren der gleichen Sorte, wie sie in manchen der Sarkophage immer noch unversehrt lagen; Schutt und Mörtelbrocken, die aus jenen, die geöffnet wurden, herausgeschlagen worden waren; und sogar mehrere vollständige Skelette sowie zahlreiche Bruchstücke anderer. Ein vom Körper abgetrennter Schädel war mitten auf die Erde gelegt worden; seine grinsenden Zähne schienen in den Boden zu beißen, der ihn stützte. Eine schlanke, graugrüne, erstaunlich lange Schlange war dort gestorben, an einer Stelle inmitten all diesen Mülls, und lag in starren, unbeweglichen Windungen, genau wie in dem Augenblick, als sie aufgehört hatte sich zu bewegen. Doch dann, als seine Augen ihrem komplizierten Verlauf gefolgt waren, fiel sein Blick auf ein kleines, knollenförmiges Anhängsel. Es war keine Schlange, war niemals eine gewesen. Es war ein Stück eines Gummischlauches, Teil irgendeines photographischen Apparates, um Bilder mit dem Selbstauslöser schießen zu können. Sein Verstand, sowieso schon gebeutelt von zuviel Fremdartigkeit, konnte dem einen Augenblick lang keinerlei Bedeutung zumessen.

Ganz in der Nähe lag ein weiterer verwirrender Gegenstand. Es handelte sich um eine große Kiste aus ganz gewöhnlichen, nicht gestrichenen Holzlatten. Aber Latten aus weißem, gehobeltem, *modernem* Holz. Eine Kiste von der Art, in die für gewöhnlich Vorräte oder Werkzeuge oder Ausrüstungsgegenstände gepackt werden. Eine Kiste von der Art, wie man sie auf jedem Güterbahnhof, auf jedem Pier überall auf der Welt sieht.

Sie war kaputt. Sie war zerschlagen und zertreten worden. Aber eines der zersplitterten Bretter trug immer noch in mit einer Schablone aufgemalten lateinischen Großbuchstaben die Initialen »A. F.«.

Sein Verstand arbeitete an dieser Tatsache fieberhaft wie eine berauschte Heuschrecke. Initialen in lateinischen Großbuchstaben. *In lateinischen Großbuchstaben.* Hier an diesem Ort der Hieroglyphen. »A. F.«, Allan Fredericks.

Es war, als ob die Fremdartigkeit es müde wäre, ihn mit

ihrer Fremdartigkeit allein zu quälen, sie bot jetzt auch noch die zusätzliche Variante der Vertrautheit-in-der-Fremdartigkeit auf.

Dumpf sagte er sich: Er war bereits vor mir hier, hier an diesem Ort; dieser Mann, aus dessen Haus ich sie entführt habe, oben in den weit entfernten Staaten. Ich habe in dieser Nacht meinen eigenen Tod aus seinem Haus gestohlen.

Und sie gehört hierher, an diesen Ort.

Und jetzt war sie dorthin zurückgebracht worden, wohin sie gehört, dorthin, wo er sie gefunden hat, hat mich mitgeschleppt, als Gefangenen, um eingekerkert oder geopfert zu werden.

Er drehte sich zu ihr um. Die Fackeln bildeten einen Kreis um sie, überschütteten sie mit flackerndem, topasfarbenem Licht. Langsam ging sie hinauf, Schritt um Schritt, während die anderen unten blieben. Niemand folgte ihr; sie stieg allein die Stufen hinauf. Sie bewegte sich wie in einem Tanz. Ein Rhythmus religiöser Buße. Den Kopf zurückgeworfen, die Arme steif nach hinten von ihrem Körper weggestreckt. Die Anmut einer uralten Zeremonie, instinktiv in ihrem Blut und nicht auswendig gelernt, beherrschte jede ihrer Bewegungen.

Dann fiel sie auf die Knie, beugte sich vor, strich mit ihrer Hand über die Steine, auf denen sie kniete. Dann hob sie die Hände ein Stück über den Kopf, ließ den uralten Staub, den sie gesammelt hatte, als Buße auf ihre glänzend schwarzen Haare rieseln. Der Staub des Ortes, an den sie gehörte, der Staub des Berges und des Tales, aus dem sie stammte.

Dann erlaubte sie ihrer Stirn langsam sich zu neigen, bis sie schließlich flach auf den Steinen ruhte, und so verharrte sie, die Arme ausgebreitet, als wollte sie sagen: Ich bin zurück, ich bin zurückgekehrt, zu den versiegelten Grabstätten ihrer Stammesvorfahren.

21

Der Innenminister stattete dem Büro des Direktors der Irrenanstalt von San Lázaro einen privaten Inspektionsbesuch ab. Einen sehr privaten Besuch, absolut inoffiziell, könnte man sagen.

»Bringen Sie Zwei-zwanzig rein«, befahl der Direktor.

Der Direktor war eine spindeldürre kleine Person mit einem riesigen, teilweise kahlen Schädel, dessen randlose Brille ihm das Aussehen eines faden kleinen Angestellten oder Pedanten verlieh. Seinem äußeren Erscheinungsbild nach war es schwer zu glauben, daß er absolute autokratische Gewalt über Leben und Tod von Dutzenden unglücklicher Menschen hatte. Seine Füße reichten aus dem Drehstuhl, auf dem er saß, kaum bis zum Boden, und er schneuzte sich andauernd seine Nase in ein großes Taschentuch, weitaus häufiger, als es dazu wirklich eine Notwendigkeit gegeben haben könnte.

Das Büro war in einem muffigen Neunzehnten-Jahrhundert-Stil eingerichtet und ungewöhnlich still, während die beiden Männer darin saßen und warteten. Kein Laut drang herein, entweder wegen der Entfernung, in der es zu dem Rest der Anstalt lag, oder aufgrund der Stärke der Wände des gesamten Gebäudes, die so dick und massiv wie bei einer Festung waren und ihren Teil zum Ruf beigetragen hatten, ein Grab zu sein. Und doch besiegte sich genau diese Stille selbst, machte einen der Anwesenheit – ganz nah und doch unsichtbar – von Dutzenden und aber

Dutzenden gepeinigter Wesen bewußt – geschlagen und stumm und gequält. Das ganze Haus war durchzogen von makaberen Untertönen. Es stank nach versteckten Dingen, die vom hellen Tageslicht ferngehalten wurden. Seelen starben in Körpern, die weiterlebten.

Zwischen zweimal Naseschneuzen sagte der Direktor: »Dieser Mann war brillant, nicht wahr? Ein Archäologe? Zuviel Brillanz ist nicht gut. Zuviel Wissen. Es kann den Verstand beeinträchtigen. Manchmal endet es dann hier.«

Der Minister fächelte sich mit seinem Panamahut träge frische Luft zu. »Da haben Sie völlig recht«, sagte er unergründlich. »Zuviel Wissen *ist* nicht gut, in mehr als nur einer Hinsicht.«

Ein gedämpftes Klopfen an der Tür. Der Direktor unterbrach sein Hantieren mit dem Taschentuch lange genug, um zu rufen: »*Pase.*« Die Tür schwang auf, und dort stand Fredericks zwischen zwei Wärtern. Er schien in Gedanken zu sein, seine Augen waren nach vorn gerichtet, aber doch leicht nach unten, so daß sein Blick kurz vor jener Stelle auf den Boden fiel, an der die beiden Beamten saßen. Er versäumte es, sie gleichzeitig mit der Tür zu öffnen, aber das Licht löste eine Schicht von Schatten von seinem Gesicht, erhellte es soweit. In seinen Zügen gab es keine Anzeichen von Schmerz; auch sah er jünger aus, so, als wären all seine Erfahrungen aus ihm gelöscht worden.

Er hatte sein eigenes Hemd und seine eigene Hose behalten, doch beides hatte ein schmutzig grünliches Grau angenommen. Anstelle der Schuhe trug er eine Art Pantoffeln aus Stroh. Die Manschettenknöpfe seines Hemdes fehlten, die Manschetten fielen um seine Handgelenke wie große Glocken, deren Klöppel von seinen knochigen Handgelenken gebildet wurden.

Sie führten ihn ein oder zwei Schritte vor und setzten ihn auf einen Stuhl mit einer geraden Rückenlehne, der unmittelbar hinter der Tür stand. Dann bauten sie sich rechts und links neben ihm auf, ohne jedoch ihre Hände von seinen Schultern zu nehmen.

»Guten Abend, mein Freund«, säuselte der Minister süffisant. »Sie erinnern sich vielleicht noch an mich? Der Leiter des Ministeriums, das Bestechungsgelder annimmt? Der seine Regierung falsch über die in seinem Zuständigkeitsbereich liegenden Gebiete unterrichtet?«

Fredericks schien ihn nicht zu sehen. Es war, als würden seine Augen ihm jeden weiteren Dienst verweigern. Sie behielten diese gesenkte Stumpfheit, schienen weder den Raum noch einen darin befindlichen Menschen wiederzuerkennen.

Der Minister streckte eine Hand aus und schnipste unmittelbar vor Fredericks' Gesicht mit seinen Fingern. Die Augen blinzelten nicht einmal. Sie zeigten überhaupt keine Reaktion.

Fragend drehte der Minister sich zu dem Direktor um.

»Das hat keinen Sinn«, erklärte letzterer. »Sein Verstand ist nicht mehr. Er kann nicht verstehen, was Sie zu ihm sagen.«

»Seit wann ist er schon so?«

»Mit Unterbrechungen jetzt seit etwa zwei Wochen. Seine lichten Augenblicke werden immer seltener. Ich denke, daß sie schon sehr bald ganz verschwunden sein werden. Natürlich ist es uns nicht unangenehm, wenn sie so sind. Dann machen sie erheblich weniger Schwierigkeiten.«

»Und wie lange überleben sie, wenn sie erst mal so geworden sind?«

»Manchmal viele Jahre. Manchmal nur wenige Monate.« Der Direktor beobachtete den Minister aufmerksam, als würde er versuchen, seine Gedanken zu lesen.

»Aber die Unkosten müssen in solchen Fällen doch beträchtlich sein«, protestierte der Minister selbstgerecht.

»Sicher, das ist wohl richtig. Sie essen weiter, und sie nehmen auch weiterhin einen gewissen Platz in Beschlag. Wir versuchen unsere Rechnungen so niedrig wie nur möglich zu halten.«

»Ich persönlich bin prinzipiell für Sparsamkeit«, ließ ihn der Minister mit entschiedenem Ton wissen. »Ich werde nicht nur auf jede erdenkliche Art und Weise gegen jede Verschwendung kämpfen, sondern ich werde sogar so weit gehen, daß ich Sparsamkeit in bestimmten, zu rechtfertigenden Fällen ausdrücklich *belohne*.«

Der Direktor sah ihn durch seine randlose Brille lange und scharf an. Dann senkte er schüchtern, in vollkommenem Verständnis, seinen Blick.

Der Minister stand auf und ging zu Fredericks hinüber. Er beugte sich hinunter und hielt sein Gesicht nur wenige Zentimeter vor das Gesicht des anderen Mannes, als versuchte er in seine Seele zu schauen. »Da ist nichts«, bemerkte er. Er schüttelte ihn leicht an der Schulter.

Fredericks sprach mit dumpfer, farbloser Stimme. »Baltimore. Sie aufhalten in Baltimore. In jedem Hotel nach ihnen suchen.«

Der Minister richtete sich langsam wieder auf, zog sich zurück. Er lächelte, ganz und gar nicht unzufrieden.

Der Direktor machte ein Zeichen. Sie hoben Fredericks hoch, und die Tür schloß sich hinter ihnen. Der Stuhl war wieder leer. Nicht einmal das Geräusch eines Schrittes war zu hören. Er war gegangen wie der Geist, der er bereits war.

Der Direktor musterte seinen Gast aufmerksam nach

Zeichen der Anerkennung. Oder vielleicht konkreten Hinweisen darauf.

»Sind Sie zufrieden, Sir?«

»Sehr.« Der Minister lächelte dünn. »Ich werde Sie in meinem nächsten Bericht lobend erwähnen. In der Zwischenzeit, verteilen Sie das hier unter Ihren ...« Er öffnete eine mit Gold eingefaßte Brieftasche aus Krokodilleder und nahm mehrere Banknoten höheren Wertes heraus. »Nun, verwenden Sie es da, wo es im Augenblick am meisten gebraucht wird«, schloß er.

Der Direktor schob das Geld in die Innenseite seiner Jacke, direkt über seinem Herzen.

»Und nun«, sagte der Minister liebenswürdig, »werde ich wohl mal dem Gefängnis einen kleinen Besuch abstatten und schauen, wie sich der andere macht.«

»Bringen Sie einen Krug mit kaltem Wasser«, befahl der Minister im Büro des Gefängniskommandanten. »Bitte in einem Glaskrug, ja, damit man das Wasser von außen klar und deutlich sehen kann. Und ein leeres Glas.«

»Ist das für den *señor ministro*?«

»Oh, nein, nein«, sagte der Minister abwehrend. »Ich trinke niemals Wasser. Ich brauche es für ... für das Verhör.« Er legte die Fingerspitzen aneinander. Der große Smaragd an einem Finger blitzte grün auf. »Sie haben meine Anweisungen befolgt?«

»*Si, señor ministro*. Er hat seit drei Tagen kein Wasser mehr bekommen. Und die Mahlzeiten waren ausnahmslos *picante*, stark gewürzt, genau wie sie gesagt haben. Chili, roter Pfeffer ...«

»*Bueno*. Sie verstehen, das hier ist ein schwieriger Fall. Er verlangt unorthodoxe Methoden.«

Zwischen zwei Wachen wurde Cotter hereingeführt. Er war auf Hüfthöhe zusammengesunken, die Beine hinter sich ausgestreckt, schleppte sie wie einen zweigeteilten Schwanz hinter sich her.

»Häftling Juan Gonzaga«, meldete einer der Wachen.

»... der Zweite«, fügte der Kommandant hinzu.

Der Minister winkte lässig ab. »Sie müssen nicht so förmlich sein. Es geht niemanden etwas an, wenn es schon einmal einen Häftling mit dem gleichen Namen gegeben hat.«

Cotters Lippen hatten eine eigenartige, leicht violette Farbe. Sie waren dick und verliehen ihm beinahe ein negroides Aussehen. Seine Zunge, die pausenlos hervorschoß, war geschwollen.

»Wasser«, sagte er mit rauher Stimme.

»Jetzt haltet ihn gut fest, während ich ihm die nötigen Fragen stelle«, befahl der Minister.

Mit peinlicher Präzision schenkte er ein Glas Wasser ein. Nicht ein Tropfen zuviel, nicht ein Tropfen zuwenig; nicht ein Tropfen wurde verschüttet. Augenblicklich beschlug das Glas durch die Kälte des gerade gewonnenen Inhalts. Schon allein diese Tatsache ließ es äußerst verlokkend erscheinen.

Der Minister stellte es dort, genau zwischen ihnen, ab.

Cotters bereits halbeingeknickte Knie gaben noch weiter nach.

»Nur ein Tropfen. Oh, um Himmels willen ... nur auf meine Zungenspitze. Nur einen einzigen Tropfen.«

Der Minister faltete die Hände vor seiner Brust. »So, jetzt sagen Sie mal. Haben Sie Ihr Spanisch schon verlernt?« Die Frage wurde natürlich auf Englisch gestellt.

»Ja. Ja. Alles. Jedes Wort.«

»Sind Sie sicher?«

»Ich schwöre es«, keuchte Cotter. »Jedes Wort.«

»Was bedeutet *si*?«

Cotter schüttelte energisch seinen Kopf. »Ich weiß nicht. Ich hab's vergessen.«

Der Minister schob das Glas mit dem Rücken seiner gefalteten Knöchel gerissen ein kleines Stück weiter vor. »*Quiere beber*?« schwatzte er süßlich.

Cotter stöhnte, zitterte am ganzen Leib, schloß seine Augen, antwortete nicht.

»*Tiene sed? Tome*«, lud der Minister sanft ein. Er schob das Glas noch ein Stückchen weiter.

Cotter verzog sein Gesicht, begann lautlos zu weinen. Seine Augen verengten sich zu schmalen Schlitzen.

Der Minister nahm das Glas, kam damit um den Schreibtisch herum, hielt es direkt vor Cotters Gesicht.

»*Pero tenga, hombre*«, sagte er nachdrücklich, als würde er leicht ungeduldig wegen einer Ablehnung, die er nicht verstehen konnte. »*Aqui está*.«

Ein Schluchzer der völligen Hilflosigkeit stieg in Cotters Hals auf, wie eine Luftblase, und zerplatzte dann mit einem scharfen, schnalzenden Geräusch.

»Laßt ihn ein Stück näherkommen«, befahl er augenzwinkernd den beiden Wachen, die ihn hielten. »Langsam. Von dort, wo ihr ihn festhaltet, kann er es nicht erreichen.«

Doch als sie dies taten, zog er das Glas zurück, so daß die Entfernung die gleiche blieb.

Cotter streckte seine Zunge heraus, versuchte verzweifelt, auf diese Weise die Außenseite des Glases abzulecken.

Der Minister hielt geschickt eine Entfernung von etwa einem halben Zentimeter, oder noch weniger. Er hatte eine sehr ruhige Hand und ein sehr gutes Auge.

»Sag nur ein Wort, sag das spanische Wort für Wasser, und du kannst es haben. Ein Wort ist nicht viel, ein Wort ist keine ganze Sprache.«

»Wasser«, sagte Cotter wie irrsinnig. »Wasser.«

»Auf Spanisch. Wie heißt es auf Spanisch?«

»Ich weiß es nicht! Ich kann es nicht! Ich hab's vergessen!«

»Hier ist es, so nah. Es gehört dir. Sag es einfach auf Spanisch.«

»*Aqua*!« brüllte Cotter gequält.

Der Minister neigte das Glas langsam direkt vor seinem Gesicht. In einem dünnen, gleichmäßigen Strahl lief das Wasser hinaus und platschte auf den Boden. Cotter ließ sich im festen Griff der Wachen zusammensacken, als wäre er mit dem Wasser zu Boden gegangen.

»Das war ein Wort zuviel. Du hast es immer noch nicht vergessen. Bringt ihn zurück in seine Zelle. Und wenn es fünf Jahre dauert, du bleibst hier, bis du auch noch das letzte Wort vergessen hast.«

22

Der Ausgang aus dem Felsengrabmal war weniger geheimnisvoll als es der Eingang gewesen war. Hier gab es keine Spalte mit einer abnehmbaren Felsplatte, um ihn zu verbergen, sondern vielmehr ein imposantes viereckiges Portal, das aus dem Fels gehauen und mit geschickt aneinandergefügten, kompliziert behauenen Steinblöcken verkleidet war. Ein oft benutzter Pfad führte von dort hinunter, verlor sich dann in dem Panorama des schüsselartigen Tales darunter, das auf der anderen Seite von den milchig schimmernden Bergumrissen begrenzt wurde.

Dieses Tal war bei weitem länger als breit, seine äußersten Enden beide nicht zu erkennen.

Von weit oben, von dort, wo sie jetzt heraustraten, ein gutes Drittel den Bergrücken hinauf, wirkte es aus dieser Vogelperspektive wie ein flacher, teppichähnlicher grüner Dschungel. An einer Stelle, verstreut wie Reiskörner, lag eine Handvoll bräunlich weißer Kerne, die Gebäude sein mußten oder die Ruinen von Gebäuden, eingebettet in den Dschungelteppich. Eines, deutlicher in den Umrissen als die übrigen, pyramidenförmig, ragte wie ein Zahn hervor. In der Nähe dieser weit entfernten Körnchen war das Grün heller als an jeder anderen Stelle, so als wäre der Dschungel dort vielleicht durch kultivierte Flächen gelichtet.

Sie waren jetzt wieder im Freien. Die Sonne war immer noch da, der Himmel war immer noch da. Doch das war kein Trost für ihn. Auch in tristen, weit zurück liegenden Zeiten hatte es Sonne und Himmel gegeben. Er wollte keine fremden Sonnen und Himmel, er wollte seine eigenen, den Himmel, unter den er gehörte. Ihm war kalt im grellen Licht der Sonne. Lange nachdem sie das Felsengrabmal hinter sich gelassen hatten, war ihm nach allem, was er dort gesehen hatte, immer noch kalt, benommen, weigerten sich sein Körper und Herz, wärmer zu werden.

In der gleichen Ordnung, wie sie den Aufstieg auf der anderen Seite und die lange Reise durch den Tunnel gemacht hatten, suchten sie sich jetzt auf dieser Seite ihren Weg ins Tal. Immer noch in einer Reihe. Sie saß wieder auf der Sänfte, bildete die Spitze der Prozession, und neben ihr, verängstigt neben ihr hertrottend, eine Hand an die ihr nächstliegende Stange gebunden, die schlanke Gestalt von Chris.

Chris war direkt neben ihr, jeden einzelnen Schritt des Weges hüpfte ihr Kopf direkt neben ihr auf und ab, und die Tatsache, daß Mitty sich nicht ein einziges Mal zu ihr umdrehte, keinerlei Notiz von den Qualen der Angst nahm, die das jüngere Mädchen durchmachen mußte, war für ihn noch verabscheuungswürdiger als die Tatsache, daß er offensichtlich plötzlich aus ihrem Bewußtsein gestrichen worden zu sein schien. Aber andererseits, dachte er verbittert, welches Mitleid konnte man schon von einer Barbarin des sechzehnten Jahrhunderts erwarten?

Eine Weile durchbrach der Weg, der allmählich immer flacher wurde, unberührte und beinahe massive Dschungelwände, die wie eine gewebte Matte aus Grün, Braun und Schwarz wirkten.

Die Berge hinter ihnen wurden langsam undeutlicher, die auf der anderen Seite allmählich deutlicher, während sie sich zur Mitte des Tales hin abmühten. Die Sonne stand jetzt genau über ihnen, während sie sich dem Mittag näherten, und immer noch trotteten sie weiter.

Dann begann sich das Dickicht um sie herum allmählich zu verändern. Immer häufiger kamen sie jetzt an pilzgrünen, von Ameisen wimmelnden Monolithen, an behauenen Steinblöcken vorbei, die von den sich unaufhaltsam ausbreitenden Bäumen umgeworfen worden waren, während andere noch standen, blinde Torbögen ohne Seiten- oder Rückwände bildeten. Wilder Wein und Kletterpflanzen hingen von ihnen herab, und gelegentlich hatten sich Schlangen in kleinen Knoten auf ihnen zusammengerollt, die sich sofort lösten und verschwanden, sobald die Gruppe zu nahe an ihnen vorbeikam.

Und an anderen Stellen, wo die Ruinen vollkommen von Erde bedeckt waren und nicht mehr über ihre Oberfläche hinausragten, gab es merkwürdig rundliche Hügel, wie nicht geplatzte Luftblasen, die sich ihren Weg durch geschmolzenes Blei oder irgendein anderes schweres Element gebahnt hatten, um zu zeigen, was darunter verborgen lag.

Die Spuren einer lange untergegangenen Stadt, die in ihrer Blüte in Größe und Pracht mit Cuzco und Palenque konkurriert haben mußte. Dieser Trupp war ein kleiner lebender Kern, der ihr noch geblieben war, eine Handvoll lebender Einwohner, die immer noch da waren, um sich über ihre ausgelöschten Straßen zu schlängeln, so wie ein Stück Glut, das dank beharrlichen Fächelns in einer Grube verloschener Asche weiterglimmt.

Vor ihnen begann schließlich ein Gebäude aufzuragen, sich über den zurückweichenden Horizont des Dschungels zu erheben, eine Art Turm oder Stufenpyramide. Es war dieses Ding, das an einen aufragenden Zahn erinnerte, das er das erste Mal von dem Bergrücken weit hinter ihnen gesehen hatte. Ein Tempel oder irgendein anderes wichtiges, zentrales Gebäude. Die Mauern waren bis zu einer zackigen, undeutlichen Linie auf Zweidritteln der Höhe aus Stein, waren dann mit in der Sonne getrocknetem Lehm überzogen oder repariert worden, der im Licht des frühen Nachmittages schokoladenbraun schimmerte. Als gäbe es nicht mehr genügend Arbeitskräfte oder Einfallsreichtum, um weitere der gewaltigen ursprünglichen Steinblöcke aus dem Fels zu brechen und zu bearbeiten, die beim Bau benötigt worden waren, oder auch nur, um jene wieder an ihren Platz zurückzuschaffen, von dem sie herabgestürzt waren.

Zu seinen Füßen, als der Dschungel schließlich wie grüne Ebbe vor ihnen zurückwich, lagen grauweise Zukkerwürfel – kleinere Gebäude. Und um diese wiederum scheckige bebaute Rechtecke – Mais, mit dem die heutigen Münder gefüttert wurden, Flachs, mit dem sie ihre Körper kleideten. Kleine strohgedeckte Hütten und Verschläge hier und da; nun keine Ruinen mehr, sondern Hütten, die bewohnt waren.

Die umliegenden Gebäude nahmen jetzt die Größe von Kinderbausteinen an, mit schwarzen Ameisen, die sich auf und zwischen ihnen bewegten, der Prozession entgegenkamen, sich um sie gruppierten und weiter begleiteten. Bauern, Priester mit rasierten Köpfen und wallenden Leinenroben, ja sogar Frauen. Es war, als hätte ein Querschnitt der ursprünglichen Rasse überlebt, die die Stadt einmal erbaut hatte, um ihre Überreste zu bevölkern, wenn auch in erheblich dezimierter Zahl, vielleicht nur jeder zehnte oder zwanzigste von denen, die früher einmal hier gelebt hatten. Sie waren eine aussterbende Rasse. Die Natur würde also doch das letzte Wort sprechen, so wie es immer war.

Auf einer Art Piazza oder zentralem Platz aus gestampfter Erde exakt in der Mitte all dieser Gebäude hielten sie an und lösten ihre Formation auf; kein Grün mehr, der Dschungel wurde durch das Leben der Gemeinde zurückgehalten. Auf einer Seite streckte sich der Tempel jetzt wie eine Klippe gegen den Himmel, ließ alles andere klein und zwergenhaft erscheinen. Auf den anderen drei Seiten umschlossen Gebäude geringerer Höhe das Areal.

Die Sänfte wurde gesenkt, und sie stieg herunter. Langsam, aber mit sicherem Schritt, wie jemand, der an einen ihm wohlbekannten Ort zurückkehrt, an einen Ort, an den er gehört, ging sie über die offene Fläche auf die hoch aufragenden Tempelmauern zu. Sie drehte ihr Gesicht weder nach links noch nach rechts. Ihre Augen waren stur auf die schwarz umrandete Öffnung gerichtet, die auf sie wartete. Sie bewegte sich so langsam, daß er mehr als genug Zeit hatte, sie anzusehen und sich von ihr zu verabschieden. Ihr Schatten folgte ihr über den von der Sonne gebleichten Boden wie ein kleiner Teich dunklen Wassers. Was, fragte er sich, war der Schatten, was die Wirklichkeit?

Priester, die sie in ihrer Mitte willkommen hießen, hatten für sie eine kleine Gasse gebildet. Diese betrat sie nun, und dann war sie für ihn nicht mehr zu sehen, abgesehen von einem weißen Fleck, der zwischen ihnen kurz aufblitzte, während sie weiterging. Aber sie waren alt und gebeugt, hielten sich nicht mehr gerade, und ihr Kopf überragte die ihren für den kurzen, noch verbleibenden Zeitraum, bis sie den Eingang erreichte.

Einen Augenblick länger noch sah er sie so, nur einen Augenblick. Er sah das Profil eines Gesichtes, von dem er geglaubt hatte, es wäre das seiner Ehefrau. Vertraut in all seiner Fremdartigkeit, fremd in seiner Vertrautheit. Augen, die er so gut kannte, die ihn nicht mehr kannten. Ein Mund, den er hundertmal geküßt hatte, dunkles schimmerndes Haar, das er gestreichelt hatte. Was waren sie, was waren sie gewesen? Ein Augenblick noch, und dann war sie fort. Die steinernen Lippen des Tempels hatten sie verschluckt. Ein merkwürdig leeres Gefühl erfaßte ihn, ein Gefühl, wie man es bei einem endgültigen, unwiderruflichen Abschied hat.

Das ist nicht Mitty, dachte er, die gerade dort hineingegangen ist. Wo ist Mitty, was ist aus ihr geworden? Wo habe ich sie verloren?

Die Priester drehten sich um und folgten ihr nacheinander, die letzten beiden schleppten zwischen sich die sich sträubende, kauernde kleine Gestalt von Chris, die von ihrer Fessel neben der Sänfte befreit und ihnen von der Kriegereskorte übergeben worden war.

Der verbotene Eingang klaffte wieder leer. Die Tochter der Sonne war zu den ihren zurückgekehrt.

23

Ein höhlengrünes Zwielicht war das äußerste, was je in ihr Verlies fiel, selbst am Mittag des hellsten Tages. Es lag zu etwa Zweidritteln unter der Erde, mit nicht mehr als einer einzelnen kleinen Öffnung, einer Art horizontalem Schlitz oben an der Wand unmittelbar unter der Decke. Dies war an der äußeren Wand. Auf der inneren Seite befand sich eine Art hölzerne Trennwand oder verschiebbare Vorrichtung, die festgezurrt wurde, wenn sie geschlossen, und zur Seite gezogen (sie schienen weder die Verwendung von Scharnieren noch des Rades noch von Flaschenzügen entdeckt zu haben), wenn Zutritt gewünscht wurde, um ihnen Essen zu bringen. Darin wiederum befand sich eine kleine rechteckige Öffnung, durch die sie beobachtet werden konnten, ohne daß die gesamte unhandliche Wand entfernt werden mußte.

Hier an diesen Ort waren sie gebracht worden, und hier an diesem Ort wurden sie ihrem Elend und ihrer Verzweiflung überlassen.

»Aber wieso haben sie uns hierher gebracht?« fragte Mallory während der ersten Tage immer und immer wieder. »Warum haben sie uns nicht sofort getötet, unten auf der *finca*? Was haben sie noch mit uns vor? Was werden sie mit uns machen, nachdem sie uns bis hierher mitgenommen haben?«

Nach einer Weile hörte er auf zu fragen. Jones konnte ihm die Antwort nicht geben; er kannte sie selbst nicht. Er seufzte dann immer geduldig und drehte sein Gesicht zur Wand, als stummer Hinweis für den anderen, endlich aufzuhören, sie beide zu quälen.

Er kannte den Gedanken, der in Mallorys Hinterkopf schlummerte, denn es war der gleiche Gedanke, der in seinem eigenen Kopf lauerte: Folter. Aber er wagte es nicht, ihn laut und deutlich auszusprechen. Das war der Grund, warum er nicht auf die Fragen antwortete; das war auch der Grund, warum Mallory schließlich aufhörte, sie weiter zu stellen. Früher oder später würde etwas Unbeschreibliches...

Jeder von ihnen war an seinem linken Handgelenk mit Riemen an eiserne Ringe gefesselt, die in das solide Mauerwerk der Wände eingelassen waren. Diese Ringe oder Ösen waren bereits dort gewesen, als sie zum ersten Mal in dieses Verlies gestoßen worden waren, was bewies, daß es auch früher schon dazu benutzt worden sein mußte, Gefangene unterzubringen, genau wie es jetzt wieder zu diesem Zweck benutzt wurde. Alles in allem waren es etwa ein Dutzend Ringe an drei Seiten des Raumes. Alle bis auf die beiden, an die sie gefesselt waren, waren leer. Während er sie anschaute, fragte er sich immer wieder, wie viele Menschen schon an diesen Ringen gefangen, festgehalten worden waren, so wie jetzt sie.

Sie konnten sich gerade aufrichten, das stimmte, und sogar ein kurzes Stück von der Wand in die Mitte der Zelle gehen, aber nur, indem sie eine Schulter tiefer als die andere fallenließen, denn die Ringe waren relativ niedrig angebracht, so daß ihnen nur erlaubt war, mit dem Rücken zur Mauer zu sitzen, wenn sie keine körperlichen Verrenkungen in Kauf nehmen wollten. Nachts konnten sie sich flach auf den Rücken legen, allerdings nur, solange sie ihre

Beine zur Mitte hin ausstreckten, im rechten Winkel zur Wand. Wenn sie versuchten, sich parallel dazu hinzulegen, kamen sie sich gegenseitig in den Weg, da die Ringe so dicht nebeneinander lagen.

Sie bekamen reichlich, wenn auch nicht sonderlich abwechslungsreich zu essen. Eine stets gleichbleibende Kost aus gebackenen Maiskuchen, und Trinkwasser erhielten sie in einer brackig schmeckenden Keramikschale. Dies geschah zweimal täglich, etwa zu der Zeit, an der der Schlitz oben in der Wand mit einsetzendem Tageslicht grünlich blau zu schimmern begann, und dann wieder etwa zu der Zeit, wenn er sich mit hereinbrechender Nacht wieder verdunkelte. Die hölzerne Barriere versperrte auf der Seite gegenüber der Öffnung den inneren Zelleneingang, wurde dann zurückgelehnt, und der Krieger, der dort draußen immer Wache zu stehen schien, kam dann herein. Das eigentliche Hereinbringen des Essens erledigte eine zweite Person, da die Fütterung der Gefangenen vielleicht unter der Würde von jemandem war, der in den Krieg zog. Dieser Essenträger war ein verhutzelter alter Mann, dessen Kopf kahlrasiert war, der keine Waffe trug und in weites Leinen gekleidet war, und auf sie den Eindruck eines Priesters oder eines Mannes mit einer anderen religiösen Aufgabe machte. Der Krieger stand einfach nur am Eingang Wache. Dann gingen beide wieder hinaus, und die Sperre wurde wieder zurückgeschoben und von außen festgebunden.

»Mir gefällt nicht, wie dieser Alte uns ansieht«, beklagte sich Mallory einmal mit leiser Stimme, unmittelbar nachdem die zwei gegangen waren. »Der Krieger steht einfach da und macht ein finsteres, grimmiges Gesicht; das ist schon in Ordnung. Aber der Alte, der hockt sich dicht vor uns, während wir essen, und er beobachtet uns und scheint sich dabei die ganze Zeit über die Lippen zu lecken.«

Jones hatte ebenfalls eine Art gierigen, ungesunden Interesses bemerkt, aber er verkniff es sich taktvoll, dies zu sagen.

»Hast du gesehen, wie er gerade seine Hand ausgestreckt und meine Bizeps gepackt hat?« fuhr Mallory mit bebender Stimme fort. »Das sind doch keine Kannibalen, oder? Das sind sie doch nicht...«

»Natürlich nicht«, erwiderte Jones knapp. »Sei kein Narr.« Jemand mußte schließlich Haltung bewahren. Es wäre ihm lieb gewesen, wenn er sich dessen wirklich so sicher gewesen wäre, wie er klang.

Sie zählten die Tage, wie es alle Gefangenen seit ewigen Zeiten getan haben. Sie hatten nichts, mit dem sie Kratzer in die Wand machen konnten, daher zählten sie sie in ihren Köpfen mit, sagten es sich laut vor, während ein Tag auf den anderen folgte. »Heute sind es zweiundzwanzig«, knurrte Jones. »Hast du das auch?«

»Ja, habe ich auch«, antwortete Mallory dann bitter.

Es war immer noch leicht, es so zu tun, da ihre Gefangenschaft noch nicht lange dauerte und die verstreichende Zeit noch nicht begonnen hatte, ihre Konzentrationsfähigkeit zu beeinträchtigen.

Am vierundzwanzigsten Tag ihrer Gefangenschaft wurden sie beide gleichzeitig von einem Anfall von Panik heimgesucht. Der Wandschlitz schimmerte im fortgeschrittenen Tageslicht pfauengrün, die Sperre wurde geöffnet und zurückgeschoben, wie üblich kam jemand herein – allerdings dieses Mal doppelt so viele wie sonst. Da waren zwei Krieger und zwei dieser runzligen alten Priester. Der Teller mit den Kuchen und die Schüssel Wasser fehlten offensichtlich. Sie waren nicht gekommen, um ihnen Essen zu bringen.

Beide erkannten sofort, daß eine Art Höhepunkt kurz bevorstand.

Jones hörte, wie Mallory neben ihm schneller zu atmen begann. »Ganz ruhig bleiben«, raunte er ihm zu, versuchte ihn mit einer kurzen Berührung seiner Hand zu beruhigen.

Die vier bauten sich vor ihnen auf und musterten sie unergründlich, die Krieger im Hintergrund. Einer der Priester hob plötzlich einen knochigen Finger und zeigte auf Mallory. Sofort traten die Krieger vor, ein Messer wurde benutzt, und der Riemen, mit dem er an der Wand gefesselt war, durchgeschnitten. Sie stellten ihn auf seine unsicheren Beine und führten ihn in die Mitte der Zelle. Sie zogen ihm die auseinanderfallenden Lumpen aus, die alles waren, was zu diesem Zeitpunkt noch von seiner früheren Kleidung geblieben war. Eine Art zeremonieller Rock, wie eine Schärpe aus feinem Leinen, wurde ihm um die Taille gewickelt. Die Handgelenke fesselten sie auf seinen Rücken, und der starke Druck der Hände des Kriegers auf seiner Schulter zwang ihn auf die Knie. Dann wurden Wasser und Moos hereingebracht, und es folgte eine unheilverkündende Waschung und symbolische Reinigung seiner linken Brust etwa in der Gegend des Herzens.

Mallorys flehende Gestalt zuckte zusammen; Jones konnte sehen, wie seine nasse grünlich weiße Haut, die das Licht der Zelle färbte, unter ihrer makabren Pflege eine Gänsehaut bekam. Sein Atem wurde rauh und scharf wie Sandpapier.

»Wieso nehmen sie mich und nicht dich?«

»Reiß dich zusammen«, versuchte Jones ihn zu stärken.

Wieder zogen sie ihn auf seine Füße hoch und drehten ihn zum Eingang des Kerkers um. Sein Kopf blieb flehend zu Jones zurückgedreht. »Was werden sie mit mir machen? Larry!«

Jones ließ seinen Kopf stumm hängen. Es gab nichts, was er tun konnte, und der andere Mann wußte es genau.

Sie hatten ihn jetzt schon halb zum Eingang geschafft, wobei er seine Beine steif wie ein Roboter gegen sie stemmte. Sein Atem ging rauher und rauher, aus panischer Angst und in dem festen Willen, Widerstand zu leisten.

»Larry, ich komme nicht mehr zurück.«

Jones log ihn an, versuchte ihm ein wenig Mut zu machen, damit er den nächsten Augenblicken besser gegenübertreten konnte, was auch immer sie für ihn bereithalten mochten. »Doch, du kommst zurück. Ganz bestimmt.«

Jetzt hatten sie ihn auf der Schwelle; er versuchte, seine nackten Fersen in den Boden zu stemmen. Sie wollten einfach keinen Halt finden. »Ich seh's ihren Gesichtern an, daß ich nicht zurückkomme. Larry, sie werden mich umbringen.«

Dieses Mal antwortete Jones nichts. Er wußte auch, daß sie es tun würden. Man konnte es spüren. Sie strahlten es aus, in grimmigen Wellen.

»Larry, Chris ...«

Jetzt hatten sie ihn draußen.

»Nimm's nicht so schwer, Mal«, war alles, was Jones zu sagen einfiel.

Die hölzerne Trennwand krachte wieder zu, und seine Gefangenschaft war zu einer Einzelhaft geworden.

Er sah die Sache nicht unmittelbar, und das war beinahe schlimmer, als es direkt vor Augen zu haben. Auf seinen

Zehenspitzen schwankend, sich so weit nach vorn verrenkend, wie es der Riemen um sein Handgelenk zuließ, nach oben durch den Lichtschacht schielend, der sich auf Bodenhöhe nach draußen öffnete, sah er es, wie man den unteren Teil eines Bühnenbildes sieht, wenn der Vorhang auf seinem Weg nach oben hängengeblieben ist und nur die unteren Teile der Körper der Schauspieler sichtbar sind.

Draußen, seinem Gefängnis gegenüber auf der anderen Seite des Platzes und weit genug entfernt, daß er wenigstens den unteren Teil erkennen konnte, erhob sich eine Wand aus massiven Steinblöcken. Sie war schon immer dort gewesen, hatte ihn angestarrt, die ganze Zeit, seit er in diesem Verlies war, aber jetzt verstand er zum ersten Mal, während er sie anschaute, worin ihr Zweck bestand. Es war einer dieser schrecklichen, erhöhten Altare für Menschenopfer, die früher einmal ganz Mittelamerika überzogen hatten, um bei jeder wiederkehrenden Tagundnachtgleiche im Übermaß in Gebrauch genommen zu werden. Es war ein Steinwürfel, doch von Jones' Standort aus wirkte er zweidimensional, nur aus Höhe und Breite bestehend. Eine Kante war absolut senkrecht, so gerade wie ein Lineal; die andere war eingekerbt von einer Reihe hineingehauener, nach oben führender Stufen. Diese Stufen lagen im rechten Winkel zu ihm; er sah sie nur von der Seite. Weiter oben mußte, obwohl er es nicht sehen konnte, eine Fläche sein, eine Altar-Plattform, Platz genug für alle Beteiligten, den Opferblock und was auch immer sonst noch für dieses grausige Ritual nötig war.

Es war fast Mittag, als die Todestrommel zu schlagen begann, irgendwo ganz in der Nähe auf einem Dach, aber nicht, soweit er das beurteilen konnte, vom Altar selbst her. Es war fast sechs Stunden her, seit Mallory aus der Zelle abgeführt worden war. Wo er in der Zwischenzeit festgehalten wurde, konnte Jones nicht wissen.

Gestalten begannen sich am Fuß der stumpfen Pyramide zu versammeln, standen müßig herum, warteten, doch sein Blick auf die Stufen blieb unversperrt, denn sie schlossen sich nicht ganz um den Fuß des Altars. Als nächstes begann eine Reihe von sechs Priestern, von der gleichen verhutzelten Sorte wie der, der ihnen immer ihr Essen gebracht hatte, langsam und nacheinander die Stufen hinaufzugehen. Ihr Gesang war ein schwaches, hohes Jammern vor dem Hintergrund der donnernden Trommel, die die Luft wie ein schwüles Gewitter ausfüllte.

Die Tatsache, daß ihnen keine Krieger folgten, war Beweis genug, daß dies keine militärische oder kriegerische Hinrichtung war, sondern ein religiöses Herbeiführen des Todes zu Ehren der Sonne.

Die sechs Priester verschwanden oben. Es folgte eine kurze Pause, und dann stieg eine einzelne Gestalt langsam die Stufen hinauf. Der Hohepriester, seiner kunstvolleren, aber im wesentlichen ähnlichen Gewand und Kleidung nach zu urteilen. Er stieg mit einer nahezu kataleptischen Langsamkeit die Stufen hinauf, die Jones das Blut in den Adern gefrieren ließ. Dies, und der Gegenstand, den er bei sich trug. Er hielt seine Hände steif vor seinem Körper ausgestreckt, die Handflächen nach oben gedreht und unbeweglich nebeneinander. Darauf glitzerte ein gekrümmtes, rasiermesserscharfes Skalpell aus Obsidian im Sonnenlicht: Das Opfermesser.

Jones erinnerte sich daran, wie sie Mallory, unmittelbar bevor sie ihn hinausführten, unheilverkündend die Partie über dem Herzen abgescheuert hatten. Ein eiskalter Schauer durchfuhr ihn.

Es folgte eine weitere Warteperiode, während die Trommel dumpf weiterdröhnte. Die Schatten der Leute auf der Erde fielen jetzt kreisförmig um sie. Die Sonne stand beinahe genau im Zenit.

Dann wichen sie zur Seite, und vier kräftige Männer traten langsam durch ihre Mitte zum Fuß der Altartreppe vor, trugen auf ihren Schultern eine vergoldete Sänfte. Und auf dieser Sänfte saß sie. Er erkannte sie trotz der nonnenähnlichen Kopfbedeckung sofort wieder, die zur Hälfte ihr Gesicht verbarg, ihre Augen gegen die Sonne abschirmte. Sie war ganz in Weiß gekleidet. Vor ihrer Brust hing eine blitzende goldene Scheibe, umgeben von Strahlen, die die Sonne symbolisieren sollte, deren Dienerin sie war. Goldene, mit Amethysten und Smaragden besetzte Reifen schmückten ihre Arme.

Sie setzten die Sänfte ab, und sie stieg heraus und weiter langsam die Stufen hinauf. Eine fremdartige Gestalt in einem fremden, finsteren Historienspiel, von dem die Außenwelt glaubte, es wäre schon vor Jahrhunderten zum letzten Mal aufgeführt worden.

Es war einfach unglaublich, daß diese Hohepriesterin, diese Sonnengöttin oder was auch immer sie darstellen sollte, ein Mädchen sein konnte, das früher einmal... Aber sie war es, leitete dieses heilige Abschlachten; er kannte sie zu gut, er würde sie überall wiedererkannt haben.

Er wollte ihr etwas zurufen, sie anschreien, aber dieses eine Mal konnte er nicht. Sein Mund war wie ausgetrocknet; sein Hals schien sich zu einem kleinen Loch zusammenzuziehen und ihm jeden Dienst zu verweigern.

Ihr Kopf war jetzt verschwunden, nach oben in den Himmel, in den Himmel, wo ein Mord begangen werden würde. Als nächstes folgten ihre Schultern, und dann ihre schmale Taille. Eine goldene Sandale wurde gehoben und war dann fort, die andere blieb noch einen Moment länger, verharrte bewegungslos auf ihren Zehenspitzen. Dann war auch diese verschwunden.

Schließlich senkte sich in der erwartungsvollen Stille ein feiner, blaßblauer Rauchschleier auf den Boden und wehte wieder hoch, ließ einen ekelhaft süßlichen Geruch zurück, der selbst bis zu ihm drang. Sie hatte ein Stück aromatisches Gummi in ein Rauchfaß oder Dreifuß geworfen, unter dem dort oben ein unsichtbares Feuer brannte.

Alles war jetzt bereit, alle Hauptpersonen warteten, nur das Opfer fehlte noch. Plötzlich hörte das Trommeln auf, und genau in diesem Augenblick mußte die Sonne ihren höchsten Stand erreicht haben. Die Stille war überwältigend.

Dann begann ein leise wimmernder Laut durch diese Stille zu sickern, näherzukommen; hörbar, bevor dessen Ursache sichtbar wurde. Dieses Halbton-Schluchzen, mit dem Mensch und Tier gleichermaßen ihre Angst vor dem unmittelbar bevorstehenden Tod ausdrücken, wenn sie das Pech haben, darüber im voraus zu Bewußtsein gebracht worden zu sein.

Mallorys weißer, fast unbekleideter Körper wirkte inmitten ihrer dunkleren Körper wie ein bleicher Fremdkörper. Sie zogen ihn an einer Art Halfter um seinen Hals weiter, wie einen Stier, der zur Schlachtbank geführt wird, und von hinten trieben sie ihn mit wiederholten Schlägen einer ledernen Peitsche auf Schultern und Rücken an. Er kämpfte um jeden Schritt, zuckte immer wieder zurück, doch er war viel zu schwach, um großen Widerstand zu leisten.

Jones drehte angewidert seinen Kopf fort und schloß für einen Moment seine Augen.

Jeder Mensch sollte tapfer sterben. Es ist so leicht, das zu sagen, bis man selbst an der Reihe ist.

Als er wieder hinschaute – und hinschauen mußte, auch wenn er nicht wollte –, hatten sie das Opfer bereits auf den Stufen des Altars. Vier der Priester waren heruntergekommen und hatten ihn von den Kriegern übernommen, die unten stehenblieben. Mallory war mit dem Bauch auf die Stufen gefallen und wurde nun langsam durch ihre vereinte, wenn auch ein wenig stockende Kraft der Länge nach hinaufgezogen.

Seine dünnen Beine verschwanden, zuckend und strampelnd, vergeblich gegen die steilen Stufen ausschlagend.

Dann war er fort. Den Rest konnte Jones nicht verfolgen. Er konnte sich nur noch an dieses Abschrubben der Herzregion erinnern, an dieses bösartig gekrümmte Obsidian-Skalpell, an diesen goldenen Wasserkrug, der von einem der Priester hinaufgetragen worden war, um darin ... was aufzufangen?

Die Stille schien bis in alle Ewigkeit anzudauern. Dann explodierte sie plötzlich in einen durchdringenden Schmerzensschrei, der bereits Tod geworden war, bevor er zu Ende war und ins Nichts entschwand.

Die Zuschauer am Fuß des Altars fielen auf ihre Knie. Ein schamloser Gong ertönte triumphierend, nur ein einziges Mal. Dann verklang auch dieser Laut pulsierend hinter dem Schrei.

Irgend etwas Weißes wurde von oben über den Rand geworfen und fiel mit einem feuchten, dumpfen Aufklatschen auf die Erde am Fuß des Altars. Die Augen schienen sich erst jetzt flatternd zu schließen, doch das mochte auch

Einbildung gewesen sein. Rote Winkel zogen sich von einem schmalen, ungleichmäßigen Schnitt direkt unter der linken Brust.

Ein tiefes Aufstöhnen religiöser Ekstase erhob sich von den Knienden. Vereinzelte Tropfen, wie von einem dikken, dunklen Regen, fielen hier und da aus der Höhe, so als würde oben etwas der Sonne entgegengestreckt und dann auf die dort unten ausgeschüttet. Wieder schlängelte sich eine aromatische duftende Rauchwolke herunter und wieder hinauf, wie eine Geister-Schlange.

Jones sank auf den Boden seines Verlieses und blieb dort voller Verzweiflung und mit weit aufgerissenen Augen liegen.

Sterben zu müssen ist schwer. So sterben zu müssen, wie er gerade erst diesen anderen Mann hatte sterben sehen, war der nackte Wahnsinn.

24

Der beunruhigte Wärter kam den Gefängnisflur hinuntergehastet, den Gefängniskommandanten dicht hinter sich.

»Hier drin«, sagte er ängstlich, blieb vor der letzten schrankähnlichen Spalte stehen.

Der Kommandant kaute immer noch an dem letzten Bissen, den er in seiner Eile vom Tisch mitgenommen hatte. Er ließ sich Zeit, schluckte zuerst, befahl dann: »Na los, aufmachen, du Idiot. Kann ich vielleicht durch diese Eisenplatte glotzen?«

Schlüssel klapperten, und die Zellentür wurde geöffnet.

»Ach, *der*«, sagte der Kommandant. »Ich hatte vergessen, wer hier drin war.« Er sagte es beinahe erleichtert.

»Ich weiß nicht, wann es passiert ist«, protestierte der Wärter. »Als ich das letzte Mal zu ihm reingeschaut habe, war mit ihm noch alles in Ordnung.«

»Tja, ich denke, wir werden uns wohl vergewissern müssen«, sagte der Kommandant unglücklich, trat widerwillig einen Schritt vor, um die Zelle zu betreten. »Und das mitten beim Essen. Ich hatte noch nicht mal meinen Kaffee.«

Der Wärter folgte ihm.

»Wir wollen keine Fehler mehr, wie bei diesem anderen Kerl«, fuhr der Kommandant fort. »Du erinnerst dich noch, was damals passiert ist?«

»Sie meinen den aus der Achtzehn. Ja.« Der Wärter bekreuzigte sich.

»Wir hatten ihn schon draußen auf der Erde liegen, als er seinen Kopf drehte und seine Lippen sich zu bewegen begannen.«

»Tja, glücklicherweise lag da diese Schaufel, um ihn endgültig zum Schweigen zu bringen.«

»Wo wir schon mal soweit waren, wieso sollten wir uns da noch die Mühe machen, ihn den ganzen weiten Weg wieder mit zurückzunehmen, und dann wär's am nächsten Tag wahrscheinlich sowieso passiert?«

»*Si, mi commandante*, Sie haben recht«, pflichtete ihm der Wärter umsichtig bei.

»Bring die Lampe aus dem Korridor hier rein«, sagte der Kommandant gereizt. »Ich kann mich einfach nicht an dieses Schummerlicht gewöhnen.« Während er wartete, steckte er sich eine Zigarette an, um den fauligen Gestank in der Zelle etwas zu überdecken.

Der Wärter kehrte mit einer Petroleumlampe zurück, und Strahlen strohfarbenen Lichtes, die Wände davor aufspießend, verdichteten sich schließlich zu einer zufriedenstellenden Patina der Beleuchtung.

Cotter lag seitlich über der Pritsche. Sein Bein ragte über die eine Seite hinaus, sein Kopf hing teilweise über der anderen. Es gab nicht genügend Platz, daß er ganz herunterhängen konnte. Seine Arme waren seitlich ausgebreitet.

Sein Nacken, sein Hals und seine Schultern waren dunkel, so als hätte sich ein plötzlich rot gewordenes Muttermal über diese Körperpartien ausgebreitet. Irgend etwas stimmte mit seinem Hals nicht. Er schien aufzuklaffen, als würde sich sein Mund weiter unten befinden als dort, wo er hingehörte; so als würde er an der falschen Stelle grinsen.

Der Kommandant beugte sich ein Stück über ihn, blies Zigarettenqualm zwischen sich und der Leiche fort, so daß er besser sehen konnte. Er nickte. »Dieses Mal brauchen wir wirklich keine Zweifel zu haben«, bemerkte er.

»Aber wie ...?« stammelte der Wärter.

Der Kommandant schaute sich kurz auf dem Boden um. Er bückte sich, hob etwas auf.

»Hiermit«, antwortete er. »Hier ist es, genau hier.« Es war ein kleiner Splitter, ungefähr zweieinhalb Zentimeter lang, etwas mehr als einen Zentimeter breit.

Der Wärter starrte ihn mit großen Augen an.

»Es ist eine dieser Klingen, die die *americanos* so wunderbar herstellen. Sie sind hier unten verdammt schwer zu kriegen. Ich hatte allerdings selbst einmal ein paar. Man kann sich damit nicht schneiden. So rasieren die sich da oben.«

»Aber wenn man sich nicht damit schneiden kann, wie hat er das dann geschafft?« fragte der Wärter naiv.

»Ach, du bist wirklich sehr blöd«, schnauzte der Kommandant. »Du kannst dich nicht damit schneiden, solange es in dem Halter ist. Man kann aber, wenn man es auseinandernimmt.«

»Ich werde doch keine Schwierigkeiten kriegen, oder, *mi commandante*?«

»Nein, du wußtest ja nicht, daß er es hatte«, versicherte ihm der Kommandant.

»Sie denn, *mi commandante*?« fragte der Wärter und starrte ihn erstaunt an.

»Natürlich. Ich habe es ihm doch bringen lassen. Es ist von dem Innenminister gekommen, von keinem Geringeren. Er sagte, er wollte, daß die Häftlinge ordentlich gepflegt aussehen, er könnte sie mit Stoppeln im Gesicht einfach nicht ausstehen, wenn er zu seinen Inspektionsbesuchen herkommt. Auf jeden Fall diesen hier nicht.«

Der Wärter verstand immer noch nicht. Verdutzt kratzte er sich am Kopf. »Aber wenn man es doch in einem Halter benutzen soll, und wenn der *señor ministro* wollte, daß er es benutzt, warum hat er denn dann nicht auch noch diesen Halter mitgeschickt? Warum hat er ihm nur dieses Teil hier geschickt?«

»Hör auf zu versuchen, aus Dingen schlau zu werden, die dich nichts angehen«, maßregelte der Kommandant ihn. »Dich geht's nichts an, und mich auch nicht. Der *señor ministro* hat wohl ab und zu das Recht auf etwas Zerstreutheit, ein Mann mit all dieser schweren Verantwortung, die auf seinen Schultern lastet.«

Plötzlich entdeckte er etwas, beugte sich wieder abrupt vor und stieß seinen Arm zwischen Pritsche und Wand hinunter. Er förderte ein kleines zerknittertes Stück Papier zutage und strich es glatt.

»Warte mal, hier ist ein Zettel, den er anscheinend geschrieben hat. Mit einem Stück Holzkohle, wie's aussieht.«

»Das habe ich ihm vor ein paar Tagen gegeben«, gestand der Wärter. »Die Kohle war ganz weich, damit konnte er sich nicht verletzen.« Er reckte seinen Hals über die Schulter seines Vorgesetzten. »Steht da, warum er es getan hat?«

Der Kommandant zuckte verständnislos mit seiner Schulter. »Nein, hier steht immer wieder das gleiche. Muß wohl so eine Art Lektion gewesen sein, wie man sie kleinen Jungs in der Schule zur Strafe aufgibt.«

Die Worte lauteten:

Ich habe Spanisch vergessen.
Ich habe Spanisch vergessen.
Ich habe Spanisch vergessen.
Ich habe Spanisch vergessen.

25

Er konnte schlafen, allein jetzt in dem Verlies.

Menschen müssen schlafen. Gib ihnen genügend Zeit, und sie können überall schlafen, in jeder Situation. Selbst auf dem Boden des Fegefeuers, selbst am Eingang zur Hölle werden sie schlafen. Die Nacht bricht ein, und sie werden schlafen.

Der Schlaf war angenehm. Das Aufwachen war der grausame Zeitpunkt. Denn im Schlaf träumte er, er wäre immer noch zu Hause, in seinem eigenen Land, in seinen Vereinigten Staaten. Stimmen sprachen auf Englisch zu ihm, manchmal sah er das eine oder andere Auto im Hintergrund vorbeisausen, Frauen tauchten auf in kurzen, wirbelnden Röcken und hochhackigen Pumps; einmal hantierte er mit einem automatischen Toaster, aus dem die Brotscheiben herausgeflogen kamen, ohne daß er in der Lage war, sie aufzufangen.

Manchmal, ein oder zwei Augenblicke nach dem Aufwachen, noch bevor er seine Augen geöffnet hatte, hielt die freundliche Illusion noch ein wenig an. Sicher, auf der anderen Seite dieser geschlossenen Lider lag Baltimore. Er mußte nichts anderes tun, als sie lediglich zu heben und ...

Und dann öffneten sich seine Augen, und er befand sich wieder in der grünlichen Fahlheit des ihn umgebenden Verlieses. Unbeweglich auf dem Boden, bestraft ohne jeden Grund, allein um des Bestrafens willen. Die primitive Moral der finsteren, toten Vergangenheit.

Der Traum war im Zustand des Wachseins, und das Wachsein war in seinem Traum.

Es war nicht die Dunkelheit des Verlieses. Das hätte er ertragen können. Es war nicht die Tatsache, in Fesseln gelegt zu sein. Das hätte er ertragen können. Devil's Island oder Alcatraz, es wäre nicht schlimm gewesen. Es war die Tatsache, daß sich außerhalb dieses Verlieses ein noch größeres Verlies befand, daß sich über und außer den unmittelbaren Fesseln an seinem Handgelenk weitere und gewaltigere Fesseln befanden. Er wurde gefangengehalten im falschen Zeitalter.

Er hatte ein einzigartiges Schicksal erlitten, wie es noch keinem anderen Menschen zuvor jemals widerfahren war, was einfach beinahe zu grausam war, um ertragen werden zu können. Er fragte sich manchmal, im ironischen Rückblick, ob all die Abertausende junger Burschen, die sich, während sie die Seiten eines Geschichtsbuches oder einer Abenteuergeschichte umschlugen, vorübergehend zurück in eine frühere, schillerndere Zeit gewünscht hatten, sich dies immer noch gewünscht haben würden, wenn sie gewußt hätten, wie es wirklich war, so wie er es jetzt am eigenen Leib erlebte. Dieses Gefühl der kosmischen, ungeheuren Einsamkeit, stärker als jeder ausgesetzte Matrose sich je auf einer verlassenen Insel gefühlt hatte. Denn die Einsamkeit maß sich jetzt nicht einfach nur in einer Dimension, war mehr als eine Sache der Entfernung. Sie befand sich auf einer viel unberechenbareren Ebene, war eine Frage der Zeit.

Ja, er schrie oft leise, zu sich selbst, tief in der Nacht, wenn Schmerz ihn nicht zum Schreien gebracht hätte, nicht einmal ein Übermaß an Angst. Aber die Fremdartigkeit schaffte es; das Fehlen jeder Erklärung, das Vorenthalten jedes vernünftigen Verstehens. Fremdartigkeit ließ ihn zerbrechen und schlug seine Beherrschung und seinen Mut in Stücke, und dann preßte er seine Hände auf sein Gesicht, um sich nicht länger selbst hören zu müssen, und preßte sein Gesicht abwechselnd flach auf den Boden oder gegen die Wand, und atmete rauh und feucht in diese selbstauferlegte Maske über seinen eigenen Tränen, bis seine Seiten schmerzten und seine Zähne klapperten und seine Kehle unter dem unterdrückten Atem zu zerreißen drohte. Doch die Antwort kam nicht. Fremdartigkeit, Dinge ohne jede Erklärung. Fremdartigkeit, die ihm jeden Boden unter den Füßen wegriß. Denn was ist Mut letzten Endes schon anderes als das Vertrauen auf die Dinge, die man kennt, die Dinge, deren man sich sicher ist?

Aber das war nur manchmal. Dann gab es die Nächte, in denen er in finsterer Wut dalag, Pläne schmiedete, die niemals zu irgend etwas führten. Und dann waren da die Nächte, in denen er in dumpfer Teilnahmslosigkeit dalag, sich um nichts scherte. Und immer häufiger, zunehmend, während die anderen weniger wurden, waren da die Nächte, in denen er einfach schlief und von der Vergangenheit träumte, die die Zukunft war. Vor sechs Monaten, aber trotzdem fünfhundert Jahre der Gegenwart voraus, in der er jetzt lebte.

Dann träumte er eines Nachts, Chris würde in der Dunkelheit zu ihm sprechen, wieder auf der *finca*. Er konnte sie nicht sehen, aber er wußte, daß es ihre Stimme war. Sie sagte seinen Namen in der Dunkelheit und hatte Angst, zuviel Lärm zu machen. Sie schien nicht zu ihm kommen zu können, sie war auf der anderen Seite einer Tür oder Öffnung, und er befand sich auf der Innenseite, doch er konnte sie vorsichtig seinen Namen flüstern hören. Es war die gehauchteste Form eines Flüsterns, nur ein Schwarm von Zischlauten, immer und immer wiederholt, geduldig in die Dunkelheit geworfen, so wie man kleine Steinchen gegen ein Fenster wirft, bis es schließlich einem davon gelingt, die Aufmerksamkeit von jemandem dahinter zu erregen.

»Larry.« Und dann: »Larry.« Und dann: »Larry.«

Nur samtig gehauchte Laute in der Dunkelheit der Nacht.

Sein Kopf rollte herum, und er brummte undeutlich: »Bin sofort da, einen Moment noch.«

Das Geräusch seiner eigenen Stimme ließ ihn endgültig wach werden. Eine gezischte Warnung, still zu sein, folgte, wie ein Überbleibsel seines Traumes, dem es gelungen war, sich in die Wirklichkeit hinüberzuretten. »Pssssst.«

Mit immer noch geschlossenen Augen lag er einen Moment reglos da. Bislang hatte er noch nie von ihr geträumt. Nur von Mitty, und ein- oder zweimal von einem anderen Mädchen vor langer langer Zeit, von Jane Abbott. Aber nie von diesem Kind, das er während jener letzten paar Wochen unten auf La Escondida nur beiläufig in diesen sich zusammenziehenden Wolken der Fremdartigkeit registriert hatte.

»Larry.«

Das Flüstern war immer noch da, und doch war der Traum vorbei. Er richtete sich auf, drückte sich von der Wand ab in eine sitzende Stellung.

»Larry.«

Er rappelte sich mühsam auf, fuchtelte mit seinem freien Arm in der ihn umgebenden Dunkelheit, versuchte sie in Teile zu zerlegen. »Chris! Bist du hier drin bei mir?«

»Nein, ich bin hier auf dem Gang, draußen vor der

Zellentür. Ich stehe direkt vor der Öffnung.« Und dann, als der Metallring quietschte bei seinem Versuch, sich weiter davon zu entfernen, sagte sie: »Pssst!«

»Wo ist die Wache? Ist er nicht dort draußen bei dir?«

»Er schläft auf der Erde, draußen im Freien, direkt neben dem Eingang dieses Ganges. Ich mußte... ich mußte über ihn steigen, um hier reinzukommen. Ich werde diesen Weg wieder zurückgehen müssen.«

Er versuchte, näher zu ihr hinüberzukommen, geriet dabei ein wenig aus dem Gleichgewicht, schwankte.

»Ich strecke meinen Arm so weit es geht durch die Öffnung«, flüsterte sie. »Bist du nahe genug? Streck deine Hand aus, streck sie aus und versuch mal, ob du sie erreichen kannst.«

Mit seinem nicht gefesselten Arm tastete er weiter in der Schwärze.

»Ich habe was für dich. Ich halte es fest. Ich habe Angst, es fallen zu lassen, er könnte es hören.«

Plötzlich berührten seine gespreizten Finger etwas Kaltes, das Heft eines Obsidian-Messers, das sie, ebenso blind wie er selbst, hin und her schwenkte. Ein tiefes, aufgewühltes Schaudern durchzuckte sie beide bei der kurzen Berührung, der ersten freundlichen Berührung seit Monaten. Seine Hand legte sich um das Messer, und er nahm es ihr ab. Es war kurz, aber es hatte gereicht, um die Entfernung zwischen ihnen gerade eben zu überbrücken.

»Taugt es was? Wird es dir helfen?«

»Das wird es!« flüsterte er mit glühender Dankbarkeit. »Der Ring ist aus Metall, aber meine Hand ist mit einer Art Lederriemen oder Faser daran gefesselt. Das kann ich durchsägen.«

»Ich trage es jetzt schon seit über einer Woche bei mir.

Ich habe jede Nacht versucht, mich wegzuschleichen und damit zu dir zu kommen. Das war die erste Chance, die ich hatte. Benutz es immer nur ein bißchen. Befrei dich zuerst von der Wand. Später kannst du dann anfangen, an dieser hölzernen Trennwand zu arbeiten. Versuch nicht, alles in einer einzigen Nacht zu schaffen. Man wird dich nur dabei erwischen. Ich muß jetzt wieder zurück.«

»Warte, Chris«, flehte er sie an. »Laß mich jetzt nicht allein. Laß uns nur noch eine Minute länger miteinander reden. Es ist so ein gutes Gefühl, endlich wieder mit jemandem zu reden.«

»Ich komme morgen nacht wieder. Wenn ich heute zu lange bleibe, kann es gut sein, daß ich nie wiederkomme. Ich muß nur dieses eine Mal erwischt werden, weißt du. Sie kennt keine Gnade.«

Er wußte kaum, was er sagte; es war wie eine Art Delirium. »Sag noch was. Sag irgendwas. Laß mich die Worte hören, es ist mir völlig egal, was du sagst. Oh, ich fühle mich so schrecklich einsam, es tut richtig weh.«

»Ich habe Angst, zu lange bei dir zu bleiben. Mein Platz ist auf dem Boden direkt neben ihr. Sie kann jeden Augenblick wach werden und merken, daß ich fort bin. Außerdem führt eine ziemlich lange Treppe in den Tempel hinauf. Ich habe einen leeren Wasserkrug mit heruntergenommen und ihn unten als Vorwand stehenlassen. Morgen nacht. Wirst du vorsichtig sein?«

»Ich werde vorsichtig sein.«

»Morgen nacht.«

Dann ein leises Rascheln ihrer Kleidung, dort draußen in der Dunkelheit, und dann hörte er sie nicht mehr. Er zählte mit seinem Herzen die Schritte, die sie wieder hinaus aus dem Gang bringen und über den liegenden Wächter heben würden. Er durchlebte mit ihr diesen schrecklichen Augenblick, als sie über ihn stieg, während seine Ohren sich anstrengten, durch die dicken Mauern zu hören, die den verhängnisvollen Laut nicht ausgesperrt hätten. Ein schläfriges Grunzen, eine geknurrte Frage – und die Katastrophe.

Aber nichts kam. Aus einer Minute wurden zwei, aus zweien drei. Sie hatte es geschafft, sie war in Sicherheit. Die Nacht war wieder völlig still und leer.

Er drehte sich auf seiner Hüfte herum, nach innen, zur Wand hin, und begann schnell an den Riemen zu säbeln, der ihn an diesen Ring fesselte.

»Morgen nacht« war gekommen. Wieder wurde sein Name geflüstert. Sie war wieder da. Seit kurz vor Morgengrauen der vergangenen Nacht war er frei von seiner Fessel, aber den ganzen Tag über hatte er sich gegen den Ring lehnen müssen, mit seinem Arm unter sich. Sie beobachteten ihn nicht mehr sehr aufmerksam, wenn sie ihm zu essen brachten. Seine Muskeln waren immer noch recht schwach und unsicher nach den langen Einschränkungen seiner Gefangenschaft, aber den ganzen Tag über hatte er schier endlos seine Beine massiert, und seit Anbruch der Dunkelheit und seit es sicher war, es zu tun, hatte er Bewegungsübungen gemacht, war auf und ab gegangen, hatte seine Muskeln spielen lassen, allein dort in der Zelle.

Vorsichtig ging er über den Boden seines Verlieses und legte sein Gesicht dicht an den Schlitz. Er konnte die Wärme ihres Atems von der anderen Seite spüren. Jetzt blieb zwischen ihnen nur noch dieses eine Hindernis.

»Ich habe die ganze letzte Nacht gearbeitet, nachdem du gegangen bist. Seit Tagesanbruch bin ich frei. Am Anfang habe ich ein bißchen geweint, und ich habe mir geschworen, daß ich es dir nicht erzählen würde; und jetzt ist es das erste, was ich mache – es dir sagen.«

»Was glaubst du, was ich gerade mache?«

»Laß mich deine Tränen fühlen. Laß sie mich mit meiner Hand berühren.« Er ließ seine Fingerspitzen behutsam über ihre Wange wandern, und etwas Warmes und Nasses tropfte darauf und blieb dort haften. Er zog seine Hand zurück und legte sie an seine Lippen.

Sie flüsterte, und er wollte auch nicht ein einziges Wort versäumen, das sie sagte.

»Ich habe etwas gefunden, das sie benutzen. Ich weiß nicht, was es ist. Zerstoßene Wurzeln. Ein Rauschgift, vermute ich. Ich habe eine Prise in den Wasserkrug getan, aus dem sie immer trinkt. Ich hatte Angst, zuviel zu nehmen. Sie hätte es am Geschmack erkennen können. Dadurch wird es ein bißchen sicherer. Sie wird ein wenig tiefer schlafen.«

»Laß mich eine Weile deine Hand halten.«

Er bedeckte sie mit beiden Händen, und dann legte sie ihre andere Hand dazu, bildete so einen Knoten aus Sehnsucht und Hoffnung. Er legte seine Lippen darauf, und dann tat sie es schließlich ebenfalls.

Gemeinsam seufzten sie.

»Das fühlt sich so gut an. Jetzt bin ich nicht mehr so allein.«

»Ich habe nicht mehr soviel Angst.«

Er brach den Knoten, streckte beide Hände durch die Öffnung. »Komm mit deinem Gesicht näher. Halte es näher an meins.«

Ihre Lippen fanden sich, und er küßte sie mit gieriger Heftigkeit. Mit dem Kuß kam das Wissen, die Gewißheit, bis zu diesem Augenblick unterdrückt: Ich liebe sie. Das hier ist meine Liebe, meine wahre Liebe. Es gab nie eine andere, es wird nie eine andere geben. Das weiß ich jetzt. Zu spät, aber jetzt weiß ich es.

Einen Augenblick hielt er ihr Gesicht so an seines gedrückt. »Ich liebe dich, Chris. Entschuldige bitte, wenn ich... mich vielleicht etwas rührselig anhöre, aber das habe ich gerade eben entdeckt.«

»*Ich* habe es schon vor so langer Zeit herausgefunden«, sagte sie schlicht und melancholisch, »daß ich mich jetzt schon gar nicht mehr erinnern kann, wann genau.«

Wieder drückte er seinen Mund auf ihre Lippen. Und dann wieder. Und wieder. »Wie seltsam ist es doch, sich zu küssen, wenn man zum ersten Mal wirklich liebt. Mache ich es richtig? Macht man es so? Ich weiß es nicht mal, weil ich es nämlich noch nie zuvor getan habe. Mache ich dir Angst, Chris?«

»Nein, du nimmst alle Angst fort. Alles. Durch dich hört der böse Traum auf, und der Tag kehrt endlich zurück.«

So blieben sie eine ganze Weile, in gefährlichen, auf Messers Schneide stehenden Augenblicken. Sie hatte nicht gefragt, ob ihr Vater dort bei ihm war. Er fragte sich, ob sie es wohl wußte. Sie mußte wohl, denn andernfalls würde sie versucht haben, auch mit ihm zu sprechen.

»Chris«, stammelte er schließlich. »Du weißt... warum ich allein hier bin?«

»Ich weiß, ja. Ich versuche weiter so zu tun, als wäre er immer noch bei dir, daß er nur schlafen würde und uns daher nicht hören könnte.«

»Aber als du das Messer noch hattest, wolltest du da nicht...«

»Nein, ich wollte es nur für dich. Ich wollte, daß *du* lebst. Es gegen sie benutzt zu haben, würde sowohl deinen als auch meinen eigenen Tod bedeutet haben. *Du* sollst mein Messer sein. *Du* sollst mein rechter Arm sein. Trauern werde ich dann später. Hassen werde ich später. Im Augenblick kann und muß ich nur an dich denken.«

Sie machten ihre abschließenden Pläne. »Zur Hälfte habe ich es jetzt geschafft«, sagte er. »Meine Arme sind wieder frei. Es bleibt nur noch dieses eine Hindernis. Das bedeutet, noch eine weitere Nacht. Denn wir müssen beide noch *in derselben Nacht* fliehen, in der ich es beseitigt habe. Tagsüber werde ich es nicht wie den Eisenring hinter meinem Rücken verbergen können.«

»Glaubst du, du kannst es lockern?«

»Ich bin sicher, daß ich es kann. Ich habe es den ganzen Tag immer wieder von oben bis unten studiert, während ich dort lag. Nachdem ich jetzt herankommen kann, und nachdem ich jetzt das Messer habe, kann ich meinen Arm durch die Öffnung und nach draußen strecken und die Riemen durchschneiden, die die beiden Eisenringe zusammenbinden. Von mehr wird es nicht gehalten. Ich habe sie beobachtet, als sie es geöffnet haben.«

»Nun, vielleicht kann ich es viel besser von dieser Seite aus machen.«

»Nein«, sagte er, »das wird meine Aufgabe sein. Die Nacht ist jetzt schon viel zu weit fortgeschritten; das Tageslicht würde kommen, gerade wenn wir durch wären. Und wir werden die Dunkelheit für unsere Flucht brauchen. Das ist der einzige Vorsprung, den wir bekommen werden. Ich werde morgen direkt bei Einbruch der Dunkelheit beginnen, und du schleichst dich hinaus, sobald du den Mond aufgehen siehst.«

»Morgen nacht werden wir Vollmond haben. Ist das gut oder schlecht?«

»Schlecht nur am Anfang, bis wir diesen Ort hinter uns gelassen haben. Gut, sobald wir draußen im offenen Dschungel sind.«

»Ich gehe jetzt besser wieder. Ich werde hier sein, wenn der Mond aufgeht.«

»Du hast doch keine Angst, oder? Es bedeutet, wieder zurückgehen zu müssen, für eine weitere Nacht und einen weiteren Tag.«

»Ich habe keine Angst, wenn du es sagst. Sei nur vorsichtig. Wir sind jetzt zu nahe dran, nur noch eine einzige Nacht entfernt. Für uns beide, sei bitte vorsichtig.«

»Für uns beide«, versprach er.

Sie gaben sich noch einen Kuß.

»Nur noch ein weiteres Morgen-nacht.«

Ein weiteres Morgen-nacht. Hoffnung kennt so viele Morgen-nacht. Der Hoffnung gingen die Morgen-nacht niemals aus. Genau das ist es, was die Hoffnung ausmacht, alles, was die Hoffnung ist.

26

Sein Timing war wunderbar. Beinahe unheimlich. Genau eine Viertelstunde vor Mondaufgang spürte er das letzte plötzliche Lockerwerden, das ihm sagte, daß er den letzten der Riemen mit seinem unermüdlich arbeitenden Messer durchtrennt hatte. Das Zurückschieben der Trennwand konnte in etwa zwei Minuten erledigt werden, falls er es riskierte, es quietschen oder knarren zu lassen; er machte es in zwölf Minuten, in absoluter, samtiger Stille. Eine Schulter dagegen gelehnt, beide Arme fest dagegen gepreßt, wobei letztere es eher an ihn gelehnt hielten, als es fortzudrücken. Er schob es immer nur wenige Zentimeter weiter, hörte dann auf, achtete darauf, daß es dabei zu keiner Unregelmäßigkeit kam, weder des Holzes noch seines Körpers, so daß das Holz keine Gelegenheit bekam, einen Laut zu verursachen.

Er hörte auf, als die Öffnung wenig breiter als dreißig Zentimeter war. Das reichte. Er hielt es jetzt fest, einen Arm auf jeder Seite, und zwängte sich seitlich durch. Machte dabei nicht einen Laut.

Die Erkenntnis, daß er draußen war, daß er frei war, traf ihn wie ein Schlag, verzögert wie ein Zeitzünder. Bis zu diesem Augenblick war er zu sehr mit dem rein mechanischen Ablauf seines Handelns beschäftigt gewesen. Für einen Augenblick wurde ihm beinahe buchstäblich schwindlig. Er schwankte und mußte sich mit beiden Händen an der Wand abstützen, um nicht gegen das Holz zu taumeln und am Ende all seine Heimlichkeit zunichte zu machen.

Sein Herz jubilierte, wie es noch nie zuvor jubiliert hatte. Ich bin draußen! Ich bin *frei*! *Frei*, ich sag's dir!

Bislang hatte er noch nicht bemerkt, daß sie nicht da war. Das heißt, natürlich war es ihm aufgefallen, aber er hatte noch nicht die Zeit gehabt, sich deswegen Sorgen zu machen.

Er ließ sich auf allen vieren nieder wie ein Tier, klemmte sich die Klinge des Messers zwischen die Zähne, tastete sich geschmeidig und gefährlich den inneren Gang entlang, auf dessen Öffnung zu, wo die Wache schlief.

Eine Handfläche, das entgegengesetzte Knie, die andere Handfläche, das dieser entgegengesetzte Knie. Der Tod dicht über dem Boden.

Es würde kein Pardon geben, weder Pfadfindermoral noch Fair play. Er war unter Primitiven, und er würde töten wie sie.

Jetzt konnte er die Beine der Wache sehen, quer vor dem Eingang des Ganges; der Rumpf des Körpers mußte seitlich davon liegen.

Ein letzter Schritt, und dann war da kein Platz für mehr; er war beinahe schon über ihm. Aber von dieser Seite aus kam er nicht an ihn heran, nicht von innen; die Wand war ihm im Weg. Er erhob sich schwankend gegen die Seite der Öffnung, das Messer immer noch zwischen den Zähnen. Er spreizte sein Bein weit ab und stellte seinen Fuß auf die andere Seite der Beine der Wache. Einen Moment lang schwankte er unsicher, hatte zwischen der Wand und dem Bein der Wache kurz das Gleichgewicht verloren. Dann schaffte er es, trat leise auf die andere Seite des Mannes und ließ sich neben seinen schlafenden Feind sinken.

Der Mann lag auf dem Rücken, die Nasenflügel nach oben gerichtet, die nackte Brust offen vor ihm mit ihren dicht nebeneinander liegenden Rippen, die wie nach unten führende Trittsteine aussahen.

Plötzlich kam der Mond heraus, gerade rechtzeitig, um beim Töten dabeizusein. Er ging in der dazu passenden Färbung auf – in einem blutrünstigen Kupferrot.

Er streckte seine Hand aus, öffnete sie und hielt sie einen Augenblick schützend über jene Stelle, an der sich das Herz befand. Wie um es zu kennzeichnen, wie um ihm zu befehlen, noch einen Moment länger dort zu bleiben, wo es war. Er führte seine Hand an seinen Mund, und mit dem Messer darin kam sie zurück.

Der blutrünstige Mond verblaßte jetzt vor Ungeduld zu einem Gelb.

Dort lag ein mittelgroßer flacher Stein (die Wache benutzte einen noch etwas größeren als Kopfstütze). Er nahm ihn in seine andere Hand. Er hielt das Messer jetzt senkrecht über das Herz. Er hob den Stein hoch über seinen Kopf und holte von weit hinter seinem Rücken aus.

Es knackte, als der Stein auf das Heft des Messers schlug. Er ließ ihn die Seite des Körpers des Mannes herunterrollen, und er sank erschöpft neben ihn, erschöpft von dem einen Schlag.

Der Mann rollte ein Stück weiter auf seine Seite, das war alles, und dann blieb er so liegen.

Als er seinen eigenen Kopf wieder hob, um ihn anzusehen, bestand die einzige Veränderung darin, daß sein Mund nun nicht mehr geschlossen war, sondern offenstand. Das Heft war alles, was von dem Messer herausragte; der ganze Rest war in seine Brust eingedrungen.

Er stand auf und legte die Knöchel des Mannes übereinander, um besseren Halt zu haben, und schleppte ihn so, immer ein kleines Stückchen, durch die Krümmung hinter der Öffnung und in den Gang, dann weiter hinunter, und schließlich ließ er ihn direkt vor der hölzernen Trennwand liegen.

Dann machte er sich an dem Heft des Messers zu schaffen, und mit Hilfe seines auf den Oberkörper gestemmten Fußes gelang es ihm schließlich, das Messer wieder herauszubekommen. Es war dunkel dort drinnen, daher konnte er nicht sehen, während er es machte, wußte es nur, was gar nicht so schlecht war. Er wetzte das Messer auf dem harten Boden aus festgetretener Erde, um es abzutrocknen, und dann drückte er es gegen sich und kehrte zum Eingang zurück, um dort auf sie zu warten.

Der Mond war inzwischen weiß geworden, so als hätte er Blut verloren.

Dort stand er, strengte Augen und Ohren an, hielt nach ihr Ausschau, lauschte auf das winzigste Geräusch, das ihr Kommen ankündigte. Nichts rührte sich. Die Nacht war still und leer.

Sie hatte gesagt, sie würde hier sein, wenn der Mond aufging. Der Mond stand jetzt schon bereits zehn Minuten am Himmel, fünfzehn Minuten, wer wußte schon genau wie lange? Jede weitere Minute war eine Minute weniger für ihre Chancen. Eine Bemerkung, die sie eines der anderen Male gemacht hatte, kam ihm mit einem gequälten, unguten Gefühl wieder in den Sinn: »Wenn ich zu lange bleibe, kann ich vielleicht nie mehr wieder kommen.« Sie könnten ... Das würden sie doch nicht, oder? Natürlich würden sie, warum sollten sie auch nicht? Wenn sie einem älteren Mann das lebende Herz aus der Brust gerissen hatten, und er hatte es mit seinen eigenen Augen gesehen, warum sollten sie dann ausgerechnet sie verschonen? Die Unterscheidung zwischen den Geschlechtern, das Verschonen von Frauen, das war etwas, das erst im Europa der Feudalzeit, mit dem Rittertum aufgekommen war. Unter den Naturvölkern war das unbekannt. Und *sie*, die andere ... Er hatte einmal gehört, daß Frauen erheblich grausamer gegen andere Frauen sein konnten als gegen jeden Mann. Vielleicht stimmte es, vielleicht aber auch nicht; er wußte nur, daß sie nicht hier war, und der Mond stand hoch, und irgend etwas mußte ihr zugestoßen sein.

Dann würde er sie eben suchen und alles daran setzen, sie zu finden, sie zu retten. Wenn es dafür nicht schon zu spät war. Und dann kam ihm der Gedanke: Aber wenn ich hier fortgehe, wenn ich aufbreche, könnte sie doch über einen anderen Weg kommen, und dann verliere ich sie vielleicht ganz. Es könnte sein, daß wir uns so niemals finden.

Dreimal brach er aus dem Schutz der geschwärzten Tür auf, und dreimal verlor er seinen Mut, seine Füße stockten, blieben nach wenigen Schritten stehen, und schnell schlich er zurück, um noch etwas länger zu warten.

Der Mond stand jetzt weit über dem Rand der Welt und war so klein wie ein Tennisball. Der Mond der Mayas, ruhelos, einsam, kehrte zurück, um sein Volk zu schützen. Ein Mond des fünfzehnten Jahrhunderts.

Er tat Dinge, die er noch vor einem Jahr niemals getan haben würde. Aber andererseits war er vor einem Jahr auch nicht der, der er heute war. Die lange Einsamkeit, die Gefangenschaft, die dürftige Kost hatten ihn entmutigt. Verzweifelt flüsterte er ihren Namen in die Schatten, die ihn glauben machten, sie wären sie. »Chris! Chris! Beeil dich, Chris!« Doch die Schatten blieben, wo sie waren, kamen nicht einen Meter näher. Er drehte sich um und vergrub sein

Gesicht in seinen gegen die Seitenwand des Ganges gelehnten Armen, und sein Gesicht verzog sich, und sein Körper zitterte, aber keine Tränen kamen. Verzweifelt hämmerte er mit seiner Handfläche gegen die Wand, hörte dann auf, denn das machte ein Geräusch, das womöglich Aufmerksamkeit erregen mochte.

Plötzlich verließ er seinen Unterschlupf, und dieses Mal, das wußte er, gab es kein Zurück. Entweder würde er mit ihr sterben oder aber sie würden sich finden und zusammen fliehen. Selbst die Freiheit war den Preis nicht wert, den er die letzten paar Minuten gezahlt hatte.

Der Mond der Mayas schien anzuschwellen und sich hämisch zu freuen, als er in sein Licht hinaustrat. Hungrig nach Tod, niemals müde, auf den Tod herabzuschauen, nicht einmal nach fünfhundert Jahren.

Er versuchte sich so gut er konnte zu orientieren, nachdem er vor vielen Monaten, und mit Augen, die nach der mühseligen Bergwanderung vor Erschöpfung glasig und verschwommen gewesen waren, nur einen einzigen kurzen Blick auf die Gegend geworfen hatte. Und um es noch schwieriger zu machen, war die ganze Welt jetzt scheckig: Schwarze Flecken, weiße Flecken, ohne irgendwelche Zwischenabstufungen.

Aber er erinnerte sich an die Richtung, aus der sie zum Tempel gebracht worden waren, in den Mitty gegangen war, und mit ihr Chris. Er konnte sich an die Form seiner Tür erinnern, unten breiter als oben, wie der Eingang eines alten ägyptischen Tempels. Und als er jetzt durch die Nacht nach vorn schaute, konnte er etwas Ähnliches sehen, milchig weiß im Mondlicht, pechschwarz in seinen Winkeln und Nischen. Seine oberen Stufen bildeten schattenhafte Würfel vor dem sternenübersäten Himmel.

Er schlich weiter, drückte sich dicht an die Mauern, hielt sich tief in ihren Schatten, wann immer er konnte, falls in der ihn umgebenden Nacht unsichtbare Augen wach waren. Wenn er auf Lücken zwischen den Häusern stieß, sprang er schnell über die weißen Kanäle, die diese bildeten, wieder in das schützende Dunkel hinein, wie eine mit Leben erfüllte Schachfigur, die von schwarzem Feld zu schwarzem Feld hüpfte, um in einem Spiel nicht schachmatt gesetzt zu werden, in dem der Tod sein Gegenspieler war.

Schließlich erreichte er die einem Pylon ähnliche Öffnung und blieb vorsichtig davor stehen. Mondschein war innen wie außen sichtbar. Dort hinten mußte ein zum Himmel hin offener Hof liegen, wobei der Türsturz lediglich eine rechtwinklige schwarze Brücke dazwischen bildete.

Das war es. Er hatte sie an diesem ersten Tag hier hineingehen sehen.

Er trat unter den massiven steinernen Sturz hindurch. Er warf kurz einen schwarzen Schatten über ihn, nicht mehr, dann trat er wieder in das ungehinderte Mondlicht hinaus. Dahinter lag ein Garten oder Hof, eine Art trockener Wassergraben, der den Tempel sauber von der ihn einfassenden Mauer trennte.

Ein zweiter, innerer Eingang lag vor ihm, kleiner als der erste, und schwarz, schwarz wie der Tod, schwarz wie die Verdammnis. Er lag etwas höher über dem Boden als die erste Tür, Stufen führten hinauf. Und am Fuß dieser Stufen befanden sich zu beiden Seiten zwei Dinge, die ihn aus unterschiedlichen Gründen zittern ließen.

Auf der einen Seite kauerte schlafend eine Wache. Nicht quer über der Treppe, wie seine eigene Wache geschlafen hatte, sondern neben ihr. Und auf der anderen Seite, achtlos zur Seite geworfen, ein leerer irdener Krug, so wie er für Wasser benutzt wurde, aber er stand nicht aufrecht; er lag auf der Seite, als wäre er mehrere Male hin und her gerollt. Als ob derjenige, der ihn getragen hatte, der versucht hatte, sich heimlich damit davonzuschleichen, um angeblich Wasser zu holen, entdeckt und aufgehalten und mit Gewalt wieder hineingeschleppt worden wäre.

Er schlich sich zu der Treppe hinüber. Für einen kurzen Augenblick wollte er den Wächter schon töten, wie er es auch mit dem anderen gemacht hatte. Doch die schlummernde Gestalt rührte sich nicht, und das rettete ihr das Leben. Zuerst war es wichtiger zu versuchen, sie zu finden. Das andere konnte bis später warten, auf ihrem Weg hinaus, falls es unbedingt sein mußte.

Seitlich schlich er die Stufen hinauf, das Messer gezückt, den Schlafenden fest im Auge, der sich jetzt unter ihm befand.

Im Inneren setzte sich die Treppe fort. Mit einer Hand an einer Wand tastete er sich vor, achtete bei jedem Schritt sorgfältig auf genügend Halt für seine Fußspitzen, auf genügend Halt für seine Füße.

Dann sickerte schließlich ein flackerndes schwaches Licht bis zu ihm. Es wurde fast unmerklich stärker. Die schwarzen Wände und Stufen hellten sich allmählich zu einem dunklen Bernsteingelb auf, dann Braun und schließlich zu einer satt goldenen Tönung. Dadurch erhielt er einen Schatten, der hinter ihn fiel. Es gab ihm wenigstens sein Sehvermögen zurück. Dort oben mußte irgendwo eine Lampe oder etwas Ähnliches stehen.

Er erreichte das Kopfende der Treppe, und unmittelbar

dahinter befand sich eine weitere Öffnung. Und genau durch diese Öffnung fiel der gedämpfte Lichtschein nach draußen.

Es war eine schattige Kammer. An ihrem anderen Ende konnte er weitere Stufen erkennen, die weiter matt in die Nacht unter dem Mond anstiegen, denn wieder gab es kein Dach.

Doch weiter als bis hierher mußte er nicht gehen. Sie waren hier, sie waren beide hier.

Eine einzelne Flammenzunge flackerte träge in einem mit Öl gefüllten Gefäß, eine Art Lampe oder Rauchfaß, das auf einem Dreifuß stand. Wie angewurzelt stand er da, nahm diesen unglaublichen Ort des Aberglaubens und der Schatten in sich auf. Drüben vor der gegenüberliegenden Wand, auf einer niedrigen, mit Ozelotfellen bedeckten Pritsche lag eine reglose, schlafende Gestalt, deren einer Arm auf den Boden hinunterhing. Krüge unterschiedlicher Größen standen vor der Wand, doch ob sie Wasser oder Kosmetika enthielten oder auch einfach nur leer waren, konnte er nicht erkennen. Ein an einem Stab befestigter Strauß Kolibrifedern, mit dem ihr kühlende Luft zuzufächeln eine von Chris' Aufgaben gewesen sein mußte, lag achtlos zur Seite gelegt neben der Pritsche.

Und dann, auf der anderen Seite des Raumes, zusammengekauert vor der Wand, lag die verrenkte Gestalt von Chris, ebenfalls tief schlafend, doch mit fest auf den Rükken gebundenen Armen, genau wie seine eigenen vor nicht allzu langer Zeit ebenfalls gefesselt waren. Die zerrissene Bluse oder das Hemd, das sie trug, war tief über ihren Rücken heruntergezogen worden, und selbst auf diese Entfernung konnte er die feuerroten Striemen sehen, als wäre sie erst vor kurzem geschlagen worden.

Vorsichtig ging er über den nackten Steinfußboden, bis er sie erreicht hatte und sein Schatten dort über sie fiel, wo sie lag. Vorsichtshalber warf er einen kurzen Blick über seine Schulter auf die andere Frau. Sie hatte sich nicht gerührt.

Er drehte sich wieder zu Chris um. Er bückte sich, um sein Gesicht auf eine Höhe mit ihrem zu bringen. Es war wichtig, sie zuerst aufzuwecken, bevor er versuchte, sie zu befreien. Andernfalls könnte sie von selbst wach werden und schreien. Er streckte seine Hand aus und legte sie leicht über ihren Mund, mehr in vorsorglicher Bereitschaft als um tatsächlich zuzudrücken. Dann berührte er sanft ihre nackte Schulter. Dann flüsterte er ihren Namen, die Lippen dicht an ihrem Ohr.

Ihre Lider flatterten und sprangen auf, und er blickte in dieselben leuchtenden aquamarinfarbenen Augen, an die er sich noch von der *finca* erinnern konnte. Nichts an ihnen hatte sich verändert. Sie konnten alles Schlechte und alles Traurige kennen, das es auf dieser Welt zu kennen gab, und trotzdem würden sie immer noch unschuldig sein. Die Augen der Jugend, die keine Schatten besitzen, keine Geheimnisse verbergen.

Einen Moment lang drückte er seine Hand fest auf ihren Mund. Er spürte, wie sich ihre Lippen zu einem Kuß gegen sie schlossen. Danach war es nicht mehr nötig, sie dort zu halten.

»Larry«, hauchte sie dankbar. Ein Tropfen übermäßiger Freude bildete sich in den Winkeln jedes Auges.

»Beug dich ein bißchen vor, damit ich an diese Riemen rankomme.«

»Ich war schon unten an der Treppe, mit meinem leeren Krug. Da ist er plötzlich wach geworden und hat mich zu ihr zurückgeschleppt. Sie wird uns beide heute töten lassen.«

»Nein, wir werden heute nicht sterben«, zischte er grimmig. »Sag jetzt nichts mehr.«

Ihre Hände, nun wieder frei, flogen an seine Schultern. Dann fielen sie genauso plötzlich wieder herunter. »Larry!« Sie zitterte und drückte sich tief gegen die Wand.

Er drehte sich um. Sie hatte auf der Ozelot-Liege ihren Kopf gehoben. Wenn sie mit ihren bösen Blicken hätte töten können, dann wären sie jetzt beide tot zusammengebrochen, soviel Haß lag in diesen Augen. Die Laute, die sich von ihren Lippen lösten, waren das Kauderwelsch, das ihre Sprache war; sie fauchte ihn an, knurrte bösartig. Sie war wie eines der Tiere, auf deren Fellen sie lag. Sie hatte Angst vor ihm und war erzürnt über seine Nähe. Empört wie über einen unbeschreiblichen Frevel.

»Dann bist du also wach«, sagte er leise mit grimmiger Unversöhnlichkeit. Er verließ Chris und ging langsam zu ihr hinüber.

Sie wich ein Stück vor ihm zurück, schleppte sich über die Felle, zog sie als eine Art Schutz mit sich.

Er beobachtete aufmerksam ihre Miene. Ihr Gesicht zeigte keinerlei Schuldgefühl, keine Nachsicht, auch nicht die Spur irgendeines Gefühles außer einer Mischung aus Angst und Feindseligkeit. Und doch erkannte sie ihn; wenn sie kein Wiedererkennen gezeigt hätte, hätte er alles andere verzeihen können. Aber er konnte an ihrem Blick erkennen, daß sie ihn wiedererkannte.

Ein dumpfes Gefühl tiefster Verärgerung, so wie man es nach einem unbeschreiblichen Betrug und Verrat empfindet, überkam ihn gegen seinen Willen.

Plötzlich war sie mit animalischer Geschmeidigkeit aufgesprungen und stürzte auf die Treppe zu. Nicht auf die von unten heraufführenden Stufen, über die er gerade erst gekommen war, sondern auf die Treppe zu, die auf das Tempeldach über ihnen führte.

Im Hintergrund schrie Chris plötzlich auf. »Paß auf, Larry! Die Kriegstrommel! Sie ist da oben, sie kann...«

Er rannte ihr sofort nach, holte sie ein, packte ihren Arm und warf sie zu Boden. Sie krachte mit ihrem Rücken in die Kammer hinter ihnen. Sie bleckte ihre weißen Zähne in einer Grimasse des Hasses, die tödlicher als alles andere war, was er jemals auf einem Gesicht gesehen hatte.

»Larry«, hörte er Chris wimmern, »jetzt gibt es für uns keine Hoffnung mehr. Es bedeutet den Tod, Hand an sie gelegt zu haben.«

Er drehte seinen Kopf nicht um, um ihr das Sakrileg zu bestätigen. Er hielt seine Augen fest auf Mitty gerichtet, so voller Haß, der beinahe ihrem eigenen gleichkam.

Sie versuchte sich zu erheben. Er legte seine Hand auf ihre Schulter und schleuderte sie grob wieder zurück.

»Larry«, flehte Chris ihn weiter mit erstickter Stimme an. »Larry.«

Schließlich sprach Mitty. Stockend, auf Englisch, so als hätte sie bereits das Gefühl für diese Sprache verloren. »Wegen dir verliere ich meine Seele. Wegen dir fahre ich in die Unterwelt.«

»Und genau da gehörst du auch hin.«

»Ich diene einem Gott. Du hast eine Jungfrau der Sonne entweiht. Und vor diesem rotglühenden Auge dort oben bleibt nichts ungesehen.«

Seine offene Hand schlug über ihr Gesicht wie eine Platzpatrone. »*Ich* bin derjenige, der entweiht wurde, indem er dich je berührte, nicht du. Ich könnte verzeihen, was du mir angetan hast. Aber wegen dem, was du diesem Kind hier angetan hast – und was du mit ihrem Vater gemacht hast...« Er hob seinen Unterarm hoch, drohte mit einem zweiten Schlag, und tat es dann doch nicht.

Sie wich zurück, fort von ihm. Sie wandte ihren Kopf ab, als wäre allein schon sein Anblick unerträglich.

Er ließ seinen Arm mit einer Bewegung wieder sinken, die angewiderte Sinnlosigkeit ausdrückte.

»Larry«, flüsterte Chris ängstlich. »Larry, der Mond geht unter. Nicht mehr lange, und es wird zu spät sein.« Sie zerrte an seinem Arm.

Er sah immer noch Mitty an. »Warum mußte ich mich nur in jener Nacht verfahren? Und nachdem ich mich verfahren hatte, warum mußte ich losgehen und an die Tür dieses Hauses an der Kreuzung anklopfen, nach dem Weg fragen? Während du oben versteckt hinter dem Fenster warst, nur auf deine Gelegenheit wartetest und dann einen kleinen Zettel zu mir herunterfallen ließest, als ich mich wieder umdrehte. Das war nicht genug. Ich mußte in der darauffolgenden Nacht zurückkommen, und in der Nacht danach, und dann die Nächte einer ganzen Woche, und Steinchen gegen dein Fenster werfen und flüsternd eine Stunde darunter stehen. Dann mußte ich die glorreiche Idee haben, daß ausgerechnet ich dich aus der Gewalt deines ›bösartigen Vormundes‹ befreien mußte. Befreien ist gut. Ich war derjenige, der gerettet werden mußte, nicht du. Sir Galahad, das war ich. Genau wie in den Märchenbüchern. Verliebt sich in jemanden, deren Gesicht er hinter einem Fenster im Mondenschein sieht. Weil du süß wie eine Taube geflüstert hast, und weil du dich vorgebeugt hast, und weil der Ausschnitt deines Kleides immer so verrutschte ... Und weil ich jung war, und weil es Frühling war und die Apfelblüte in der Luft lag.«

»Fremde, häßliche Menschen in einem Traum«, stieß sie verächtlich aus. »Häßliche Menschen mit häßlichen Häusern und häßlichen Eigenheiten. Liebe... pah!« Sie spuckte vor seine Füße. »Und picken dauernd mit ihren Lippen aneinander herum, wie Papageien, die an einer Mango herumknabbern. Ja, ich erinnere mich an diesen schlechten Traum, nachdem du ihn jetzt wieder zurückgebracht hast. Aber er wird wieder verschwinden. Wenn du stirbst, wird er verschwinden und nie wieder zu mir zurückkommen.

Wir sind uns auf einer Brücke begegnet, ich weiß auch nicht wieso. Du kamst von einer Seite, ich von der anderen. Und jetzt ist diese Brücke eingestürzt, und wir sind getrennt. Ich habe meinen Gott, vor dem ich büßen muß. Möge *dein* Gott *dir* helfen.

Man hat mir berichtet, was geschehen ist. Zwei Männer deiner Rasse kamen her und fanden uns in unserem Tal. Sie brachen die Ruhestätten unserer Toten auf und zerrten einen nach dem anderen fort. Sie machten viele Zeichen auf Papier, sie machten Blitze wie bei einem Gewitter. Ich war an dem Fieber erkrankt, das den Schlaf bringt. Man hatte mich zum Sterben in eine kühle Höhle gelegt. Dort fanden sie mich, und sie stellten fest, daß der Tod mich noch nicht mitgenommen hatte. Auf eine Art, die sie kannten, die wir nicht kannten. Indem sie das Gewicht meiner Handgelenke gefühlt, indem sie mit langen Fühlern auf die Stimme meines Herzens gelauscht haben.

Dann leerten sie eine der heiligen Formen der schon lange Toten und legten statt dessen mich hinein. Sie befestigten die Truhe auf einem dieser kleinen Tiere mit dem grauen Fell, die sie mitgebracht hatten. Augen beobachteten sie aus dem Dschungel, sahen alles, was sie taten. So nahmen sie mich mit, und mein Volk konnte sie nicht daran hindern, denn sie hatten die eisernen Finger, mit denen sie auf uns zeigen und die Feuer spucken und aus größerer Entfernung als die weitesten Pfeile oder Speere töten konnten. Zwei aus meinem Volk haben sie auf diese Weise getötet, als sie zu nahe kamen, und einem haben sie den Arm kaputt gemacht, so daß er getötet werden mußte.«

Während sie sprach, war sie unmerklich nähergekrochen. Jetzt begann sie sich aufzurichten, dicht vor ihm. Der Haß in ihren Augen, falls er immer noch dort war, war versteckt; die Lider hingen halb geschlossen herunter.

Er starrte sie weiter an, unfähig, seine Augen abzuwenden.

»*Larry*!« hörte er Chris hervorstoßen.

Dieses Mal hatte ihr Schrei eine Schärfe, die ihn seinen Kopf herumreißen ließ.

Der Krieger, der Wächter von der Treppe unten, stand unmittelbar hinter ihm, mit bösartig funkelnden Augen, wie schwarze Pailletten, die in sein faltiges Gesicht genäht waren. Das Messer war bereits erhoben, bereit herabzusausen.

Chris' Schrei und das Messer zerfetzten gleichzeitig die Luft.

Er wich aus, in einem instinktiven, mühsamen Schwung aus der Taille heraus, und das Messer und der ganze Körper des Kriegers krachten auf ihn. Er stürzte nach hinten gegen die Pritsche und schaffte es, das Messer abzulenken, indem er mit seinem Unterarm den Arm abblockte, der die Waffe führte, so daß es abglitt und mit einem mahlenden

Krachen tief in eines der Felle unmittelbar hinter seiner Schulter jagte.

Ineinander verhakt wälzten sie sich auf dem Boden, und einen Moment lang hatte er das entsetzliche Gefühl, unter einem sich windenden, wahnsinnigen Kraken zu liegen. Das Messer war wieder frei, wurde ein zweites Mal gehoben. Aber es fuhr nie herunter.

Sein eigenes kam aus seinem Bund, aber in der falschen Hand, und zwischen ihren beiden Körpern war nicht genügend Platz, um es zu einem kräftigen Hieb zu zielen. Statt dessen richtete er es einfach zwischen ihnen nach oben und stieß zu. Es drang irgendwo ein, wahrscheinlich in den Unterleib, mit einer solchen Mühelosigkeit, daß er es überhaupt nicht spürte. Einen Augenblick dachte er schon, er hätte sein Ziel verfehlt.

Dann wurde das Heft warm, beinahe heiß, und als er es mit einer Art Entsetzen losließ, hörten die krakenähnlichen Arme und Beine auf, sich zu bewegen, und der Leib rutschte von ihm herunter auf den Boden, hinterließ dabei schwammig rote Spuren auf seinem eigenen Körper, als hätte jemand einen feuchten Pinsel über ihn gezogen.

Der Mund des Kriegers stand ein wenig weiter auf, zeigte jetzt mehr der vergilbten Zähne als zuvor, das war alles. Die tiefliegenden, an Pailletten erinnernden Augen waren völlig in den beiden blinden Hautfalten verschwunden.

»Jetzt sollte die Sonne versuchen, ihn zu retten«, keuchte Jones laut zu niemand Speziellem.

Er drehte sich um, schaute sich um, und sie war fort. Er sprang auf. Chris lag ausgestreckt am Fußende der nach oben führenden Treppe, als wäre sie bei einem erfolglosen Versuch, sie aufzuhalten, zurückgeschleudert worden. In panischer Angst zeigte sie nach oben, zum Dach des Tempels. Das Dach, wo sich die Kriegstrommel befand.

Er verstand. Er stürmte zur Treppe hinüber, rannte die Stufen hinauf. Schlagartig erblühten die Sterne, als er auf den flachen Aufbau hinaustrat, und ihre Silhouette zeichnete sich wie eine finstere Gestalt des Todes vor dem funkelnden Himmel ab. Die Trommel war rund und riesig und schulterhoch. Sie ragte dort auf wie ein gewaltiger Kessel. An einer Seite befanden sich mehrere Stufen, die dazu dienten, dem Trommelschläger genügend Höhe zu geben, und dort stand sie bereits, die Arme über den Kopf und zurück geworfen, ein langstieliges, hammerähnliches Werkzeug mit beiden Händen umklammert, bereit, zu schlagen.

Mit ihrer dunklen Silhouette vor dem Nachthimmel sah sie wie eine ihrer eigenen Götzen aus: Böse, eine Rachegöttin der Mayas. Obwohl er ihr Gesicht nicht sehen konnte, drückte ihre Figur es mit jeder Faser aus. Aus der Taille heraus nach hinten gebeugt wie ein gespannter Bogen, der jeden Augenblick einen Pfeil losschnellen läßt.

Es blieb nicht mehr Zeit, als sich einfach auf sie zu werfen, zu hoffen, sie zu Fall zu bringen, bevor der unmittelbar bevorstehende Schlag fiel. Gebückt stürzte er auf sie zu, warf sich mit der Schulter voran gegen sie. Der Trommelschlag kam nicht. Sie ruderte verzweifelt mit den Armen, der Hammer segelte aus ihrem Griff, prallte harmlos an der Seite der Trommel ab. Sie stürzte von ihrem niedrigen Podest, ihr Körper schlug gegen die gedrungene Brüstung, die unmittelbar dahinter das Dach begrenzte. Kurz davor fiel er auf seine Hände und Knie, und sie fiel darüber, ihr Rücken krümmte sich über dem Abgrund. Einen

Augenblick lang lag sie so da, völlig hilflos. Aber zuviel von ihrem Gewicht ragte zu weit über die niedrige Mauer.

Sie versuchte verzweifelt, sich irgendwo festzuhalten, versuchte, sich wieder aufzurichten. Im letzten Augenblick griff er nach ihr, versuchte von dort, wo er flach auf dem Boden lag, noch ihre Hände zu erreichen. Instinktiv, weniger aus dem bewußten Wunsch, sie zu retten.

Nur noch Zentimeter fehlten zwischen den Fingerspitzen ihrer Hände. Dann für einen Sekundenbruchteil ein Gegengewicht. Sie konnten die Lücke nicht schließen. Und dann lösten sie sich wieder, langsam wie in einem Traum.

Die Brücke war eingestürzt, hatte sie gesagt. Ich habe meinen Gott, dem ich dienen muß. Möge dein Gott dir helfen.

Er lag immer noch auf dem Bauch, die Hand, die sie nur um so wenig verfehlt hatte, immer noch leer in einer nutzlosen, verharrenden Geste ausgestreckt. Er starrte nach oben in das fahle Oval ihres Gesichtes in der Dunkelheit, diesen Augenblick länger, den er es noch sehen konnte. Und alles, was sie ihm jemals angetan hatte, lag in diesem Gesicht, kehrte im Augenblick ihres Todes zurück. Es kippte nach hinten, heraus aus seinem Blickfeld. Zurück und hinunter, in die Nacht. Aus der Nacht zurück in die Nacht. Ein merkwürdiges Ende, das zu einem merkwürdigen Anfang paßte. Ein Gesicht, das er zum ersten Mal im Mondlicht gesehen hatte, in einem Fenster eine Etage über seinem Kopf. Ein Gesicht, das er zum letzten Mal im Sternenlicht gesehen hatte, dreitausend Meilen und fünfhundert Jahre weit fort, über einem Sims und in die Ewigkeit fallend.

Sie ruderte vergeblich mit ihren Armen, versuchte an

der Oberseite der Brüstung wieder Halt zu finden. Doch das beschleunigte ihren Sturz nur noch mehr, beschleunigte ihn durch ihre krampfartigen Bewegungen.

Es dauerte nur einen Augenblick. Es schien jedoch so lang zu dauern wie der Traum einer Nacht, in einer Endlosigkeit zu geschehen. Sie stieß keinen Schrei aus. Am Ende war es nur ein schluchzendes Stöhnen. Und dann war die Brüstung wieder leer. Sie ging, wie er sie kennengelernt hatte: Wie etwas, das von Anfang bis zum Ende immer in Schatten gehüllt war.

»Mitty«, flüsterte er ihr nach, und das war sein Abschied. Er wußte, daß er diesen Namen niemals wieder sagen würde, nicht wenn er noch vierzig Jahre leben würde. Er wußte, daß er versuchen würde, nicht einmal mehr an ihn zu denken, und er wußte, daß es ihm nie gelingen würde.

Er versuchte nicht, hinunter zu schauen. Sie war jetzt wieder in der Nacht, in die sie gehörte. Sollte sie sie behalten.

Er drehte sich um und lief zurück nach unten, wo das Licht der Lampe immer noch matt in der Kammer flakkerte. Er griff hastig nach Chris' Hand, und sie streckte sich ihm blitzschnell entgegen, und auf diese Weise verbunden gingen sie die restlichen Stufen hinunter.

Sie kamen auf den Tempelhof hinaus. Mitty lag dort in den Schatten, vollkommen ruhig, beinahe als würde sie schlafen.

Er beugte sich kurz über sie und hob ihre Schulter von der Erde. Ihr Kopf hing merkwürdig verrenkt herab, fiel zu weit zurück, als wäre er locker, würde nur noch an einem Faden baumeln.

»Ihr Hals ist gebrochen«, brummte er.

Er ließ sie achtlos zurücksinken.

»Das ist ihr Ende«, sagte er bitter. »Sie ist zu spät gestorben. Zu spät für mich. Sie hätte schon sterben sollen, bevor ich sie kennenlernte. Oder ich, wie auch immer.«

Chris stand einfach dort neben ihm, sah ihn voller Mitleid an. Sie hatte nur Augen für ihn, selbst jetzt noch, in diesem entscheidenden Augenblick.

Er nahm ihre Hand. »Verschwinden wir von diesem verfluchten Ort! Wozu stehen wir hier noch rum? Warum sollten wir hier auf unseren Tod warten? Vielleicht schaffen wir es ja doch noch. Versuchen wir's wenigstens!«

27

Sie liefen zur Vorderseite des Hofes und stürzten durch den Torbogen, durch den er hineingekommen war, hielten dabei immer ihre Hände. Draußen vor der Tempelmauer waren die undeutlichen aufragenden Gebäude so still wie die mondbeschienenen Trugbilder, die sie zu sein schienen. Aber sie wußten, daß in jedem einzelnen von ihnen der nahe bevorstehende Tod lauerte. Mittys Sturz von der Brüstung war unbemerkt geblieben, vielleicht durch die schützende Mauer des Innenhofes gedämpft worden.

»Wir haben noch Zeit, bis die Sonne aufgeht«, flüsterte sie. »Dann werden sie es entdecken. Dann ist sie nämlich immer dort hinaufgegangen und hat...«

»Dann ist das also unser Vorsprung. Und was wir daraus machen, liegt allein an uns.«

Er schob sie vor sich, und sie gingen dicht hintereinander, um sich auf diese Weise besser im Schutz der Schatten halten zu können. Wie bei einem Himmel-und-Hölle-Spiel hasteten sie weiter, wo es am schwärzesten war, und sprangen schnell über die hellen Stellen. Schon bald erreichten sie den Rand der Siedlung und dann endlich das dichte Laubwerk. Sie hatten die Stadt hinter sich gelassen, welchen Vorteil auch immer sie dadurch hatten.

Nachdem sie jetzt so weit gekommen waren, gingen sie nicht mehr ganz so lautlos weiter, denn Äste zischten und spuckten und zitterten bei ihrem schroffen Eindringen, aber gleichzeitig schwebten sie auch weniger unmittelbar in Gefahr, da jetzt keine schlafenden Menschen mehr um sie herum waren, die diese verräterischen Zeichen ihrer Flucht bemerken mochten.

Sie gingen schnell, in einer Art Trab, aber auch wieder nicht zu schnell, denn ihnen beiden war bewußt, daß eine lang anhaltende Belastungsprobe auf sie wartete, und jetzt zu verschwenderisch mit ihrer Energie umzugehen bedeutete nur, daß sie ihnen später fehlen würde, wenn sie sie vielleicht dringender brauchten. Selbst diesen Trab behielten sie nicht lange bei, sondern verlangsamten ihn gelegentlich zu einem schnellen Schritt, um sich auszuruhen.

Der Mond war schon vor langem untergegangen, als sie noch im Tempel gewesen waren. Die Nacht verharrte in einem Zustand wartender Schwärze. Sie schauten beide mehrere Male zu ihr auf, wie auf eine Uhr. Es war die einzige, die sie hatten.

Schließlich sagte er: »Wenn die Verfolgung erst einmal begonnen hat, werden wir nicht mehr auf diesem Weg bleiben können. Sie werden uns schnell eingeholt haben. Wir werden uns in den Dschungel schlagen müssen.«

»Wie werden wir uns dann aber orientieren?«

»Ich weiß es nicht«, gestand er. »Laß uns soviel Abstand wie nur möglich hinter uns bringen, solange wir noch auf dem Weg bleiben können.«

Erste Ermüdungserscheinungen machten sich bei ihr bereits bemerkbar, fiel ihm auf. Jetzt spurtete sie wieder los, als würde sie dadurch angetrieben.

»Müde?«

»Nein, noch nicht.«

Er war sich nicht sicher, ob sie die Wahrheit sagte. Er konnte es sich in ihrer momentanen Lage jedoch nicht leisten, ihr nicht zu glauben. Sie war jung, wenigstens das sprach für sie. So jung wie man nur sein konnte, und trotzdem mußte sie so um ihr Leben laufen.

Sie mußten direkt nach Westen gegangen sein. Einmal warf sie einen kurzen Blick zurück, nicht zu ihm, sondern auf den Himmel hinter ihnen, und noch bevor sie sprach, beunruhigte es ihn auf eine sonderbare Weise, daß ihr Gesicht, wenn sie es in diese Richtung drehte, bereits blasser als ihr restlicher Körper war. Es war das erste Mal in seinem Leben, daß er es haßte, einen neuen Tag anbrechen zu sehen, ertappte sich dabei, wie er wünschte, das Morgengrauen würde noch eine Weile warten. Tageslicht, das normalerweise Hoffnung und das Ende der Angst brachte, bedeutete für sie erhöhte Gefahr und vielleicht sogar den Tod.

»Es fängt schon an«, warnte sie ihn, und beide jagten noch schneller als zuvor weiter.

Jetzt schaute er zurück. Die ersten Zeichen der Morgendämmerung standen im Osten; der Himmel dort hinten war grauweiß verhangen und nicht länger schwarz. Es war, als würde er mit einem starken Scheuermittel geschrubbt, das jede Farbe aus ihm herauslöste.

Die bleiche Farbe des Himmels begann sich von dort auch auf andere Dinge auszudehnen. Zweige und Palmwedel und Baumstämme wurden zweifarbig, heller auf der einen als auf der anderen Seite. Chris, die sich vor ihm abquälte, wurde zunehmend deutlicher, besonders wenn sich eine Öffnung in dem immer wieder unterbrochenen Blätterdach über ihnen auftat. Dann, zu anderen Zeiten, wenn sie Stellen passieren mußten, an denen sie wie durch einen Tunnel gingen, verschmolz sie wieder mit der monotonen Farbe der Blätter, immer noch dunkelblau durch die Schatten der Nacht.

Sie ließ jetzt schon sehr nach. Er erkannte das hauptsächlich daran, wenn er immer wieder auf gleiche Höhe zu ihr aufholte, statt an ihren Fersen zu bleiben. Er wollte nicht die Führung übernehmen, denn er hatte Angst, daß er sie dann vielleicht weit hinter sich lassen würde.

»Willst du dich ausruhen?« fragte er sie schließlich.

Sie konnte kaum noch Luft holen. »Noch nicht«, keuchte sie verbissen. »Später ... muß ich vielleicht. Ich will nichts von unserem Vorsprung verschenken.«

Er legte seinen Arm um ihre Taille. »Stütz dich ab, vielleicht geht es dann etwas besser.«

Es war bestenfalls eine unbeholfene Linderung. Jetzt mußten sie sich einen doppelt so breiten Weg durch das hindernde grüne Gespinst bahnen. Es erleichterte es ihr ein wenig, mehr nicht, verlangsamte aber gleichzeitig ihr Tempo viel zu sehr. Schließlich hörten sie wieder damit auf und setzten ihren Weg wie zuvor hintereinander fort.

Er warf wieder einen Blick zurück. »Bald ist es soweit«, sagte er.

Der östliche Himmel war jetzt safrangelb und begann aufzusteigen, als würde von unten eine Chemikalie zugefügt. Die steinernen Umrisse der Gebäude, die sie hinter sich gelassen hatten, wirkten immer noch beklemmend deutlich und nah, jedesmal, wenn sie durch die Zwischenräume im Dschungeldickicht zu sehen waren. Besonders der Tempel ragte so groß und wuchtig vor dem Himmel auf wie etwas Unbewegliches: Gleichgültig, wie sehr sie sich auch bemühten, von ihm fortzukommen, schien er dennoch die unverändert gleiche Entfernung zwischen ihnen zu halten.

»Es sieht immer noch so weit aus«, hörte er sie jammern.

Er wußte, daß sie die Berge meinte.

Das sind sie auch, dachte er; weiter weg als wir jemals kommen werden. Wir werden es nie bis dahin schaffen, niemals. Diesen Gedanken behielt er für sich.

Ein goldenes Glitzern, wie ein feuchter Sprühnebel, der ihnen von der Spitze eines Pinsel nachgeschleudert wurde, spritzte weit vor ihnen plötzlich auf den Weg, färbte ihn und die Blätter unmittelbar an seinen Seiten.

»Sie ist aufgegangen!« Sie sagten es gleichzeitig. Beide wußten sie es, ohne hinschauen zu müssen.

Sie rannten jetzt so schnell sie konnten, wie zwei Rehe. Kein Traben mehr, kein unbeständiges Verlangsamen mehr. Sie wußten, daß sie dieses Tempo nicht sehr lange beibehalten konnten, aber sie wußten, daß sie es tun mußten, solange sie noch konnten. Dieses glühende Auge, wie Mitty es genannt hatte, stand jetzt klar und deutlich hinter ihnen am Himmel, starrte ihnen rachsüchtig nach.

Er begann in seinem Kopf zu zählen, während seine Füße unter ihm weiterstampften. Eins, zwei, drei vier...

Ein lauter, dumpfer Schlag zerriß bei fünf die Luft. Er kam träge wie ein gleichmäßiges Donnern von dort hinter ihnen auf sie zugerollt. Dann, als die erste Welle langsam verebbte, folgte ein zweiter Schlag. Dann ein dritter.

Die Kriegstrommel.

Es spornte sie nur noch mehr an, so als wäre der Boden unter ihren Füßen plötzlich glühend heiß geworden. Sie stieß ein stummes, leises Wimmern aus.

»Ist schon in Ordnung«, keuchte er beruhigend. »Früher oder später mußte es ja kommen. Jetzt ist es vorbei. Lauf einfach immer weiter.«

»Wie lange können wir noch auf dem Weg bleiben?«

»Noch ein bißchen. Nicht mehr lange. Wir haben eine

Stunde gebraucht, um bis hierhin zu kommen. Sie können uns nicht in fünf oder zehn Minuten einholen.«

Das volle Sonnenlicht, der untere Rand der blitzenden Scheibe bereits deutlich über dem Boden, erwischte sie, als sie sich durch eine massive Wand aus Dampf kämpften, nur kurz, aber dennoch blendend hell, als die Nachtnebel sich aus dem Dschungel erhoben. Er mußte immer wieder an Mitty denken. Es lag an der Hitze der Sonne, die dafür verantwortlich war. Sie hatte sie verehrt. Vielleicht würde sie sie vernichten. Vielleicht war sie darin, war Teil von ihr geworden. Ich werde langsam verrückt, genau wie sie, sagte er sich und unterdrückte diesen Gedankengang.

Es dauerte nicht lange, und der Dunst wurde wieder dünner, verschwand allmählich. An seine Stelle trat eine heiße, unsichtbare Ausdünstung, die die Dinge brach, sie verzerrte, als würde man sie auf einem tropfnassen Spiegel sehen.

Immer häufiger sah sie zurück. Er traf nur äußerst ungern die Entscheidung, den Weg zu verlassen, so schmal und schwierig und undeutlich er auch immer war. Wenn sie ihn erst einmal verlassen hatten, würde ihr Tempo praktisch auf Null reduziert. Es war wie eine Kapitulation, auf ihre Chance zu verzichten, jemals die Berge zu erreichen. Aber es mußte sein; auf dem Weg zu bleiben hieß, ihre nahezu sichere Gefangennahme in Kauf zu nehmen. Sie schwankte jetzt, torkelte, und sie würde so oder so bald ausruhen müssen, andernfalls würde sie zusammenbrechen.

Er wartete solange wie möglich, bis er meinte, daß jedes weitere Hinauszögern zu gefährlich war. Seit sie das erste warnende Knurren der Trommel gehört hatten, war bereits eine gute halbe Stunde vergangen. Und vielleicht sogar mehr, da er keine Möglichkeit hatte, die Zeit genau zu messen.

Er blieb schwankend stehen und rief ihr zu, und sie blieb ebenfalls stehen, drehte sich abgekämpft um und lehnte sich erschöpft gegen ihn.

»Komm«, sagte er nur. »Es geht los.«

Sie verließen den Weg und schlugen sich stolpernd durch die verfilzte Vegetation, wobei er jetzt die Führung übernahm.

Es übertraf noch seine schlimmsten Befürchtungen. Auf dem Pfad war ihr Weg durch den Dschungel bereits gebahnt worden, gleichgültig wie dicht und ineinandergewachsen die Vegetation darum herum gewesen sein mochte. Hier mußten sie sich ihren eigenen Weg durch ein wahres Federbett aus Pflanzen bahnen, mußten sich erst einen eigenen Weg suchen. Selbst wenn sie nur eine Handbreit voneinander entfernt waren, waren sie vom Hals an abwärts für den anderen doch oft unsichtbar, so abgeschnitten waren sie durch große Blätter oder geschwungene, herabhängende Fransen der wie Krummschwerter aussehenden Farne. Gleichzeitig waren sie die ganze Zeit von einer solchen erstickenden Pflanzen- und Farbenvielfalt umgeben, die jede noch so winzige Spalte der drei Dimensionen ausfüllten, durch die sie sich bewegten, daß alles schließlich zu einem verschwommenen, unerträglichen Feuerrad wurde. Weiße, auffliegende Schmetterlinge wurden für sie zu Scheiben des Sonnenlichtes auf den Blättern, und Scheiben des Sonnenlichtes auf den Blättern hielten sie für weiße Schmetterlinge. Alles verschwamm vor ihren Augen zu einem einzigen Wirrwarr zahlloser Flecken.

Aber es war nicht immer so fruchtbar. Es gab Stellen,

die vergleichsweise dünn bewachsen waren, und gelegentlich sogar kleine bewaldete Täler und Lichtungen, wo sie beinahe mit normalem Tempo vorankamen. Das Problem war nur, daß diese Lichtungen alle voneinander isoliert waren und dazwischen Strecken lagen, die nahezu unpassierbar waren, wo man tatsächlich das Gefühl hatte, als würde man durch die oberen Äste eines dichten, weit ausladenden Baumes gehen, nur daß sie nicht durch seine Äste auf den Boden fallen konnten, falls sie einmal falsch auftraten.

Für eine Dauer, die in etwa der Zeit zu entsprechen schien, die sie auf dem Weg gegangen waren – doch da sie langsamer gingen, war es wahrscheinlich nur halb so lange – torkelten und schwankten sie durch diese pflanzliche Gischt, bis sie schließlich auf eine Stelle stießen, die wie geschaffen zu sein schien, um sich dort zu verstecken und auszuruhen. Weiterzugehen wäre Selbstmord gewesen. Keiner von ihnen hätte es zu diesem Zeitpunkt tun können, selbst wenn sie es gewollt hätten. Ein Baum war umgestürzt, ob nun von einem Blitz zerschmettert oder durch etwas anderes gefällt, konnten sie nicht erkennen. Selbst auf dem Boden liegend reichte der massive Stamm ihnen immer noch fast bis zur Taille. Er wurde von einer merkwürdigen, weinartigen Pflanze überwuchert, der ihn über seine gesamte Länge an den Boden fesselte. Aber sie schmiegte sich nicht dicht an den runden Stamm, sondern spannte sich weiter wie eine Art grünes Spinngewebe. Dicht neben dem Stamm entstand so eine Art dreieckiger Laube oder Wetterschutz. Und um es noch attraktiver zu machen, floß ganz in der Nähe ein kleiner Bach, der erste, an dem sie bislang vorbeigekommen waren.

Er ließ sie nicht direkt davon trinken, da er wußte, wie

gefährlich das sein konnte. Er tauchte eine Ecke der Lumpen, die er trug, hinein, befeuchtete damit ihre Lippen und drückte sie auf ihrer Stirn und ihrem Nacken aus. Dann ließ er sie ein paar verführerische Schlucke aus seiner Hand trinken und versprach ihr später mehr.

Und in dieses kleine Zelt aus natürlichem Grün krochen sie dann und brachen dort zusammen, während ihre Lungen gegen die Rippen hämmerten wie geschwollene Blasen, die jeden Augenblick zu platzen drohten.

Sie weinte ein wenig, als sie sich wieder etwas besser fühlte. Das gefiel ihm an ihr, daß sie ein Mädchen war, das weinte, und kein verdammtes indianisches Flittchen ohne jedes Gefühl. »Es tut so weh«, jammerte sie, »selbst wenn man ganz ruhig liegt.«

»Ich weiß, ich weiß«, war alles, was er herausbrachte.

Sie lagen vielleicht fünf Minuten dort und begannen gerade erst, wieder ruhiger zu atmen, als sich plötzlich seine Hand auf ihrem Handgelenk anspannte, sie nach unten drückte und dort festhielt. Und sie verstand, rührte sich nicht.

In ihrer Nähe war kein Laut zu hören, auch nicht das leichte Zittern eines Farnwedels zu sehen, um zu zeigen, daß sich jemand näherte. Und dann teilte sich plötzlich die grüne Wand, die sie umgab, in zwei gezähnte Kanten, und eine Gestalt tauchte in einer Entfernung von nicht mehr als zehn Metern von der Stelle auf, an der sie sich zusammenkauerten. Zimtbraun, tief geduckt in seiner tödlichen Suche, sich seinen Weg mit einem schnellen, lautlosen Geschick bahnend, das sie niemals hätten erreichen können.

Er war atemberaubend nah. Für einen Augenblick schienen die harten schwarzen Augen über die grüne Decke zu huschen, unter der sie matt und hilflos lagen. Er wand sich mit schlangenartigen Bewegungen weiter. Die gezähnten Kanten auf der anderen Seite schlossen sich wieder hinter ihm, und es gab nichts mehr, das darauf hindeutete, daß sie gesehen hatten, was sie gesehen hatten.

Er ließ ihr Handgelenk los, doch abgesehen davon bewegte sich keiner von ihnen. Sie drehte ihre Hand einfach um und ließ sie auf den Boden gleiten.

»Das war knapp«, flüsterte er. »Sie bleiben auch nicht auf dem Weg. Wenigstens nicht alle.«

»Woher hast du das früh genug gewußt?«

»Das könnte ich dir jetzt nicht mehr sagen. Muß wohl eine Veränderung in dem Zirpen und Zwitschern um uns herum gewesen sein.«

Niedergeschlagen ließ sie ihren Kopf hängen. »Sie werden uns finden.«

»Wozu aufgeben, bevor es unbedingt nötig ist?«

Danach verließ er sie zweimal, aber immer nur für kurze Zeit, und auch nicht aufrecht gehend, sondern auf Händen und Knien kriechend. Einmal, um ihr mehr Wasser zu bringen – dieses Mal tauchte er sein ganzes Hemd hinein, und sie drückten es beide in ihre Münder aus –, und das zweite Mal, um ein paar Beeren zu holen.

Er versuchte sie zuerst selbst und ließ sie eine Weile warten. Und dann, nachdem er einigermaßen sicher war, daß sie offenbar keine schädlichen Wirkungen hatten, gab er ihr ein paar.

Danach lagen sie einfach still da; atmeten, überlebten, nichts sonst. Warteten darauf, daß die freundliche Nacht zurückkehrte. Sich an einem solchen Ort versteckt zu halten, war das sicherste, was sie bei Tageslicht tun konnten. So brauchten sie sich nur von einem gefährlichen Bewegungsablauf in acht zu nehmen: Dem ihrer Feinde.

Hätten sie sich selbst bewegt, wären es zwei gewesen: Die Bewegungen ihrer Feinde und ihre eigenen, die sich vielleicht aufeinander zubewegt haben mochten, wenn sie es am wenigsten erwarteten.

Er sah sie an, und ihre Augen waren geschlossen. Sie war fest eingeschlafen, den Kopf gegen seine Schulter gelehnt.

Er war froh, daß sie schlafen konnte. Nur die sehr jungen Menschen konnten so schlafen, während um sie herum überall der Tod lauerte, das Leben an einem seidenen Faden hing, am Rascheln eines Blattes, dem Biegen eines Grashalmes.

Seine eigenen Lider wurden müde, doch er zwang sich, sie offenzuhalten. Jemand mußte aufpassen.

Die sengende Sonne brannte heiß auf ihre grüne Decke, drang durch die unzähligen kleinen, ein Kreuzmuster bildenden, waffelähnlichen Lücken, fiel in leprösen Scheiben auf sie herab, die brannten, beinahe so wie die gebündelten Strahlen eines Brennglases. Es war, wie von Pailletten bedeckt zu sein.

Die Nacht brach langsam an. Er hatte sich noch nie zuvor so sehr gewünscht, sie zu sehen. Wo war der vielgepriesene schnelle Einbruch der Dunkelheit der Tropen, der doch angeblich wie ein Vorhang über die Welt fiel? Es dauerte lange, aber schließlich kam sie doch. Die Sonne begann sich zu röten, bevor sie endlich im Westen unterging.

Er wartete, wartete den rechten Augenblick ab. Die kleinen Lichtscheiben wurden langsam schwächer. Dann verblaßte auch das rötliche Glühen auf ihren nach oben gewandten Gesichtern. Kühle grüne und blaue Schatten begannen sich wie Pilze in sämtlichen Mulden zu sammeln. Das Licht verließ die Welt.

Er weckte sie schließlich, als nur noch ein grasgrüner Himmel über dem schwarzen Dschungel die letzte Spur des Tageslichtes darstellte. Er weckte sie auf seltsame Art. Oder wenigstens kam ihm dies zu diesem Zeitpunkt so vor. Denn als sie sich nicht rührte, nachdem er ihren Namen dicht neben ihrem Ohr geflüstert und ihre Schulter leicht berührt hatte, legte er seine Lippen an ihre Stirn und weckte sie mit einem Kuß.

Einen Moment lang hatte sie Angst, in der Dunkelheit und an einem fremden Ort aufzuwachen, an den sie sich nicht erinnern konnte, starrte zu den Blättern über ihnen auf und klammerte sich an ihn.

»Alles in Ordnung«, beruhigte er sie. »Wir sind hier, erinnerst du dich nicht mehr? An dieser Stelle, wo wir uns versteckt haben. Wir müssen bald wieder aufbrechen.«

Er brachte ihr wieder etwas Wasser, und sie warteten noch ein wenig länger. Dann kroch er hinaus und half ihr auf die Beine, und sie begannen mit ihrer zweiten Etappe.

Er wußte, daß dieses Mal die Entscheidung über ihre Sicherheit oder ihren Tod fallen würde. Ihre Kraft und ihre Fähigkeit, sich auf den Beinen zu halten, würde nicht noch eine weitere Nacht ohne etwas zu essen überstehen.

Schon bald würde es mehr Licht geben, damit sie besser sehen konnten. Der Prozeß des Dunkelwerdens hörte auf, kehrte sich teilweise sogar selbst um. Ein kupferner Dunst tauchte am östlichen Himmel wie Ziegelstaub auf, der in der Nacht schwebte. Eine kleine Lichtung und eine Bodenerhebung halfen ihnen, sich zu orientieren. Von dort aus fanden sie einen Orientierungspunkt, und indem sie genau in die entgegengesetzte Richtung gingen, erhielten sie den zweiten. Weit in der Ferne zeichnete sich der Tempel als Silhouette vor einem spät aufgehenden, aprikosenfarbenen Mond ab. Das bedeutete, daß sie in gerader Linie davon, wenn sie ihm immer ihre Rücken zugewandt hielten, die Berge finden mußten. Wieder schloß sich um sie der Dschungel, als sie ihren Weg fortsetzten, und löschte ihn aus.

Sie kamen nur mühsam vorwärts. Er besaß keine Machete oder etwas Ähnliches, um den Weg zu bahnen. Er mußte andere Möglichkeiten finden durchzukommen. Er umging Hindernisse, kroch unter ihnen durch, wenn sie nicht zu niedrig waren, und benutzte oft genug seinen eigenen Körper als Brustwehr, um ihr den Weg durch ein Dickicht oder eine Hecke zu bahnen, die besonders dornig war.

Einmal wurde das Vorwärtskommen besonders schwierig. Eine nachgiebige, faserige Kletterpflanze, die etwa so dick war wie ein Benzinschlauch, verhedderte sich um Chris' Hals und zog sich bei der kleinsten Bewegung zusammen, so daß sie weder vor noch zurück konnte. Einen entsetzlichen Augenblick lang dachten sie sogar, es könnte etwas Lebendiges sein, eine Boa oder Anakonda, aber das war es nicht, es bewegte sich nicht, es war nur eine Pflanze. Er merkte schnell, daß er sie nicht mit seinen Händen durchtrennen konnte, und als er es dennoch versuchte, zog sie sich nur fester um ihren Hals. Er ließ sie ihre Hände darunter schieben, um so eine Art Schutzpolster zwischen Pflanze und ihrer Kehle zu bekommen. Er verfluchte seine Dummheit, das Messer in der Leiche des Kriegers am Tempel zurückgelassen zu haben. Wie die Dinge lagen, besaß er nur eins, das scharf genug war, um damit zu versuchen, die Pflanze zu durchtrennen. Also benutzte er dies, obwohl sie ihn bat, es nicht zu tun. Seine Zähne.

»Vielleicht ist sie giftig. Tu's nicht.«

»Wird schon nicht«, sagte er und hoffte, daß er recht hatte.

Er kaute sich durch. Ein fürchterlich bitterer Saft schoß in seinen Mund, aber er schaffte es. Schließlich schlossen sich seine Zähne wieder, und er hatte den Strang durchtrennt.

Sie zerrten die Pflanze herunter und marschierten weiter. Die nächsten fünf Minuten verbrachte er damit, immer wieder auszuspucken, während sie ihren Weg fortsetzten.

Sie legten jedes bißchen Tempo zu, das die Nacht und der Dschungel und ihre geschwächten, geschundenen Körper ihnen erlaubten. Die Berge, eisig blau entlang der Gipfel im Mondlicht und nur sichtbar, wenn der grüne Vorhang vor ihnen sich hin und wieder weit genug senkte, wirkten näher als im Licht des voraufgegangen Tages, doch das mochte durchaus auch nur am Mondschein gelegen haben.

»Wir werden den Eingang zu diesem Grabmal ziemlich genau treffen müssen, vergiß das nicht. Einen anderen Weg hinaus gibt es nicht.«

»Angenommen, sie sind schon vor uns dort und warten auf uns?«

Daran hatte er selbst schon gedacht, vor langer Zeit, und dieser Gedanke hatte ihm nicht besonders gefallen. »Noch sind wir nicht da. Zerbrechen wir uns darüber nicht den Kopf, bevor es soweit ist.«

Sie hatten keine Möglichkeit festzustellen, ob ihre Verfolger vor oder hinter ihnen oder sogar überall um sie herum verteilt waren, so daß sie vielleicht blindlings zwischen ihnen weitermarschierten. Jeden Augenblick konnten sie versehentlich auf sie stoßen, und einmal bewies das

Gezeter empörter Papageien und Affen, das sich plötzlich aus dem Summen des um sie herum schlafenden Dschungels erhob, daß es um ein Haar passiert wäre.

Sie kauerten sich zusammen, erstarrten und warteten. Es kam nicht wieder, nur dieses eine Mal, und dann setzten sie, nach langem, vorsichtigem Warten, schließlich ihren Weg fort.

»Es muß nicht so gewesen sein«, flüsterte er vorsichtig. »Eine große Wildkatze vielleicht, die es auf einen dieser Affen abgesehen hatte.«

Es erforderte Willenskraft weiterzugehen; der kurze Tumult war eher vor als hinter ihnen gewesen. Sie wichen ein wenig von ihrem Kurs ab, umgingen so gut sie konnten die Richtung, aus der der Lärm gekommen war.

Er bemerkte etwas, das ihm nicht gefiel. Von Zeit zu Zeit begannen ihre Gedanken ein wenig abzuschweifen. Er wußte, daß es wahrscheinlich nur an übermäßiger Erschöpfung lag, aber es war ein schlechtes Zeichen, ein Warnsignal. Einmal sagte sie völlig unerwartet: »Wird mein Dad dort auf uns warten, wo wir hingehen?«

Er wußte nicht, was er sagen sollte. Und dann, noch bevor er antworten konnte, fragte sie, über sich selbst erschrocken: »Was habe ich da gerade gesagt?«

Der Boden unter ihren Füßen begann bereits leicht anzusteigen. Nicht gleichmäßig, sondern in mehreren Anläufen. Irgendwann noch vor Ende der Nacht müßten sie den dichten Dschungel hinter sich gelassen haben, falls sie so lange durchhalten konnten.

Der Mond ging wieder unter – derselbe Mond, der auch Mittys Tod in der voraufgegangenen Nacht gesehen hatte –, und jetzt war die Nacht im Schwinden. Sie gingen noch einige Zeit danach weiter, um aus der schützenden Dunkelheit auch noch den letzten möglichen Zentimeter herauszuquetschen. Dann mußten sie sich wieder niederlassen und ausruhen, selbst wenn dies ihren sofortigen Tod bedeutete. Fleisch und Blut konnten nicht mehr verkraften.

Dieses Mal schlief sie nicht. Er ließ sie nicht. Er erlaubte es sich selbst auch nicht. Er behielt seine Nägel in die weiche Unterseite seiner Arme vergraben, damit der Schmerz seine Augen offenhielt. Er zählte zehn Minuten ab, und gerade als die Erholung sich in ihren ausgelaugten Körpern festzusetzen begann, beendete er die Ruhepause sofort.

Als er sie hinter sich wieder auf die Beine zog, wäre er selbst um ein Haar sofort wieder gestürzt. Bewegungslos lehnten sie sich einen Moment gegeneinander wie zwei schräg stehende Pfosten, die sich allein aufgrund ihrer Neigung gegenseitig stützten, dann schwankten sie weiter. Die Sterne über ihnen flackerten und wurden immer kleiner, der Himmel hinter ihnen begann sich zinnfarben zu verfärben.

Das Ende der Nacht und des Dschungels kam fast gleichzeitig. Gerade als es wieder hell genug wurde, um etwas sehen zu können, traten sie aus der üppigen Vegetation hinaus in eine dürre Gebirgsausläuferregion, hier und da Gruppen verkümmerter Bäume, die immer weniger wurden, je weiter sie gingen, und schließlich ganz aufhörten.

»Sieh nur«, flüsterte er beinahe ehrfürchtig. »Sieh nur, Chris, die Berge.« Er sah, wie ihre Augen in Tränen der Erschöpfung und Dankbarkeit schwammen. Gedankenverloren streichelte er ihre Haare, während er seine eigenen Augen nach oben zu der immer noch fernen, geschlossenen Gipfelreihe gerichtet hatte. »Auf der anderen Seite, Chris«, flüsterte er, »auf der anderen Seite dieser Berge ist es 1950.«

Sie standen da und suchten den vor ihnen aufragenden Hang nach dem Eingang des Grabmales ab, der den einzigen möglichen Weg auf die andere Seite darstellte. Zuerst suchten sie direkt vor ihnen, und er war nirgends zu sehen. Dann auf der linken Seite, soweit das Auge reichte. Auch dort nicht, kein Zeichen von dem Eingang. Dann auf der rechten Seite, der einzigen Richtung, die noch blieb. Und auch dort nichts.

Er schluckte und versuchte dagegen anzukämpfen, seinen Mut nicht sinken zu lassen. »Irgendwo da oben muß es doch sein«, brummte er. »Wir sind dort hinausgekommen. Daran erinnern wir uns beide. Das war doch kein Traum.«

Aber was war Traum? Und was nicht?

Er versuchte sich so gut es ging zu orientieren. »Wir haben den Weg nach links verlassen«, sagte er laut, um sowohl sich selbst als auch sie zu überzeugen. »Das bedeutet, der Weg liegt jetzt rechts von uns, es sei denn, wir haben ihn, ohne es zu wissen, danach in der Dunkelheit überquert. Also, wenn wir uns rechts halten, müßten wir früher oder später doch auf den Eingang stoßen.« Er sah sie fragend an. »Wir lassen es drauf ankommen, Chris, okay? Ich will dir nichts vormachen; es ist nicht mehr als eine Chance. Aber ich habe Angst, daß wir leicht die gesamte Innenseite des Tales entlang marschieren, ohne jemals wieder hinauszufinden, wenn wir jetzt nach links gehen.«

»Gut, lassen wir's drauf ankommen, Larry«, sagte sie matt.

Zunächst kehrten sie ein Stück ihres Weges zurück, um wieder ein wenig tiefer in den Schutz des Dschungels zu kommen, damit sie möglichen Blicken nicht so ungeschützt ausgesetzt waren. Dann hielten sie sich am Rand des Dschungels unmittelbar vor dem Punkt, an dem er seine volle Dichte verlor. Nicht daß es eine klare, rasiermesserscharfe Trennungslinie gab, wo der Dschungel aufhörte und die unfruchtbaren Gebirgsausläufer begannen; manchmal schickte die Vegetation Zungen aus, kletterte recht hoch den ansteigenden Bergrücken hinauf. An anderen Stellen gab es umgekehrt trockene Gebiete, wo die Mauer des Dschungels sich weit zurückzog.

Müdigkeit hatte jede Bedeutung für sie verloren, ebenso Hunger oder alles andere. Falls sie der Ermüdung erliegen sollten, wäre das schon vor langer Zeit passiert, als sie noch neu und durchdringend gewesen war. Jetzt war sie alt und stumpf, so alt, daß sie sie kaum beachteten. Glasige Augen, eine Anspannung der Bauchmuskeln.

Sie mußten eine recht weit vorspringende Bergschulter umrunden, auf die sie stießen, als sie weiterkamen. Auf der anderen Seite davon fiel die Linie der Berge ein beträchtliches Stück zurück; dort war ein Zurückweichen, das sich zuerst mehr durch eine Veränderung in der Farbe als durch sonst etwas zeigte. Die Färbung dahinter wirkte durchscheinender, weniger opak. Als sie näherkamen, sahen sie, daß der Unterschied eher auf Nähe als auf Schattierung zurückzuführen war.

Dann, als ein bestimmter, unsichtbarer Längengrad auf dem weiter vorn liegenden Abhang sich ihrem nähernden Blick deutlicher abzeichnete, flogen ihre Hände aufeinander zu und umklammerten sich fest. Sie sahen es. Da war es. Der flankierende Überhang hatte es bis zu diesem

Augenblick vor ihnen verdeckt. Ein Irrtum war ausgeschlossen. Sie sahen die künstliche, von Menschenhand geschaffene Ebenheit der gefurchten Steine, die ihn umrahmten, leicht nach hinten geneigt im Einklang mit der Schräge der natürlichen Felswand. Ein Schlitz, ein Fenster im Berg. Er sah schrecklich schmal aus, es sah schrecklich weit oben aus. Aber er war da. Jedes winzige Detail stach deutlich in der kristallklaren Luft hervor.

Sie waren eine gute halbe Tagesreise von ihrem Kurs ab- und aus dem Dschungel heraus gekommen. Aber diese Abweichung hatten sie jetzt korrigiert. Sie hatten ihren Weg wiedergefunden. Jetzt konnten sie sehen, wohin sie gingen. Und sie waren immer noch auf ihren eigenen zwei Beinen, sie waren immer noch frei, und das war die Hauptsache.

Langsam bewegte sich ihr Ziel auf eine Höhe mit ihnen, bis schließlich der Weg selbst, der von dort herunterführte, in Sicht kam. Dort oben war er nicht mehr als eine Furche, eine Falte, eingegraben in die Haut des Berges. Aber man konnte sie sehen, sie hatte eine blaugraue Färbung, durch die sie sich von der dunkelbraunen Farbe des umgebenden Geländes abhob, so wie wenn ein dünner Draht zu fest über etwas gezogen wird und eine schimmernde Spur hinterläßt.

Schließlich blieben sie stehen und ließen sich hinter einen kleinen Hügel fallen, von wo aus man aus dem Schutz dürrer Baumstämme einen freien Blick hatte. »Wir werden uns hier versteckt halten, bis wir soweit sind«, keuchte er. »Wir sind soweit, wie wir kommen konnten, ohne zu weit auf die andere Seite zu gehen.« Und das war ihre letzte Ruhepause vor ihrem letzten Aufbruch, vor dem letzten Stück, das sie hinauf- und hinein- und hindurchlaufen mußten.

Der Platz, den er ausgewählt hatte, bot ausreichend Schutz. Trotzdem konnten sie den Eingang des Grabmales kontrollieren. Und der nach unten führende Pfad lag jetzt sehr nahe und quer zu ihrem eigenen Weg, mündete fast direkt vor der Stelle in den Dschungel, an der sie sich versteckten. Sie waren so nahe daran, wie er im Augenblick zu riskieren beabsichtigte.

Sie lagen da wie zwei welke, achtlos zur Seite geworfene Ranken, wobei ihr Kopf in der Mulde unmittelbar über seiner Hüfte ruhte. Am sichersten würde es sein, das wußte er, bis zum Einbruch der Dunkelheit hier zu warten. Doch das Gesetz der fallenden Profitrate arbeitete bereits in vollem Gang gegen sie. Er glaubte nicht, daß ihre Kräfte noch solange halten würden.

Sie schlief ein, und dieses Mal ließ er sie, wollte sie schlafen lassen. Zum ersten Mal seit zwei Nächten schlossen sich auch seine eigenen Augen, und es war, als hätte er eine zähe, klebrige Flüssigkeit auf seinen Lidern. Kaum hatten sie sich geschlossen, schon klebten sie fest. Noch soviel Willenskraft hätte nicht genügt, um sie wieder zu öffnen.

Es kam ihm nur wie ein Augenblick vor, als sie ihn wieder wach rüttelte. Sie hatte Angst, warnte ihn, noch während er aufwachte. »Larry, beweg dich nicht. Sieh nur. Schau, da oben.«

Drei Krieger standen am Eingang des Grabmales. Dann waren es plötzlich vier. Dann fünf. Jeden Augenblick kam ein neuer dazu. Sie kamen heraus, einer nach dem anderen. Eine Gruppe, die auf der Suche nach ihnen dort hineingegangen sein mußte, kehrte jetzt enttäuscht zurück.

Er spürte, wie ihr Herz klopfte. Sie hatte sich dicht an ihn gedrängt. »Können sie uns von da oben sehen?«

Ganz offensichtlich suchten sie von ihrem hoch liegenden Aussichtsplatz den Rand des Dschungels ab; das konnte er daran erkennen, wie sich ihre schrotkugelgroßen Köpfe in tödlichem, langsam suchendem Einklang bewegten.

»Ich glaube nicht.«

»Aber wir können sie doch sehen. Ich kann sogar die Sonne auf ihren Messern blitzen sehen.«

»Sie haben nichts als nackten Fels als Hintergrund, davor stechen sie natürlich gut hervor. Wir haben Blätter und die Schatten der Bäume und allen möglichen anderen Schutz, um sie abzulenken. Aber bleib trotzdem absolut still liegen, was auch immer du tust, rühr dich nicht.«

Hintereinander machten sie sich auf den Weg den Pfad hinunter, der erste bereits ein gutes Stück Richtung Talsohle, bevor der letzte aus der Öffnung des Grabmales herausgetreten war. Er zählte zehn Mann. Die Krieger kamen in einem langsamen Zickzack herunter, weit auseinander, und mit jedem Augenblick nahm die Gefahr zu, denn während sie abstiegen, kamen sie gleichzeitig auch ihrem Versteck immer näher.

Und die Krieger wurden auch größer; von Puppengröße schwollen sie auf Mannshöhe an, als jeder einzelne von ihnen dicht an ihnen vorbeikam und weiterging, um dann von der erstarrten grünen Flutwelle verschluckt zu werden, die der Dschungel darstellte, erstarrt und bereit, aber doch nie zu einer Gischt hoch über ihren Köpfen zerspringend. Kleine Flecken kupferfarbener Haut tauchten hier und da wieder auf, als wäre es tatsächlich grünes Wasser, in das sie eintauchten, und dann waren sie endgültig fort.

Das letzte Blatt hörte auf zu zittern, das letzte bebende Schilfrohr kam zur Ruhe, der talwärts führende Weg war wieder leer. Nichts außer der Zeit rührte sich noch. Sie waren verschwunden, als hätte es sie nie gegeben. Aber welch sträflicher Leichtsinn, sich allein darauf zu verlassen!

Schließlich gab er ihr, indirekt, das Zeichen, daß der Augenblick gekommen war. »Was meinst du, schaffst du es bis da oben?«

Sie nickte tapfer. »Ich kann's versuchen. Ich bin soweit.«

»Wenn wir erst aufgebrochen sind, werden wir uns beeilen müssen. Von hier an werden wir ungeschützt im Freien sein, kein vorsichtiges Schleichen mehr wie im Dschungel. Und was wissen wir denn schon, ein paar von ihnen könnten durchaus noch zurückgeblieben sein.«

Langsam stand er auf, mit einem unbehaglich nackten, schutzlosen Gefühl. »Bleib noch einen Augenblick unten.«

Gehorsam kauerte sie an seinen Füßen, strich mit beiden Händen ihre Haare zurück, um sie aus dem Weg zu haben.

Schließlich nickte er. Sie richtete sich neben ihm auf.

»Bist du soweit, Chris?«

»Ich bin soweit, Larry.«

»Bete noch, bevor wir gehen.«

»Laut?«

»Ist mir egal. Ja, ich denke.«

Sie neigte ihren Kopf ein wenig, schloß für einen Moment ihre Augen. »Wer auch immer du bist, bring uns da durch«, sagte sie inbrünstig. »Oh, wer auch immer du bist, sei nur dieses eine Mal auf unserer Seite.«

Er streckte ihr seinen Arm hin. »Nimm meine Hand«, sagte er knapp. »Und los geht's.«

Mit einem irgendwie müden Trab verließen sie den Dschungel. Mehr konnte sie nicht aufbringen. Und wieder waren sie nicht sofort im Freien; der Dschungel lichtete sich nur langsam, öffnete sich um sie herum nur allmählich. Trotzdem war von einem unbestimmten Punkt an die Fläche ihres Körpers, die aus einiger Entfernung gesehen werden konnte, größer als die nicht sichtbare Fläche, und von diesem Augenblick an wurde es wirklich gefährlich.

Es war ungeheuer schwierig für sie vorwärtszukommen, besonders in ihrem geschwächten Zustand. Beinahe schlagartig hörte der Boden auf, völlig horizontal zu verlaufen; mit jedem Schritt wurde der Steigungswinkel stärker. Es kam ihnen vor, als wären all die Mühen, sich einen Weg durch das dichte Unterholz des Dschungels zu bahnen, nichts im Vergleich mit dem, was ihnen jetzt bevorstand. Ihr Körpergewicht zu heben strapazierte die Lungen und die Beinmuskeln erheblich mehr, als es ineinander verhedderte Dornenzweige je konnten.

Der Dschungel wich wie ein Meer bei Ebbe schnell hinter ihnen zurück. Wie von selbst schien er sich zu verdichten, und schließlich war er zu einem glatten grünen Florteppich geworden, der sich beträchtlich weit unter ihnen ausdehnte, ruhig und ungestört, soweit das Auge reichte.

Etwa auf einem Drittel der Entfernung ihrer aufwärts führenden Diagonale stießen sie auf den Weg. Sie forderten keine zusätzliche Gefahr mehr heraus, indem sie ihm jetzt folgten; sie waren jetzt schon genauso sichtbar, wie sie es auf dem Weg sein würden, daher blieben sie von nun an darauf. Dort fanden sie besseren Halt und konnten sich leichter orientieren als auf dem übrigen Abhang.

Immer wieder schauten sie zurück, nicht beide gleichzeitig, sondern abwechselnd, er zuerst, dann sie. Fortgesetztes Schweigen des einen sagte dem anderen dann jedesmal, daß bislang noch alles in Ordnung war. Die Hälfte der Strecke, gekennzeichnet durch eine scharfe Kurve, die sie schon von unten ausgemacht hatten, kam ihnen schnell entgegen.

Er spürte, wie ihre Hand krampfartig in seiner zuckte. Sie hatte nicht genug Luft, um schreien zu können. Sie stieß eine Art ersticktes Blöken aus, und er wußte sofort Bescheid, noch bevor er selbst einen Blick zurückgeworfen hatte. Die Sicherheit war vorbei, und sie waren immer noch erst auf halbem Weg zwischen dem Eingang des Grabmales und dem Dschungel, den sie gerade erst hinter sich gelassen hatten.

Der Rand des Dschungels, noch vor einem Augenblick völlig harmlos, hatte zwei laufende Gestalten ausgespuckt, die jetzt von dort losrannten, in wütender Verfolgung den kurvenreichen Weg heraufkamen. Ein dritter brach in einem Abstand aus der Deckung hervor, der doppelt so groß war wie der zwischen den beiden ersten. Ein oder mehrere Mitglieder der Gruppe, die sie vor nicht allzu langer Zeit hatten zurückkehren sehen, mußten hinter den anderen zurückgeblieben sein, sie dann gesehen und Alarm geschlagen haben.

Sie wurden zu einem Taumel fieberhafter Bewegungen angetrieben, von der sie nicht geträumt hatten, dazu noch fähig zu sein. Die einzige ihnen noch bleibende Chance, das wußten sie, bestand darin, in die schützende Dunkelheit des Grabeinganges zu gelangen, bevor sie von den beflügelten Furien unter ihnen eingeholt wurden. Er stieß sie vor sich und schob sie weiter, benutzte dazu manchmal lediglich eine stützende Hand, manchmal seine ganze

Schulter, wenn es besonders steil oder schwierig bergauf ging.

Sie atmete nicht mehr, sie schluchzte. Sie konnten sich den Luxus nicht mehr leisten, einen Blick zurück zu werfen, außer an den Stellen, an denen sie es aufgrund einer Biegung des Weges automatisch taten; jede Drehung des Kopfes kostete einfach zuviel Energie.

Die Verfolger holten rasch auf. Ihre Beine schienen wie Kolben unter ihnen zu arbeiten, nur undeutlich zu erkennen wegen der Schnelligkeit der Bewegung. Der Abstand zwischen ihnen verringerte sich unaufhaltsam. Von Minute zu Minute wurden sie größer, wie etwas, das in einem schlechten Traum auf einen zugestürzt kam. Aber die schwarze Öffnung der Zuflucht über ihnen kam näher und näher.

Ein letzter Spurt, um sie zu erreichen. Der Atem stach wie eine heiße Flamme in ihren Lungen, schwarze Flecken tanzten vor ihren Augen wie Kulturen, die man durch ein Mikroskop beobachtet. Ein Mädchen, ein ausgezehrter Mann, und der Wille zu überleben. Sie hätten nicht aufschreien können. Dies war kein Augenblick zum Schreien. Dies war nur ein Augenblick zum Leben oder Sterben. Sie konnten nur erstickt würgen und sich wie verrückt nach oben abstrampeln, und weiter und immer weiter.

Plötzlich fiel Schatten hinter sie wie ein dunkelblaues Fallbeil, das ihre Nacken nur gerade eben verfehlt hatte, und sie waren drin.

Die Kälte war so schneidend, daß ihre Haut erstarrte, sich zusammenzog, als wäre eine Art vaporisiertes Adstringens aufgesprüht worden. Einen Moment lang konnten sie nichts sehen. Dunkelheit stieg um sie herum empor wie ein rußfarbener Nebel, und in ihrer kurzen Sicherheit lag beinahe ihr endgültiges Verderben. Aber sie hatten von der ersten Sekunde, in der sie ihre Verfolger entdeckt hatten, nicht einmal den körperlichen Kontakt gelöst, und jetzt war seine Schulter immer noch fest gegen die ihre gedrückt, schob sie weiter, hielt dabei einen Arm um ihre Taille gelegt. So miteinander verbunden wateten sie unsicher durch die Untiefen des Halbdunkels, wobei ihnen der hohle Klang ihrer Schritte sagte, daß sie auf allen vier Seiten umschlossen waren.

Und dann, ein oder zwei Augenblicke später, blinzelte ihnen die Rettung entgegen. Eine Lampe war angelassen worden, anscheinend von denen, die vorhin erst auf der Suche nach ihnen hier gewesen waren. Es war ein unbedeutendes Ding, kaum mehr als ein Funke, das in der Unermeßlichkeit des Raumes ganz verloren wirkte. Doch für sie war es ein Leuchtfeuer, heller als der stärkste Leuchtturm. Denn es stand unmittelbar neben dem inneren Tunnelloch, der durch die Eingeweide des Berges führte; es markierte ihn, hob ihn von allen anderen Nischen, Vertiefungen und Hohlräumen ab, die die Wände durchlöcherten.

Es strahlte einen schwachen Lichtschein ab, wie ein verschmierter Fleck von sehr dunklem bernsteinfarbenem Honig, der kaum den Boden davor oder die Felswand dahinter zu tönen vermochte. Aber ihnen schenkte es für weitere Minuten das Leben – für wie viele Minuten noch? Es zeigte ihnen den Weg aus dieser stygischen Falle. Es zeigte ihnen den birnenförmigen Spalt, die tiefere Dunkelheit im Halbdunkel, die aus dem Grabmal selbst herausführte.

»Lauf rein! Lauf rein!« Er stieß sie in das dahinterliegende Nichts, bückte sich dann zur Seite und riß das

Ding hoch. Es war irgendein Metallgefäß, gefüllt mit einer Flüssigkeit, aber er hatte weder das Verlangen noch die Zeit herauszufinden, was genau es war. Es war schwer. Für einen unverbrauchten, ausgeruhten Mann vielleicht nicht zu schwer zu tragen, aber dieses zusätzliche Gewicht mochte für ihn jetzt den Unterschied zwischen Leben und Tod bedeuten. Außerdem würde es auch für ihre Feinde wie ein Leuchtfeuer gewesen sein, genau wie es für sie eines gewesen war, würde sie unfehlbar hinter ihnen herführen, hätte er versucht es mitzunehmen.

Daher hob er es mit beiden Händen hoch über seinen Kopf und schleuderte es nach vorn in das Grabmal, um es auszulöschen, es ihnen genauso zu erschweren, wie es jetzt für ihn und sie schwer werden würde.

Eine seltsame, phosphoreszierende Erscheinung markierte das Verlöschen der Flamme. Es hinterließ eine kometengleiche Leuchtspur quer durch das Gewölbe der Dunkelheit, die nichts anderes war als seine durch den Flug nach hinten erweiterte Flamme. Dann schlug es irgendwo über dem Podium gegen die gegenüberliegende Wand. Ein Vorhang aus Feuer flammte plötzlich auf, als die Flüssigkeit jetzt herausschwappte und herunterlief und ungehindert brannte. Und genau in der Mitte davon zeichnete sich Mittys illuminiertes Gesicht nur für einen Augenblick, nicht länger, deutlich ab. Dieses zweimal verschwundene Gesicht, an das er sich nie wieder erinnern wollte, das er niemals vergessen würde. Die Maske über der Grabnische wurde für einen Moment durch die hell flackernde, darüber hinuntertropfende Flüssigkeit in Licht getaucht. Einen Augenblick lang bildete er sich ein, sie wäre es, die ihn da so anschaute, schwach beleuchtet, durch die Finsternis der Ewigkeit. Dann verblaßten die

Gesichtszüge, verloschen für immer, als die Tropfen sich bei ihrem Fall selbst verbrauchten.

Abschied, der Abschied von zwei Menschen, die sich niemals hätten begegnen sollen, durch unwandelbare Gesetze, die stärker waren als jeder von ihnen. Ein zweifacher Abschied, über achtundvierzig Stunden, über fünfhundert Jahre.

Er drehte sich um und stolperte in den Durchgang und fand Chris durch die Geräusche ihres hysterischen Atmens, die dort auf ihn wartete. Er schickte sie wieder vor sich weiter, behielt seine Hand ausgestreckt an ihrer Schulter, um zu vermeiden, gegen sie zu rennen. In dieser undurchdringlichen Dunkelheit war sie unsichtbar für ihn, so nah sie auch immer vor ihm gehen mochte.

Sie mußten vorsichtig gehen, waren sich keiner Biegung sicher, die der Gang plötzlich beschreiben mochte. Sie tasteten mit ihren Händen die Wände ab, er auf der einen, sie auf der anderen Seite. Die stehende Luft machte das Atmen erheblich schwerer; das einzige, was sie gewonnen hatten, war die Tatsache, daß sie nicht mehr gegen die scharfe Steigung des Bergrückens draußen ankämpfen mußten. Doch ihre Unfähigkeit, etwas zu sehen, neutralisierte diesen Vorteil.

Und hinter ihnen in der Dunkelheit konnten sie bereits das Echo sich schnell nähernder Schritte hören. Nachdem dieses Geräusch erst einmal begonnen hatte, verfolgte es sie mit einer wahnsinnigen Hartnäckigkeit, die sie weder abschütteln noch hinter sich lassen konnten, so sehr sie es auch immer versuchen mochten. Es war genauso unerbittlich, genauso unerträglich, wie es vor einem ganzen Leben die nächtlichen Trommelschläge in La Escondida gewesen waren. Es war das leise, klatschende Geräusch nackter

Fußsohlen, die über den feuchten Felsboden liefen, verstärkt aufgrund der Beschaffenheit dieses Ortes, so daß es nur zu gut bis zu ihnen vordrang.

Ihr eigenes gequältes Atmen wurde zu einem lauten Schnaufen verstärkt, ihre eigenen stolpernden Schritte dröhnten in ihren Ohren, aber nichts konnte das quälende, rachsüchtige, überdeutliche Murren hinter ihnen übertönen, jetzt ganz nah, dann wie ein wenig weiter zurück: *Tapp, tapp, tapp.*

Davon wurden sie vorwärtsgetrieben, in tastenden Böen der Eile, die in ventilartigen Stößen kamen und gingen, sie den von Felsen umgebenden Kanal weitertrug. Sie stießen und verletzten sich an den Wänden, da sie nicht richtig laufen konnten, und wenn sich die Richtung änderte, und das passierte häufig, konnten sie den neuen Weg nur durch die Trial-and-error-Methode herausfinden. Mehrere Male stolperte sie und stürzte, und er fiel nur deshalb nicht über sie, weil sie nicht mehr besonders schnell gingen, sie konnten einfach nicht mehr. Sie wäre einfach erschöpft liegengeblieben, aber er zog sie jedesmal wieder unbeholfen auf die Füße und stützte sie, bis ihre Beine sie wieder allein tragen konnten, und dieses unbarmherzige *Tapp, tapp, tapp*, das sich ihnen während dieser kurzen Pausen bedrohlich näherte, trieb sie wie eine Peitsche weiter.

Ihre Ohren nützten ihnen nicht mehr viel. Das Blut summte viel zu sehr in ihnen, um ihnen zuverlässig sagen zu können, ob sie an Boden verloren oder den gleichen Abstand hielten, mit dem sie begonnen hatten. Sicher konnten sie nur sein, daß sie ihren Vorsprung vor ihren Verfolgern nicht vergrößert hatten, denn nichts auf seinen zwei Beinen hätte viel langsamer gehen können als sie mit ihrem Torkeln, zu dem sie jetzt verlangsamt waren.

Sie erreichten die Stelle, wo das Wasser war. Unmittelbar bevor sie es erreichten, hörten sie das leise Klingeln der Tropfen, und er fürchtete sich davor, so ausgetrocknet und durstig sie beide waren. Denn er hatte Angst, sie würden sich nicht wieder losreißen können, würden einfach nicht mehr die Willensstärke dazu haben.

Sie ließ sich auf allen vieren nieder und drückte ihr Gesicht flach gegen den Fels, dort wo das Wasser nach unten lief, und er stand schräg über ihr und hielt sein eigenes gequältes Gesicht ein Stück höher in den Strahl. Er fühlte sich, als hätte er sein ganzes Leben kein Wasser mehr getrunken. Er fühlte sich, als wäre der Tod ein billiger Tausch dafür, hier noch einen gestohlenen Augenblick länger stehenzubleiben.

Das *Tapp, tapp, tapp* wurde lauter, kam näher, wie ein Fallhammer des Verhängnisses, immer deutlicher.

Er packte sie am Nacken und zog ihren störrischen Kopf fort. »Schluck's nicht mehr runter, behalte den Rest in deinem Mund«, warnte er.

Einen Moment lang kämpfte sie gegen ihn, versuchte zu dem Wasser zurückzukommen, dann setzte ihre Vernunft wieder ein, und sie wandte sich gehorsam ab.

Sie gingen weiter, das *Tapp, tapp, tapp* jetzt näher und deutlicher. Dann hörte es einen Augenblick auf, an der Stelle, wo das Wasser war. Aber schwach und weit zurück war immer noch eine gespenstische Wiederholung dieses Geräusches zu hören, auch wenn es aufgehört hatte. Mehrere waren an ihrer Verfolgung beteiligt, aber einer von ihnen hatte die anderen weit hinter sich gelassen. Und die Schnelligkeit, mit der er das Wasser erreichte, unmittelbar nachdem sie gegangen waren, bewies, wie unerträglich nahe er bereits war. Beinahe schon auf ihren Fersen.

Einen Moment nur ließ dieser vorderste Schritt nach, dann machte er sich wieder auf. Schneller, frischer, denn er hatte weniger Erfrischung gebraucht.

Jetzt konnten sie sogar sein Atmen hören, rauh und rasselnd, das durch den Tunnel hinter ihnen anschwoll.

Plötzlich machte sie eine abrupte Kehrtwendung, und sie stießen gegeneinander, und beide wären beinahe gestürzt.

»Er hat aufgehört, es ist zu Ende«, keuchte sie. »Ich finde den Weg nicht mehr.«

Er streckte seine Hände aus, nach oben und unten, links und rechts, und spürte nichts als Fels. Er versperrte ihnen den Weg, hielt sie fest.

Und dann zeigte sich eine schwache Blässe an den Seiten. Ein Schatten eines Schimmerns. Ein grauer Faden, der sich in der Dunkelheit entwirrte.

»Die Platte!« sagte er erstickt.

Er rammte seine Schulter dagegen, und sie rührte sich nicht. Das Schimmern wurde eine Spur breiter, wie eine Flamme, die angeblasen wird, ließ dann wieder nach.

Das *Tapp, tapp, tapp* schwoll nun zu einem Crescendo des rachsüchtigen Triumphes an.

Er lief ein Stück zurück, drehte sich um und rannte gegen das Hindernis, und es schwankte, das rechteckige Schimmern entlang seiner Kanten verbreiterte sich weiter, nur um sich dann wieder zusammenzuziehen. Es würde nicht aufgehen, es würde sie nicht hinauslassen. Die Sicherheit war so nah und doch gleichzeitig so fern. Das Leben lag nur fünfzehn, zwanzig Zentimeter von ihnen entfernt.

Eine Minute lang war er wie von Sinnen, kratzte sinnlos mit seinen nackten Händen an dem Stein. Chris war irgendwo in der Dunkelheit vor seinen Füßen zu einem wimmernden Haufen zusammengebrochen.

Dann hörte er plötzlich auf und, wie in einer irrwitzigen Wut, drehte sich um und stürmte kopfüber dem sich nähernden *Tapp, tapp, tapp* entgegen.

Er ließ sich fallen, drückte sich quer flach auf den Boden des Tunnels und blieb bewegungslos liegen.

Es kam näher. Er konnte den Felsen unter sich vibrieren spüren. *Tapp, tapp, tapp ...*

Und dann erklang der letzte Schritt niemals ...

Statt dessen bohrte sich ein nackter Fuß in seine Seite, teilte einen unbeabsichtigten Tritt aus, der ihn von Kopf bis Fuß erschütterte. Ein aus dem Gleichgewicht geratener Körper, in hohem Bogen durch die Luft fliegend, krachte herab, teils auf ihn, aber größtenteils hinter ihn. Nur seine nutzlos schlagenden Beine landeten wirklich auf ihm.

Das donnernde Krachen des Sturzes hallte durch das Gewölbe. Der Wilde mußte durch den Aufschlag kurz das Bewußtsein verloren haben; ein unwillkürliches Zucken war alles, was er einen Augenblick lang an Bewegungen machte. Und in dieser Zeit hatte Jones sich aufgerichtet und war schon an seiner Kehle.

Dann stellte er fest, daß er nicht die Kraft hatte, mit seinen bloßen Händen schnell das Leben aus dem Mann herauszupressen. Es war nicht der richtige Augenblick, um Pardon zu geben oder auch nur solange zu kämpfen, bis er die Oberhand gewonnen hatte, und dann wieder aufzuhören. Es hieß, töten oder getötet werden.

Er verlagerte seinen Griff und erwischte die beiden Strähnen langen, dicken Indianerhaares mit beiden Fäusten, eine auf jeder Seite des Kopfes. Das dumpfe Aufschlagen begann wieder, doch dieses Mal waren es keine

Füße, die den Felsboden des Tunnels entlangliefen. Er konnte spüren, wie der Schädel zwischen den Hebeln seines Griffes zertrümmerte und zerbrach.

Mit eingeschlagenem Schädel ließ er ihn liegen, sprang auf und lief zu ihr zurück. Es kamen immer noch andere, aber sie waren noch ein gutes Stück entfernt. Ein bißchen Zeit, ein oder zwei Minuten hatte er gewonnen.

»Drück fest dagegen, mit all deiner Kraft, wenn ich dagegen renne.«

Er machte aus seinen verschränkten Armen so etwas wie einen Rammbock und krachte dagegen. Dieses Mal wurde das Licht beinah unerträglich hell, so als würde Magnesium über den ganzen Rand der Steinplatte entzündet. Einen kurzen Moment lang stand die Felsplatte entgegen aller Gesetze der Schwerkraft einen Spaltbreit offen. Dann schlug sie mit einer verheerenden Erschütterung flach zu Boden, und da war nichts außer Helligkeit und offenem Raum vor ihren geblendeten Augen.

Sie waren wieder zurück in der Welt.

Das *Tapp, tapp, tapp* kam wie das Schlagen einer Trommel hinter ihnen immer näher. Er zog sie hinter sich durch die Öffnung, konnte in der plötzlichen neuen Weißglut, die um sie herum auf die Erde schlug, kaum etwas erkennen. Die Sonne stand tief, aber es war immer noch Tag.

Sie liefen durch die sich dahinschlängelnde Schlucht, die Spalte von Mittys früheren Sehnsüchten und Träumereien. Ihre Erdwälle waren alles, was sie für eine Weile auf dem Weg hielt, bis sich ihre Augen wieder an das Licht gewöhnt hatten.

Und als es dann soweit war, fügte sich der Anblick des Abhanges vor ihnen zu einer Einheit zusammen wie ein langsam entstehendes Muster auf einer photographischen

Platte, die in Entwicklerflüssigkeit lag, wurde von Augenblick zu Augenblick deutlicher, kontrastreicher. Da war die kleine Quelle weit unter ihnen, und daneben, völlig bewegungslos, zwei Männer auf Pferden. Karabiner hingen über ihren Schultern, die Sonne funkelte auf ihren Läufen. Vielleicht waren sie wegen ihrer Aufgabe, die Randbezirke des Abhanges zu überwachen, so weit heraufgekommen, oder vielleicht waren sie auch abkommandiert worden, nach jemandem zu suchen, der verschwunden war.

Er warf seine Arme in die Luft und winkte noch im Laufen ihnen hysterisch zu, stolperte, rollte zu ihnen hinunter, wirbelte dabei Staub auf, und löste Lawinen kleiner Steine vor sich den Hang hinunter.

Die Männer sahen sie; da war ein plötzliches Erstarren ihrer Haltung, das ihnen das unverkennbar sagte. Sie richteten sich in ihren Sätteln auf. Die Hälse ihrer Pferde, an den Zügeln von dem Teich zurückgezogen, blieben starr. Sie starrten zu ihnen hinauf, regungslos, als könnten sie nicht erkennen, woher sie gekommen waren.

Er schaute zurück, und einer der Wilden war jetzt hinter der Mündung der Schlucht in Sicht gekommen. Die Sonne stand tief im Westen, und sie erwischte ihn voll, in all seinem glühenden Haß und seiner knallig bunten Barbarei. Ein kupferroter Körper, ein nach dem langen Lauf sich schnell hebender und senkender Brustkorb; ein Lendenschurz, das Messer an seiner Hüfte; ein Büschel leuchtend roter Kolibrifedern auf seinem Kopf. Ein blauer Schatten, so wie ihn alle Menschen werfen, schräg hinter ihm auf dem Hang. Sein Arm war zurückgezogen, balancierte einen wurfbereiten Speer.

Der Speer flog los, schnell wie ein Lichtstrahl, aber sie

hatte sich nicht wie er umgedreht, hätte ihn nicht mehr rechtzeitig sehen können. Er packte sie, schleuderte sie so heftig zur Seite, daß sie auf dem steilen Boden zusammenbrach. Und er stand da an ihrer Stelle. Es schien seine Brust in zwei Teile zu brechen, und als er mit einer seltsamen, ruhigen Überraschung an sich hinabschaute, sah er einen halben Meter davon aus seinem schwankenden Körper herausragen.

Er stürzte und ging zu Boden, zuerst auf seine Knie, dann mit seiner Stirn flach auf die Erde, wobei sich eine kleine Staubwolke über seinen Kopf erhob. Der Speer brach unter seinem gekrümmten Körper. Er rollte auf die Seite, lag dann flach da und bewegte sich nicht mehr. Da war Schmerz in seiner Brust, wie Strom, der durch ein elektrisches Kabel jagte, dann nichts mehr, nur noch endlose Müdigkeit und kein Bedauern, auf dem Bauch zu liegen.

Seine Trommelfelle schienen sich zu schließen. Wie durch einen dicken Filter konnte er sie zu den beiden Männern auf ihren Pferden unter ihnen schreien hören. »Schießt doch endlich! Seht ihr ihn denn nicht da stehen? *Mátalo*!«

Er hob ein Stück seinen Kopf und schaute zu, mit einer Art distanziertem Interesse, so als ginge ihn nichts von alledem noch etwas an.

Sie brauchten nur eine Kugel. Es war ein leichtes Ziel; absolut sicher. Er war klar und deutlich über ihnen zu sehen.

Der Knall des Gewehres hatte, in diesem von Felsen gesäumten Gebiet, einen merkwürdig dumpfen, krachenden Klang, so wie das Zerplatzen einer aufgeblasenen Papiertüte.

Steine und Erdklumpen rieselten herunter, wie aufeinanderfolgende Stufen einer fallenden Kette. Dann fiel sein Körper, segelte auf seinem Gesicht fast bis zu der Stelle herunter, wo sie waren, während dieser blaue Schatten immer noch hinter ihm her hüpfte, wie der sich noch in der Luft befindende Schwanz eines zu Boden gezogenen Drachens.

Das kleine Büschel dunkelroter Federn schien jetzt direkt aus der Erde zu sprießen, wie eine einsame Bergblume. Als Saft sickerte ein träger, kleiner schwarzroter Faden daraus hervor, der zwischen den Steinen versiegte.

Sie kniete dort neben Jones, hielt den abgebrochenen vorderen Teil des Speeres benommen in ihren beiden Händen, als wäre es irgendein Maßstab, den sie an ihrer Trauer und ihrem Verlust anzulegen versuchte, um zu sehen, wie unermeßlich er war, als die Reiter schließlich bei ihnen ankamen, absaßen und sich über die zwei beugten.

Mit verschleiertem Blick schaute er zu ihnen auf.

»Sie waren nur einen Augenblick zu spät«, sagte er, »aber trotzdem vielen Dank.«

Er schloß seine Augen wieder, aber ob vor Müdigkeit oder aus einer plötzlichen inneren Erkenntnis heraus, konnten sie nicht sagen. Sie gaben den beiden aus ihren Feldflaschen zu trinken, jeder aus einer, und er trank mit geschlossenen Augen, wobei sein Hals wogte, und etwas Wasser trat aus seinem Mundwinkel, rot gefärbt.

»Hilf mir, sie auf die Pferde zu heben, Ramón. Wir müssen sie sofort runter ins Flachland bringen. Er braucht unbedingt einen Arzt, und sie braucht Ruhe und etwas zu essen. Wahrscheinlich sind sie wochenlang dort in der Leere auf der anderen Seite herumgeirrt.«

»In der Leere auf der anderen Seite«, murmelte Jones ironisch, ohne seine Augen zu öffnen.

Der zweite *charro* hatte vorsichtig das Bruchstück des Speeres untersucht, das er aus Chris' Händen genommen hatte, die keinen Widerstand leisteten. Er hielt es dicht unter seine Nase, zog es dann langsam und vorsichtig unmittelbar unter dem Daumengelenk über seinen Handballen. Dann musterte er scharf im verblassenden Licht der Sonne seine Hand, suchte nach einer glänzenden oder schimmernden verräterischen Spur.

»Wir werden ihn nicht mehr bis runter kriegen«, sagte er leise auf Spanisch zu seinem Begleiter. »Er war vergiftet.« Er schleuderte ihn kurzerhand zu Boden.

Chris hob die Speerspitze wieder auf und starrte sie benommen an.

»Setzen Sie uns beide auf das gleiche Pferd«, sagte Jones ruhig, die Augen immer noch geschlossen. »Lassen Sie mich sie auf dem Weg nach unten in den Armen halten. Jetzt müssen wir uns nicht mehr voneinander trennen.«

Die kleine Prozession machte sich auf den Weg, suchte sich quälend langsam den Weg: Die beiden *charros* zu Fuß, einer das Lastpferd führend, der andere Jones auf dessen Sattel mit seiner Schulter und einem Arm abstützend.

Während sie den Abhang hinunterritten und er sie in seinen Armen hielt, sprach er leise mit ihr, seinen Mund dicht an ihrem Ohr.

»Hab keine Angst, Chris. Du wirst diesen Ritt allein beenden müssen. Ich werde dich bald verlassen.«

Sie antwortete genauso leise, ungehört von der Welt um sie herum. »Du verläßt mich nicht. Wir werden zusammenbleiben. Bis zum Ende dieses Rittes.«

Sie öffnete ihre Hand, ließ die Speerspitze los, die sie in

ihr eigenes Fleisch und Blut eingegraben gehalten hatte, und schleuderte sie fort.

Ihre Köpfe dicht zusammen gingen sie den Berg hinunter, hinunter in die Tiefe, während die Gezeiten des Abends und der Unendlichkeit in immer dunkler werdenden Farbtönen ihnen entgegen spülten und sie bedeckten; zuerst Ultramarin, dann Indigo, dann Mitternachtslila, und schließlich sternenloses Schwarz.

Sein Name war Lawrence Kingsley Jones. Er war ein Mann wie jeder andere, wie du, wie ich; und doch – dies ist seine Geschichte.

Cornell Woolrich im Diogenes Verlag

Rendezvous in Schwarz

Roman. Aus dem Amerikanischen von Matthias Müller. Mit einem Nachwort von Wolfram Knorr. detebe 21874
Neuübersetzung

Jeden Abend um acht, am Platz vor dem Drugstore, treffen sie sich – Johnny und seine große Liebe Dorothy. Doch schon bald wird Schluß sein mit den allabendlichen Rendezvous, der Tag der Hochzeit naht – das große Rendezvous fürs Leben.
Doch dann geschieht etwas, was diese Idylle ein für allemal zerstört... Johnny, der freundliche, harmlose junge Mann, wird zum gnadenlosen Racheengel: er schwört bei seiner getöteten Liebe, daß diejenigen, die schuld sind an seinem Schmerz, genauso Schmerz erfahren sollen wie er...

»In Woolrichs Geschichten spielt die Liebe eine große Rolle, eine totale und ausschließliche Liebe, die, wenn sie zerstört ist, unersetzlich bleibt.« *François Truffaut*

Verfilmt mit Boris Karloff, Larraine Day und Franchot Tone in den Hauptrollen.

Der schwarze Vorhang

Roman. Aus dem Amerikanischen von Signe Rüttgers. detebe 21625
Neuübersetzung

Nach einem leichten Unfall im Vergnügungsviertel geht Frank Townsend nach Hause – um festzustellen, daß er seit Jahren nicht mehr dort gewesen war. An Gedächtnisschwund leidend, des Mordes angeklagt und Opfer mörderischer Verfolgungen, muß er die ›Strafe‹ überstehen, die die Zeit über ihn verhängt hat.

»Unmöglich, das Buch vor dem Ende aus der Hand zu legen.« *The New York Times*

Verfilmt von Jack Hively mit Burgess Meredith, Claire Trevor, Louise Platt und Sheldon Leonard in den Hauptrollen.

Der schwarze Engel

Roman. Aus dem Amerikanischen von
Harald Beck und Claus Melchior. detebe 21626
Neuübersetzung

Ihr Mann nennt sie Engel, und als er wegen Mordes an seiner Geliebten verhaftet wird, wird sie es tatsächlich: ein schwarzer Todesengel. Um die Unschuld ihres Gefährten zu beweisen, steigt sie in die schwarze Welt der Spielhöllen, der Drogen und Prostituierten und bringt allen, die mit ihr in Berührung kommen, Unglück und Verderben.

»Woolrich gewinnt mehr Entsetzen, mehr Spannung und zitterndes Nägelkauen aus den allergewöhnlichsten Ereignissen als fast alle seiner Kollegen und Zeitgenossen.« *Ellery Queen*

Verfilmt von Roy William Neill mit Peter Lorre, June Vincent und Dan Duryea in den Hauptrollen.

Der schwarze Pfad

Roman. Aus dem Amerikanischen von
Daisy Remus. detebe 21627

Scotty und Eve konnten zwar vor Eves verbrecherischem Ehemann flüchten, nicht aber vor seiner Rache. In einer überfüllten Bar in Havanna wird die schöne Frau ermordet, und Scotty sitzt in einer mörderischen Falle, bleibt allein zurück in einem fremden Land, das nichts von ihm will als den Beweis, daß er die Frau, die er liebte, nicht umgebracht hat.

»Ein satanisches, scharfsinniges Plot.«
The New York Times

Verfilmt von Arthur Pripley mit Michèle Morgan und Robert Cummings in den Hauptrollen.

Das Fenster zum Hof

und vier weitere Kriminalstories
Aus dem Amerikanischen von Jürgen Bauer
und Edith Nerke. detebe 21718
Neuübersetzung

»Rein technisch betrachtet sind viele von Woolrichs Werken schrecklich; man vermißt in ihnen jeglichen Sinn. Und genau das ist es: wie im Leben. Dennoch finden einige seiner Geschichten, gewöhnlich infolge merkwürdiger Zufälle, ein glückliches Ende. Aber da er niemals einen Serien-Helden eingeführt hat, weiß der Leser auch nie im voraus, ob die Woolrich-Geschichte, vor der er gerade sitzt, hell oder dunkel, ob sie *allègre* oder *noire* ist – einer von vielen Gründen dafür, daß seine Geschichten so packend und spannungsgeladen sind. Wie die fünf in diesem Band vereinten.« *Francis M. Nevins jr.*

Die Titelgeschichte wurde verfilmt von Alfred Hitchcock mit Grace Kelly und James Stewart in den Hauptrollen.

Walzer in die Dunkelheit

Roman. Aus dem Amerikanischen von
Jobst-Christian Rojahn. detebe 21719
Neuübersetzung

Die Geschichte beginnt – wie so viele von Woolrichs Geschichten – mit einem einsamen Mann. Louis Durand, 37 Jahre alt, wohlhabender Kaufmann, hat nur noch einen Gedanken: seiner Einsamkeit zu entfliehen. Die Frau, die er heiraten will, kennt er nur aus Briefen. Doch dann taucht sie persönlich auf, die namenlose *femme fatale*, die für Durand zum Schicksal wird...

Verfilmt von François Truffaut unter dem Titel *La Sirène du Mississippi;* in den Hauptrollen Jean-Paul Belmondo und Catherine Deneuve.

Die Nacht hat tausend Augen

Roman. Aus dem Amerikanischen von
Irene Holicki. detebe 21720
Neuübersetzung

Er war ein merkwürdiger alter Mann, der am liebsten schwieg, denn was er sagte, traf mit erschreckender Gewißheit ein. Harlan Reid, Witwer und erfolgreicher Geschäftsmann, war ganz versessen auf seine Worte, und auch seine einzige Tochter Jean hörte auf seine Ratschläge. Bis eine letzte entsetzliche Prophezeiung alle zu Tode erschreckte: Reids unmittelbar bevorstehenden Tod im Rachen eines Löwen.

»Lassen Sie das Licht an, falls Sie beabsichtigen, dieses Buch im Bett zu Ende zu lesen!« *The New York Times*

Verfilmt von John Farrow, mit Edward G. Robinson, Gail Russell und Virginia Bruce in den Hauptrollen.

Im Dunkel der Nacht

Kriminalstories. Aus dem Amerikanischen
von Signe Rüttgers. detebe 21759
Deutsche Erstausgabe

»Woolrich schreibt Psychotope, Etüden der Angst und der Einsamkeit, voll cooler Bildentwürfe und grandioser Stimmungsmalerei.« *Die Weltwoche, Zürich*

Titelgeschichte verfilmt mit Edward G. Robinson in der Hauptrolle.

Ich heiratete einen Toten

Roman. Aus dem Amerikanischen von
Matthias Müller. detebe 21742
Neuübersetzung

»Ein verschollener Klassiker des amerikanischen Kriminalromans kommt im Diogenes Verlag in neuen deutschen Übersetzungen ans Licht: Cornell Woolrich, der ›dritte Mann‹ neben *Dashiell Hammett* und *Raymond Chandler.*« *Der Spiegel, Hamburg*

Verfilmt mit Barbara Stanwyck in der Hauptrolle.

Die wilde Braut

Roman. Aus dem Amerikanischen von
Jürgen Bürger. detebe 21873
Deutsche Erstausgabe

Wer war sie, die dunkle, exotische Schönheit, die in einem Haus in Baltimore von der Schlafkrankheit geheilt und dann gefangen gehalten wurde, bis ein energischer junger Mann sie entführte und heiratete? Und was faszinierte sie so an dem einsamen, verschlafenen, brütend heißen und von Urwald umgebenen Kaff am Pazifik, in dem sie auf ihrer Schiffsreise nach Acapulco steckenblieben? Woolrich – wer zweifelt noch daran – lehrt einem ein Gruseln, das nicht von dieser Welt ist...

CORNELL WOOLRICH, neben Hammett[1] und Chandler[2] einer der größten der ›Schwarzen Ära‹, wurde 1903 in New York geboren, wohin er nach einem Aufenthalt in Hollywood, einer kurzen Ehe und ein paar homosexuellen Episoden wieder zurückkehrte, um fortan mit seiner Mutter in billigen Hotels zu wohnen. Viele seiner Romane und Stories wurden verfilmt, u.a. von Alfred Hitchcock, Sidney Pollack, François Truffaut. Trotz dieser Erfolge starb er 1968 verbittert und einsam in einem heruntergekommenen New Yorker Hotel.

[1] *Dashiell Hammett,* sämtliche Werke in 10 Bänden. Vollständig und neu übersetzt von Hellmuth Karasek, Gunar Ortlepp, Walter E. Richartz, Harry Rowohlt, Wulf Teichmann, Hans Wollschläger u. a.

[2] *Raymond Chandler,* Werkausgabe in 13 Bänden. Vollständig und neu übersetzt von Hellmuth Karasek, Gunar Ortlepp, Walter E. Richartz, Wulf Teichmann, Urs Widmer und Hans Wollschläger.

Barbara Vine

Die im Dunkeln sieht man doch

Roman. Aus dem Englischen von Renate Orth-Guttmann
detebe 21826

Der Fall der Vera Hillyard, die kurz nach dem Krieg wegen Mordes zum Tod durch den Strang verurteilt und hingerichtet wurde, wird wieder aufgerollt. Briefe, Interviews, Erinnerungen, alte Photographien fügen sich zu einem Psychogramm, einer Familiensaga des Wahnsinns. Schicht um Schicht entblättert Barbara Vine die Scheinidylle eines englischen Dorfes, löst zähe Knoten familiärer Verflechtungen und entblößt schließlich ein Moralkorsett, dessen psychischer Druck nur noch mit Mord gesprengt werden konnte.

»Hinter dem Pseudonym Barbara Vine verbirgt sich die beste Thriller-Autorin, die das an Krimi-Schriftstellern nicht eben arme England aufzuweisen hat: Ruth Rendell. Das Buch ist ein Psycho-Thriller der Super-Klasse geworden. Eine Reportage aus einer Zeit da die ›besseren Herren‹ bei Heirat noch eine Jungfrau erwarten durften – und die Frauen aus dem bürgerlichen Aufsteiger-Milieu eine Menge Tricks anwandten, um diesem Weltbild anscheinend zu entsprechen. Ruth Rendell alias Barbara Vine ist da ein einmaliges Zeit-Dokument geglückt, das sich als Psycho-Thriller tarnt.« *Martina I. Kischke/Frankfurter Rundschau*

»Es gibt Bücher, die man eher zufällig und ohne große Erwartungen in die Hand nimmt, um mal einen Blick hineinzuwerfen, und dann passiert es, daß man sich festliest und das Buch gar nicht mehr aus der Hand legen möchte. Barbara Vines Roman, raffiniert aufgebaut und meisterhaft erzählt, gehört für mich in diese Kategorie.«
Christiane Zielinski/Süddeutscher Rundfunk